# DuMonts Kriminal-Bibliothek



William L. DeAndrea wurde 1952 in Port Chester, New York, geboren. Nachdem er als Reporter gearbeitet hatte, veröffentlichte er 1978 den ersten Matt-Cobb-Krimi und gewann den Edgar-Allan-Poe-Award, der ihm im Jahr darauf gleich noch einmal zugesprochen wurde. William L. DeAndrea lebte mit seiner Frau, der Krimiautorin Orania Papazoglou, und ihren beiden Söhnen in Connecticut, wo er 1996 starb.

Von William L. DeAndrea sind in DuMonts Kriminal-Bibliothek bisher erschienen: »Schneeblind« (Band 1083), »Im Netz der Quoten« (Band 1091) und »Mord live« (Band 1098).

Herausgegeben von Volker Neuhaus

William L. DeAndrea

# Mord von ganzem Herzen

Aus dem Englischen
von Birgit Lamerz-Beckschäfer

DuMont

Die Deutsche Bibliothek – CIP-Einheitsaufnahme

DeAndrea, William L.:
Mord von ganzem Herzen / William L. DeAndrea. Übers. aus dem Engl.: Birgit Lamerz-Beckschäfer. Hrsg.: Volker Neuhaus. – Köln : DuMont Literatur und Kunst Verl., 2002
(DuMonts Kriminal-Bibliothek ; 1116)
ISBN 3-8321-8305-1

Aus dem Englischen von Birgit Lamerz-Beckschäfer
Die der Übersetzung zugrundeliegende Ausgabe erschien 1983 unter dem Titel
*Killed With a Passion* bei Doubleday & Company, New York

Umschlagmotiv von Pellegrino Ritter
Umschlag- und Reihengestaltung: Groothuis, Lohfert, Consorten (Hamburg)
Satz: Greiner & Reichel, Köln
Druck und Verarbeitung: Clausen & Bosse, Leck
Printed in Germany
ISBN 3-8321-8305-1

*Ich widme diesen Band Jean Brooks-Janowiak, für ihre Freunde »Elf«. Noch bin ich berühmter als sie, doch das wird nicht mehr lange so sein.*

Der Autor dankt Bill Palmer, Schwarzgürtelträger und Inhaber von Bogie's Restaurant, dem New Yorker Mekka für Krimifans, für seine Unterstützung bei der Klärung von Fachfragen bei den Vorarbeiten zu diesem Roman.

# Kapitel 1

»Dies ist eine Aufgabe – für Superman!«
*– Clayton (Bud) Collyer, »Supermans Abenteuer« (MBS)*

Ich hatte bereits mit Bedauern abgesagt, doch nun sah es so aus, als würde ich letztlich doch noch zur Hochzeit fahren. Sie sollte in der letzten Aprilwoche in Sewanka weiter nördlich im Bundesstaat New York stattfinden, und genau zur gleichen Zeit stand für das Sendernetz die nächste Runde Probleme an.

Seufzend schob ich den Stapel Berichte beiseite, den mir Marty Adelman anderthalb Stunden zuvor gebracht hatte. Marty war Programmdirektor unseres erst kürzlich gegründeten Kabelfernsehsenders Network Cable Arts und überzeugt, dass unser Network im ganzen nördlichen Teil New Yorks von irgendwem ausgetrickst wurde. So weit ich es beurteilen konnte, lag er damit richtig.

Ich saß in meinem Büro im sechsunddreißigsten Stock der Verwaltungszentrale unseres Sendernetzes, offiziell Network International Headquarters und inoffiziell Turm zu Brabbel genannt. Von außen sieht das Gebäude aus wie ein sauberer Stapel dunkelgrauer Steine, von getönten Scheiben unterbrochen. Es beherbergt Büros, Studios, Restaurants und Läden.

Und einen Haufen überspannter Leute. Es mag ja sein, dass das Fernsehen, wie behauptet, auf die Massen wie ein elektronisches Beruhigungsmittel wirkt, doch für diejenigen, die dafür arbeiten, ist es aufpeitschender als Speed. Ein Network, und nicht nur unseres, gewährt Zugang zu drei gefährlichen Drogen: Geld, Macht und Ruhm. Nur sehr wenige Menschen werden nicht nach dem einen oder anderen süchtig.

Ich betätigte die Ruftaste. »Ja, Matt?«, antwortete meine Sekretärin. Ich leite meine Abteilung eher locker, wir reden uns mit Vornamen an, es sei denn, es ist Besuch da.

»Jazz«, sagte ich, »rufen Sie Marty Adelman an und sagen Sie ihm, ich komme zu ihm herunter.«

In Jasmyn Santiagos Adern fließt das stolze Blut Kubas. Ungebrochen sind die strengen Grundsätze ihrer Eltern, die vor Castro in ihre neue Heimat USA flüchten und dort weit unter ihrem Stande leben mussten. Die ungeschriebene Network-Etikette hat sie voll und ganz verinnerlicht und ist stets indigniert, wenn ich wieder einmal die Würde meines Amtes verletze.

In diesem Fall ging es darum, dass ich Marty Adelman zu *mir* hätte bestellen müssen. Schließlich war ich Vizepräsident der Abteilung Sonderprojekte und er lediglich Programmleiter des Kabelsenders, also eine ganze Hierarchiestufe unter mir. Was Jazz als Vorschlag verpackte, war in Wirklichkeit ein Vorwurf. Ich ignorierte ihn. Ich hörte sie frustriert seufzen, bevor sie die Verbindung trennte, doch als ich auf dem Weg nach unten an ihrem Schreibtisch vorbeikam, schüttelte sie nur nachsichtig lächelnd den Kopf.

Marty Adelman war einer der wenigen Individualisten beim Network, einer, der nicht süchtig war. Ich war der jüngste Vizepräsident des Sendernetzes – sogar der Jüngste im gesamten Konzern. Ich will damit nicht angeben, schließlich war das nicht allein mein Verdienst, sondern zum größten Teil Glück. Man fragt sich allseits, *wie* genau dieser Glücksfall beschaffen gewesen war, doch zweifellos gibt allein die Tatsache, dass jemand meines zarten Alters auf meinen Posten gelangen konnte, den Kollegen Anlass zur Missgunst.

Marty Adelman bildete da die große Ausnahme. Ich glaube, er kannte nicht einmal seinen *eigenen* offiziellen Titel. Für Marty war das Network keine Karriereleiter, sondern lediglich ein Mittel zum Zweck. Marty war der geborene Missionar, gehörte jedoch leider einer Konfession an, die keine Heiden bekehrt.

Also machte Marty die Kunst zu seiner Mission. Er hatte für Ed Sullivan gearbeitet und mehrere Opernstars und Ballettensembles für dessen Show entdeckt. Als diese abgesetzt wurde, war Marty vom Network mit großem Publicity-Aufwand als Sonderberater für Kulturfragen engagiert worden.

Marty war das egal gewesen. Mit viel Mühe hatte er es sogar

geschafft, dass ein Teil seiner Sachen tatsächlich gesendet wurde. Als sich das Kabelfernsehen durchsetzte und das Network meinte, es sei möglich, für ein handverlesenes Publikum (vor allem bestehend aus gut verdienenden Kulturfritzen) eigens ein Programm zu gestalten, war Marty die erste Wahl für diesen Posten.

Endlich war er nun in seinem Element. Ihm im Flur zu begegnen, machte richtig Spaß, so fröhlich wirkte er immer.

An diesem Morgen jedoch war er alles andere als fröhlich. Er hockte an seinem Schreibtisch, die Ellbogen auf die Tischplatte und das Kinn auf die Hände gestützt, und starrte auf etwas, das vor ihm lag. »Nehmen Sie Platz, Matt«, sagte er bedrückt, »ich bin in einer Sekunde so weit.«

Von meinem Sessel aus sah ich mir die gerahmten Theater- und Ausstellungsplakate an. Marty war der Einzige im ganzen Haus, der sich damit durchgesetzt hatte. Allen anderen war es strikt untersagt, den Scheiß von den Wänden zu entfernen, den der offizielle hauseigene Dekorateur uns aufs Auge drückte. Anstelle eines Fernsehers stand in Martys Büro eine mächtige Stereoanlage. Er summte die Musik des Klassiksenders mit, die aus dem Lautsprecher ertönte.

Es dauerte länger als eine Sekunde. Marty las weiter. Hin und wieder schüttelte er bedächtig den Kopf und fluchte leise. Ich glaube, das war einer der Gründe für Martys Erfolg: Er wirkte und benahm sich wie ein normaler Mensch. Viele kultivierte Persönlichkeiten, denen ich begegnet bin, mochte ich nicht, weil sie Snobs waren.

Das war Marty ganz und gar nicht, und seine Einstellung war ihm eine enorme Hilfe im Umgang mit uns armseligen Banausen hier beim Network. Er versuchte buchstäblich alles, um in irgendjemandem die Liebe zu Puccini zu wecken, aber er versuchte niemals, jemandem ABBA zu vermiesen, falls man diese Band zufällig mochte. Er wirkte wie ein erfolgreicher Mittelgewichtsboxer ein paar Jahre nach seinem Abschied aus dem Ring, und man sah ihn nie anders als mit gelockerter Krawatte und in Hemdsärmeln.

Ich mochte ihn. Und das machte mir die bevorstehende Aufgabe besser erträglich.

Marty las seinen Bericht zu Ende und schob ihn dann zu mir herüber. »Sie brauchen sich das eigentlich gar nicht anzusehen«, sagte er. »Es steht das gleiche drin wie in allen anderen.«

»Schon wieder ausgestochen?«

»Ausgetrickst, Matt, da bin ich ganz sicher. Das ist jetzt das fünfte Mal hintereinander, in anderthalb Jahren. Diesmal geht es um Sparta, und das ist bloß der jüngste Fall. Aber was erzähle ich Ihnen das überhaupt? Sie haben die anderen Berichte ja selbst gelesen.« Marty raufte sich entnervt die Haare und zupfte an jeder Schläfe eine dicke braune Locke heraus, so dass er unvermittelt erstaunliche Ähnlichkeit mit einem Bison hatte.

»Das gleiche Szenario wie bei den anderen? Fünf bis sechs Bieter konkurrieren um die Konzession für das Sendegebiet, und bis auf ein oder zwei sind alle davon bereit, Network Cable Arts zu senden, sobald sie ans Netz gehen?«

»Genau«, sagte Marty. »Bloß dass von *denen* nie einer die Rechte bekommt, sondern immer nur einer von den Läden, die NCA *nicht* unterstützen. Die Sache stinkt, Matt. Sie müssen etwas dagegen unternehmen.«

Dass in seiner Stimme eine Spur Verzweiflung lag, konnte ich ihm nicht verdenken. Nach den jüngsten Zahlen hatte das Sendernetz zwanzig Millionen Dollar in den Kabelsender gesteckt, ohne einen Cent Gewinn herauszuziehen. Dabei waren zwanzig Millionen kein enormer Betrag, jedenfalls nicht nach Network-Maßstäben, solche Summen fließen ohne weiteres in eine miese SitCom. Das Problem war: Wenn der Kabelnetzbetreiber NCA *nicht* sendete, konnte es niemand sehen. Und wenn es keiner sah, würde es nie und nimmer in Gang kommen. Es würde ein Flop werden. Und dann würde das gute, alte Spielchen losgehen, das im Network-Management als »Allgemeines Arscheinziehen« bezeichnet wird. Wer als Erster vorschlüge, den Kabelsender einzustampfen, wäre der Held des Tages und Marty arbeitslos. Und den Zuschauern würde die ganze schöne Kultur entgehen.

Das zu verhindern, war meine Aufgabe. Genau dafür war die Abteilung Sonderprojekte eingerichtet worden. Beileibe nicht von mir – ich hatte sie lediglich geerbt –, doch immerhin wurde ich gut bezahlt und konnte genauso gut etwas dafür tun.

Ich habe keinen Schimmer, wer sich den Namen »Sonderprojekte« einfallen ließ, doch muss der Mann ein echter Meister der Mehrdeutigkeit gewesen sein. Bevor ich in diese Abteilung versetzt wurde, war ich bereits knapp zwei Jahre beim Network beschäftigt gewesen, ohne eine Vorstellung davon zu haben, wie so ein »Sonderprojekt« aussehen mochte.

Grundsätzlich umfasst der Job vier Teilbereiche: a) zu verhindern, dass das Network in Schlamassel geriet oder gezogen wurde, b) dafür zu sorgen, dass das Network aus dem Schlamassel, in den es geraten oder gezogen worden war, wieder herauskam, c) jeglichen Schaden, der dadurch entstand, dass das Network in Schlamassel geriet oder gezogen wurde, möglichst gering zu halten, und d) darauf zu achten, dass kein Mensch von alledem etwas mitbekam.

Sie halten das vielleicht für schwierig, aber in Wirklichkeit ist es schlichtweg unmöglich, vor allem, wenn man in seiner Kindheit eingebläut bekommen hat, dass man im Berufsalltag möglichst keine größeren Verbrechen begehen sollte. Meine Mitarbeiter und ich geben uns alle Mühe.

»Marty«, sagte ich, »ich frage das nur ungern, aber ist es irgendwie denkbar, dass die Typen, die NCA nicht bringen wollen, die Konzession deshalb bekommen, weil sie tatsächlich besser sind?«

»Nein.«

»Gut, für eine klare Antwort bin ich immer dankbar.«

»Nicht fünfmal hintereinander, Matt. Vor allem, wenn es sich davon viermal um denselben Laden handelt.«

»ComCab.«

»Genau. Deren Angebote weisen jedes Mal höhere Installationskosten und höhere Monatsgebühren auf als bei mindestens drei anderen Bietern. Sobald die betroffenen Kommunen einen unabhängigen Gutachter hinzuziehen, was manchmal geschieht, dann empfiehlt der grundsätzlich einen anderen Bewerber als ComCab. Trotzdem erhält ComCab den Zuschlag.«

»Das überzeugt mich, aber das dachte ich mir schon, bevor ich herunterkam.«

»Das Ganze stinkt, Matt. Es ist mir unangenehm, Sie damit zu belästigen ...«

»Dafür ist die Abteilung Sonderprojekte schließlich da, Marty«, sagte ich.

Mir war die Sache auch unangenehm. Das Kabelfernsehen hat das Potential zum wichtigsten Durchbruch im Kommunikationswesen seit der Erfindung der Bildröhre. Als es noch in den Kinderschuhen steckte, beschloss irgendwer, dem Publikum sei besser damit gedient, wenn sich nicht jeder x-Beliebige im Kabelnetz breit machen darf, sondern das Monopol auf die Senderechte bei den örtlichen Stadtverwaltungen liegt, die wiederum Betreiber konzessionieren. Ich habe noch nie kapiert, wieso der Staat immer meint, er tue dem Publikum einen Gefallen, wenn er es frechweg bevormundet.

Vielleicht auch nicht, denn das Publikum ist den Behörden im Grunde völlig egal. Das Kabelfernsehen ist, kurz gesagt, für die Kommunalpolitiker die beste Gelegenheit seit dem Bau der Eisenbahn, um sich ordentlich schmieren zu lassen. Das System ist wie geschaffen für Missbrauch aller Art. Das einzig Verwunderliche daran ist, dass die meisten Kommunen landauf, landab bisher vergleichsweise *ehrlich* dabei sind. Es gibt ein paar Horrorgeschichten, doch im Großen und Ganzen stellt das Verhältnis zwischen der Kabelsendern und den Kommunen mein Vertrauen in die Menschheit durchaus wieder her, vor allem, wenn ich die Augen davor verschließe, wie bescheuert das ganze System im Grunde ist.

Bis jetzt jedenfalls. Die Sache musste geklärt werden. Nun war das Network selbst von den unsauberen Machenschaften betroffen, vielleicht sogar nur zufällig und am Rande. ComCab genauer in Augenschein zu nehmen lohnte sich jedoch auch im Interesse unserer Public Relations, denn ein Skandal in der Kommunikationsindustrie ist für alle Beteiligten imageschädigend. Solche Vorgänge erstickt man am besten gleich im Keim.

Marty sah mich erwartungsvoll an. »Was werden Sie unternehmen, Matt?«

»Ich setze meine beiden besten Mitarbeiter auf ComCab an und versuche herausbekommen, wer oder was eigentlich dahinter steckt. Und was die bisher so gemacht haben.«

»Wollen Sie jemanden nach Sewanka zu den Anhörungsterminen schicken?«

Ich schüttelte den Kopf. Marty warf mir einen enttäuschten Blick zu. »Ich will ja nicht drängeln, Matt, aber meinen Sie nicht, das wäre angebracht? Ich denke, Sie könnten die dann möglicherweise auf frischer Tat ertappen.«

»Ich schicke niemanden, ich fahre selbst hin.«

Er war gebauchpinselt. Nie und nimmer hatte er erwartet, dass ich alles stehen und liegen ließ, um mich persönlich um seinen Fall zu kümmern.

»Es ist am vernünftigsten, wenn ich selbst fahre«, erklärte ich. »Ich kenne die Stadt, ich habe dort am Whitten College studiert. Im Übrigen ist es in meiner Abteilung derzeit recht ruhig. Die werden mich bestimmt nicht vermissen.«

Ich verzichtete darauf, ihm zu erzählen, dass es bei uns ohnehin meist ruhig zugeht, bis urplötzlich der Wahnsinn ausbricht und das schiere Chaos regiert. Noch im vorigen Herbst hatte es bei den Feierlichkeiten zum fünfzigjährigen Jubiläum des Sendernetzes einen solchen akuten Anfall allgemeiner geistiger Umnachtung gegeben, der vier Todesopfer gefordert hatte – fünf, wenn man mein Herz mitzählte.

Ich merkte, dass Marty weiterredete: »… ich hoffe inständig, Sie bekommen heraus, was da schief läuft, und können der Sache einen Riegel vorschieben, Matt, ehrlich.«

»Das hoffe ich auch. Ich tue, was ich kann, aber solche Geschichten sind eigentlich immer vergebliche Liebesmüh.«

Er bedankte sich und drückte mir die Hand. Als ich ging,

summte er schon wieder und wiegte sein zerzaustes Haupt im Takt zu einem Walzer. Er lächelte sogar ein wenig.

Der Fall versprach, zähflüssig und langatmig zu werden und möglicherweise völlig ergebnislos zu enden, uns aber eine Menge Kopfzerbrechen zu bereiten. Es war zwar unwahrscheinlich, aber nicht undenkbar, dass ComCab von einer Reihe glücklicher Zufälle profitierte. Ich hatte es mir in dieser Branche abgewöhnt, darauf zu wetten, dass es sich *nicht* um eine völlig abstruse Verkettung von Ereignissen handelte. Außerdem mussten wir diskret vorgehen. Wenn wir (also ich) das Maul allzu weit aufrissen, bevor wir Beweise hatten, oder wenn es gar keine Beweise gab, dann musste das Network damit rechnen, von den Kommunalbehörden einen Satz heiße Ohren verpasst zu bekommen – und das Network bevorzugt seine Öhrchen kühl.

Mir brummte schon jetzt der Schädel.

Trotz alledem war mir angesichts dieses Falls längst nicht so mulmig wie angesichts der Aussicht, der bevorstehenden Verehelichung von Miss Debra June Whitten und Mr. Grant Sewall beizuwohnen, die Sonnabend, den einundzwanzigsten April dieses Jahres bei gutem Wetter am Wasserfall auf Whitten Estate, Route Seven, stattfinden sollte und zu der man mein geneigtes Erscheinen erwartete.

Ich drückte auf den Rufknopf und wartete auf den Aufzug, wurde ungeduldig und drückte genau in dem Moment erneut auf den Knopf, als der Lift mit lautem Bimmeln anhielt, erschrak, murmelte eine Obszönität, stieg ein, fuhr wieder zu meinem Büro hinauf und traf die nötigen Vorbereitungen.

# Kapitel 2

»Wie der Sand durch die Sanduhr, so sind
die Tage unseres Lebens.«
*– Einleitung zu »Zeit der Sehnsucht« (NBC)*

»Matt«, sagte Debra Whitten, »das ist ja phantastisch!«

»Dann bin ich also nicht zu spät dran.«

»Nein, *selbstverständlich* nicht. Wir *müssen* dich einfach bei der Trauung dabei haben. Da du nun doch kommst, werden Rick und Jane als Einzige der alten Bande nicht mit von der Partie sein.«

Ich unterdrückte ein Seufzen. Die alte Bande. Eine unverhoffte unbegreifliche Mischung von Basketballspielern und Kindern reicher Leute, die der Zufall im künstlichen Freiraum einer Kleinstadthochschule zueinander geführt hatte. Ich war einer der Basketballer, ein Straßenkind aus New York City, das von der Freiwurflinie aus Bälle versenken konnte und obendrein die nützliche Gabe besaß, in Aufnahmetests gut abzuschneiden. Das Whitten College (das einer von Debbies Vorfahren gründete, kurz bevor Texas US-Bundesstaat wurde) wählt jedes Jahr ein Kind wie mich aus und erteilt ihm ein Stipendium. Ich bildete nur insofern eine Ausnahme, als ich weiß bin.

Dreh- und Angelpunkt war Rick Sloan gewesen. Er gehörte zu den reichen Kids, weil er jedoch zufällig 2,03 Meter lang und nicht gerade ein Spastiker war, zugleich zu den Basketballern. Jane Anderson, Ricks damalige Freundin (und heutige Frau) kannte Debbie schon vom Kindergarten her. Nur eine weitere Person spielte eine wichtige Rolle in der Bande, als ich in jenem Frühjahr dazu stieß, und das war mein bester Freund und zudem einer der beiden Männer, die Debbie Whitten heiraten wollten.

Die gerade das Wort an mich richtete. »Ich gehe davon aus, dass ich die beiden telefonisch nicht erreichen kann, Matt, oder?«

Ich sagte, das sei wohl unwahrscheinlich. Nicht einmal ich

stand in Kontakt mit ihnen, obwohl ich ihre Eigentumswohnung am Central Park West bewohnte.

»Sie sind irgendwo mitten im thailändischen Dschungel und begucken alte Steine, Debbie«, sagte ich. »Ich könnte ja Spot mitbringen, aber der ist womöglich eingeschnappt, weil er keine Einladung erhalten hat.«

Das sollte ein Witz sein. Spot ist ein Hund, ein Samojede, der Rick und Jane Sloan gehört. Dass ich in ihrem Apartment wohnen darf, liegt (abgesehen von der chronischen New Yorker Wohnungsnot) zum guten Teil auch daran, dass ich Spot hüte, so lange sie außer Landes sind. Die Whittens züchteten Samojeden, und Spot erblickte auf ihrem Anwesen das Licht der Welt. Heimweh danach hegt er aber offenbar nicht.

Debbie fand die Idee klasse. »O ja, Matt, du *musst* ihn mitbringen!«

Debbies Stimme hatte mich vom ersten Moment an fasziniert. Sie sprach stets mit vielen Obertönen, um ihre Begeisterung zu unterstreichen, und während letztere oft aufgesetzt klang (wie zum Beispiel jetzt gerade), wirkte ihr Timbre nie gezwungen. Trotz der verwaschenen Vokale und nasalen Aussprache, die in diesem Landesteil üblich waren, klangen die Töne aus Debbies Kehle stets melodisch und glockenrein. Manchmal dachte ich, dass allein darin ihr Sexappeal lag, doch dann fiel mir ein, dass Debbie ein zwar nicht unbedingt schönes, aber doch hübsches Mädchen mit blondem Haar und blauen Augen sowie einer schlanken, sportlichen Figur und äußerst sehenswerten Beinen war. Außerdem kam mir in den Sinn, dass ihrem Vater neben der in Sewanka erscheinenden *Daily Sun* nicht nur fünfundvierzig weitere Tageszeitungen in diversen kleinen und mittelgroßen Orten überall im Bundesstaat gehörten, sondern zudem auch der lokale Fernseh- und Radiosender von Sewanka. An diesem Punkt musste ich immer einräumen, dass Debbies Attraktivität nicht ausschließlich etwas mit ihrer Stimme zu tun hatte, ganz egal, wie gut sie mir persönlich gefiel.

»Willst du wirklich, dass ich Spot mitbringe?«, fragte ich.

»Für mich würde das die Sache viel einfacher machen. Ich kann mir wirklich nicht vorstellen, dass sich ein Aristokrat wie Spot in einer Hundepension wohl fühlen würde.«

»Du würdest doch wohl nicht wagen, einen unserer Hunde in eine Pension zu stecken!«

»Natürlich nicht«, sagte ich. »Also muss ich ihn wohl oder übel mitbringen, wenn du mich dabei haben willst.«

»Das will ich unbedingt, Matt. Dan wird sich riesig freuen, dass du es dir überlegt hast.«

Ich erstarrte. Ich hatte diesen Anruf gefürchtet, weil ich *wusste*, dass Debbie letztlich irgendetwas in dieser Art sagen würde. Dan Morris war der Freund, von dem ich vorhin sprach. Er stieß als Letzter zur »Bande«, von der Debbie so gern sprach. Er war mein Zimmergenosse im Wohnheim gewesen. Ich hatte ihn mit Debbie bekannt gemacht.

Von all den vielen trivialen und schwerwiegenden Fehlern, die ich im Laufe meines Lebens begangen habe, war dies eine meiner Meisterleistungen gewesen. Dan hatte sich ebenso augenblicklich wie rettungslos in Debbie Whitten verliebt. Bei jeder beliebigen Computerfirma hätte ihm eine Traumkarriere bevorgestanden, doch statt dessen begnügte er sich mit einer kleinen Beraterfirma in Sewanka. Vor einigen Jahren bot man ihm die Teilnahme an der Olympiade an, denn er besitzt den schwarzen Gürtel nicht nur für Karate, sondern auch für Judo, und das gehört zu den olympischen Sportarten. Der Trainer hätte fast geweint, als Dan ablehnte, denn seiner Meinung nach hätte er gute Aussichten auf eine Silbermedaille gehabt, mit viel Glück womöglich sogar auf Gold.

Aber Dan war nicht bereit, Sewanka zu verlassen, solange Debbie dort war. Er gab einfach nicht auf. Und Debbie führte ihn an der Nase herum.

Ich sprach vorhin davon, was Debbie so attraktiv macht. Dan war wohl der Einzige, der in Debbie mehr entdeckte als gutes Aussehen, Geld und eine zauberhafte Stimme. Es war ihm peinlich, darüber zu sprechen, aber das war bei allem so, das ihm viel bedeutete. Einmal jedoch fiel ihm etwas aus dem Mund: Debbie hatte gerade eine Verabredung abgesagt, auf die sich Dan einen ganzen Monat lang gefreut hatte, um stattdessen mit irgendeinem Typ loszuziehen, den ihre Mutter für vorzeigbar hielt.

Dan legte den Hörer auf, sah mich an und sagte: »Herrgott, Matt, was für eine dumme Gans! Ich wette, sie weiß nicht mal, wie beschissen das ist. Sie hätte, ich meine natürlich, *ich* hätte verdammt noch mal was Besseres verdient.«

Ich sagte nichts dazu, war aber nicht sicher, ob Dan nicht doch meinte, was er zuerst hatte sagen wollen. Er sah all die vielen positiven Seiten an diesem Mädchen, vorhandene ebenso wie potentielle, und es trieb ihn zur Weißglut, dass Debbie sich weigerte, mehr aus sich zu machen.

Und vermutlich führte ihn Debbie auch genau aus diesem Grund an der Nase herum. Es ist prima, wenn einen jemand für eine Lichtgestalt hält (vermute ich jedenfalls), und es war Debbie ohne weiteres zuzutrauen, dass sie Dan allein deshalb bei der Stange hielt, weil er sie ständig mit Beweisen seiner Anerkennung und Zuneigung überhäufte.

Ein weiterer Punkt war, dass Debbies Vater es gar nicht gern sah, wenn sein Goldkind mit jemandem, der nicht zu »ihren Kreisen« gehörte, ins Bett ging oder, viel schlimmer noch, Heiratspläne schmiedete. A. Lawrence Whitten war ein altmodischer, eifersüchtiger Vater, und tragische Ereignisse hatten ihn noch darin bestärkt. Sein Sohn war an Leukämie gestorben, und danach hatte er seine Töchter noch mehr verwöhnt, als er es ohnehin schon getan hatte. Die andere Whitten-Tochter, Brenda, war erheblich jünger als Debbie (meiner Schätzung nach musste sie etwa sechzehn sein). Bei dem Autounfall, der ihre Mutter das Leben kostete, hatte sie ein Bein verloren. Trotz des enormen Altersunterschiedes von rund dreizehn Jahren machten sich die beiden Mädchen wechselseitig heftig Konkurrenz.

Dabei bot sich Dan als Werkzeug geradezu an. Wenn Daddy sich allzu viele Gedanken um seine arme, verkrüppelte Brenda machte, konnte Debbie seine Aufmerksamkeit auf sich lenken, indem sie ihn glauben machte, er werde sie womöglich an einen Juden verlieren.

Dan wusste das alles. Er musste es wissen, allein schon deshalb, weil ich ihn ständig darauf aufmerksam machte. Trotzdem blieb er bei der Stange, stets unerschütterlich zur Stelle, wenn es Debbie mit einem der reichen Jungs, die ihre Familie ihr ständig aufnötigte, wieder einmal zu langweilig wurde. Über sieben Jahre lang ging das so.

Vor zwei Jahren dann kam es zum Eklat. Debbie und ihr neuester Kavalier, eine menschliche Ken-Puppe namens Grant Sewall, hatten sich verlobt – sehr zu Dans Kummer. Die Verlobungsfeier hatte jedoch mit irgendeinem gewaltigen Krach geendet, und Debbie war wie üblich zu Dan gelaufen.

Mitten in der Nacht klingelte bei mir das Telefon. Ich hatte mich früh von der Party verabschiedet, weil ich am nächsten Tag nach New York zurückfahren wollte. Dan war am Apparat: Debbie wollte nicht Grant, sondern ihn heiraten. Ich behauptete, mich für ihn zu freuen, weil ich mitten in der Nacht nicht übermäßig geistreich bin und mir nichts einfiel, wie ich ihm die Sache so kurzfristig wieder ausreden konnte.

Aber das wäre auch gar nicht nötig gewesen, wie sich bald zeigte, denn die neue Verlobung hielt keine zwei Monate. Erstmals seit unserem Studium besuchte mich Dan in New York. Er ließ sich volllaufen und hockte drei Tage lang vor dem Sloan'schen Fernseher. Anschließend schlief er siebzehn Stunden am Stück, stand auf und fuhr zurück nach Sewanka. Seither telefonierte ich zwar ab und zu mit ihm, hatte ihn aber nicht wieder gesehen.

Das war nun über anderthalb Jahre her, und nachdem Debbie beschlossen hatte, doch noch wie geplant Grant zu heiraten, erzählte sie mir jetzt, wie sehr sich Dan freuen werde, mich bei der Feier dabei zu haben.

Ich kämpfte dagegen an, ehrlich, aber ich musste es einfach loswerden. Ich schluckte. »Dan?«, fragte ich. »Was hat Dan denn mit der ganzen Sache zu schaffen?« Meine Stimme klang gepresst.

»Oh, Dan ist natürlich bei der Hochzeit dabei. Grant hat ihn gebeten, sein Trauzeuge zu sein. Ist das nicht phantastisch?«

»Ach du liebe Güte«, sagte ich. Oder etwas ähnlich Verbindliches.

Als ich von Debbie erzählte, habe ich hoffentlich nicht den Eindruck erweckt, sie sei dumm. Das war sie absolut nicht. Aber sie tat gern so.

»Stimmt etwas nicht, Matt?«, fragte sie zuckersüß und voller Unschuld. Wenn das durchs Telefon möglich gewesen wäre, hätte ich sie am liebsten erwürgt.

»Nein, Debbie«, sagte ich gallig. »Alles in Ordnung. Ehrlich.« Als ob sie nicht wüsste, wie absolut widerlich es war, Dan diesen letzten Liebesdienst auch noch abzuverlangen und ihn zu zwingen, vor dem Altar zu stehen und mit strahlendem Lächeln die Frau seiner Träume und ganz nebenbei sieben Jahre seines Lebens in den Wind zu schießen. Nachdem er geglaubt hatte, in trockenen Tüchern zu sein.

Okay, vielleicht hatte es ja einen Vorwand gegeben, um ihn abzuservieren. Meiner Ansicht nach war Dans Beziehung zu Debbie ohnehin zum Scheitern verurteilt; Dan selbst wäre trotz sieben verlorener Jahre immer noch besser dran, wenn er Debbie vergessen würde, falls ihm das gelang. Aber ihm das so unverblümt unter die Nase zu reiben, war ein starkes Stück.

»Na schön, Matt«, sagte Debbie. Ihre Stimme klang noch immer melodisch, doch nun verdrängte das Blech die Holzbläser. Debbie spielte nicht mehr das Dummchen.

»Hör zu«, fuhr sie fort, »ich weiß, dass du Dan gern hast. Das tue ich auch.«

Ich erwiderte: »Hmmmmm.«

»Das tue ich wirklich, du Mistkerl!« Sie war jetzt in Rage. »Und wenn *Dan* in der Lage ist, das Ganze mit Fassung zu tragen, dann wüsste ich nicht, warum du das nicht auch könntest!«

Mit *Fassung*, ach du liebes bisschen! »Dan liebt dich, Debbie.«

»Während du mich nicht ausstehen kannst, nicht wahr, Matt?«

Sie klang traurig. »Du hast mich nie gemocht, stimmt's? Ich wünschte, du würdest mir sagen, warum.«

Vermutlich glaubte sie sich das sogar selbst. »Dreh mir gefälligst nicht das Wort im Mund herum. Wie steht's in der alten Heimat?«

»Ruhig, aber alles in Ordnung.« Sie war offensichtlich genauso froh über den Themenwechsel wie ich. Ich fragte sie nach Brenda, und sie erzählte mir, nach Ansicht des Arztes sei Brenda nun so weit ausgewachsen, dass sie ein endgültiges Kunstbein angepasst bekommen könne. »Dabei fällt mir ein, sie sagt, sie will bei der Hochzeit mit dir tanzen.«

»Abgemacht, sag ihr das. Falls die Einladung noch steht, heißt das.«

»Red keinen Unsinn. Natürlich steht die Einladung noch.« Debbie klang müde. »Wann können wir mit dir rechnen? Ich lasse für Spot den Zwinger für vierbeinige Stargäste herrichten. Wenn ihm das lieber ist, kann er auch im Haus bleiben.«

»Ich weiß noch nicht, wann ich wegkomme. Ich habe oben bei euch noch etwas Geschäftliches zu erledigen. Es wird Dienstag oder Mittwoch, schätze ich.«

»In Ordnung«, intonierte sie. Offenbar war alles wieder in allerschönster Ordnung. »Je eher, desto besser.«

Genau, dachte ich, als ich mich verabschiedete und einhängte. Je eher, desto besser. Dan würde einen Freund brauchen, das war mir klar.

# Kapitel 3

»Wo bin ich?«
»Sie sind da.«
*– Patrick McGoohan, Leo McKern u. a.,*
*»Nummer Sechs: The Prisoner« (CBS)*

Ich befuhr die Route 17 durch den Teil des Bundesstaates New York, der Südbalkon genannt wird, obwohl er sich meilenweit nördlich von New York City erstreckt. Irgendwo links von mir verlief mitten in der grünen Frühlingslandschaft die Grenze zu Pennsylvania. Von der Straße aus sieht man hier Flüsse wie silberne Ringellöckchen durch die Lücken im Grün schimmern.

Rechts von mir beherrschte Spots flauschigweißer Pelzrücken das Blickfeld. Seit er damals von Sewanka aus nach New York City gebracht wurde, hatte Spot nie wieder eine so lange Autofahrt unternommen, und er genoss jede Minute. Geschlagene fünfzig Meilen weit hatte er die Nase aus dem offenen Fenster gestreckt, bis mir kalt wurde und ich die Scheibe schloss. Doch auch das tat Spots Begeisterung angesichts der vorüberfliegenden Landschaft keinerlei Abbruch.

Da ich auf dieser Fahrt für jede Kleinigkeit dankbar sein musste, nahm ich mir ein paar Sekunden Zeit, dankbar dafür zu sein, dass ich zu einem Ort unterwegs war, wo alle den Witz schon kannten.

Es ist Rick Sloans Witz. Samojeden sind mittelgroße bis große sibirische Schlittenhunde, die sich durch einen ständig lächelnden Gesichtsausdruck, spitze Ohren und ein langes, flauschiges, schneeweißes Fell auszeichnen. Wenn sich jemand darüber wundert, warum dieser Hund ausgerechnet Spot heißt, obwohl er doch gar keine Tupfen hat – und Sie können mir glauben, die Frage wird oft gestellt –, dann muss ich jedes Mal erklären, dass er seinen Namen nach dem riesigen weißen Fleck trägt, der sich über seinen ganzen Körper erstreckt. Zunächst war der Witz witzig, jedenfalls die ersten paar hundert Male.

Westlich von Elmira wurde der Verkehr spärlicher. Danach fuhren wir noch etwa eine Stunde lang weiter nach Westen und bogen dann nach Norden ab. Sewanka ist ein hübsches Städtchen. Irgendwann gegen Ende des Zweiten Weltkriegs setzten sich alle Bauherren und Architekten an einen Tisch und beschlossen: »Tudorstil bringt's.« Seither ist eine Menge gebaut worden, und natürlich gibt es in Sewanka auch einiges an Glas und Stahl, aber irgendwie hat sich die Moderne nie so sehr durchsetzen können, dass man sich dort wie in einer gigantischen Telefonzelle vorkommt, wie es etwa in New York City oft der Fall ist.

Zu den hässlichsten Bauten der Stadt gehörte das Whitten College. Zwischen efeuberanktem Kalkstein gab es zwar den für die fünfziger Jahre typischen Backstein, doch hatte der Efeu auch daran schon fleißig gearbeitet. Eines Tages würde er den ganzen Komplex so akademisch-ehrwürdig und gemütlich aussehen lassen wie Harvard.

Ich stellte meinen Koffer im Sewanka Inn ab (das trotz des Namens kein Gasthaus mehr ist, sondern ein größeres Hotel, das seinen Konferenzsaal für die Anhörung zur Verfügung gestellt hatte), stieg dann wieder ins Auto und fuhr zum Anwesen der Whittens nördlich der Stadt.

Es regnet viel in Sewanka, aber wenn die Sonne scheint wie an diesem Dienstag, ist der Himmel riesig, vermutlich, um Platz für die gewaltigen Wolkenformationen zu bieten, die sich wie ganze Rudel von Samojeden auftürmten. In New York schaut kein Mensch zum Himmel, dort bildet er stets nur den Hintergrund für irgendetwas, ein Gebäude, ein Schiff, eine Feuersbrunst. Es war schön, zur Abwechslung einmal etwas anderes zu sehen.

Ich fühlte mich prima und freute mich richtig, hergekommen zu sein. Jedenfalls die erste halbe Stunde. Ich erwähne das jetzt, weil es angesichts der späteren Ereignisse im Nachhinein so schwer nachvollziehbar ist.

Es machte mir sogar Spaß, den Dinosaurier von Firmenwagen zu fahren. Die Energiekrise betrifft weltweit alle und jeden, nur nicht den Network-Fuhrpark. Wenn ich damit nicht durch den Stadtverkehr musste, war es ausgesprochen angenehm, ein vierrädriges Gegenstück zu einem Kreuzfahrtschiff unter sich zu haben, das über jeden Huckel im Straßenbelag sanft hinwegglitt.

Unter den Reifen war das satte Knirschen von Kies zu hören, als ich in den Privatweg zum Haus der Whittens einbog. Das Anwesen ist riesig, mit Rasenflächen wie ein Golfplatz, umgeben von reichlich naturbelassenem Gelände einschließlich eines eigenen Wasserfalls. Es dauerte fünf Minuten, bis das Haus überhaupt in Sichtweite kam.

Es fiel mir schwer zu glauben, dass ich früher viel Zeit in diesem Haus verbracht hatte. Jedes Mal, wenn ich es sah, hörte ich im Geiste die Filmmusik zu *Vom Winde verweht*. Das riesige Gebäude besaß ein dreistöckiges Mittelteil, an dessen Fassade die Säulen selbstverständlich nicht fehlten, flankiert von zwei zweistöckigen Seitenflügeln.

Brenda Whitten und noch jemand spielten Baseball im Hof vor dem Eingang. In der schon tief stehenden Sonne glitzerten die Scharniere ihres neuen Kunstbeins, der Aluminiumschläger in ihren Händen und die Edelstahlkrücken, die über Kreuz auf dem Rasen lagen.

Das neue Bein schien Klasse zu sein, überlegte ich. Nie zuvor hatte ich sie so weit von ihren Krücken entfernt gesehen. Die Metallröhren mit den gepolsterten Armstützen und den schwarzen Handgriffen hatten ständig zu ihrem Alltag gehört wie eine Brille.

Doch nun stand Brenda frei und ohne Krücken und schlug nach den locker von unten geworfenen Bällen, die ihr Spielpartner ihr servierte. Und sie machte ihre Sache sogar gut. Ihr fehlte das rechte Bein, und sie schlug mit links, so dass sie sich nicht mit dem Spielbein in den Schlag lehnen konnte, doch gelang es ihr trotzdem, ihr Gewicht so weit zu verlagern, dass sie traf. Außerdem hatte sie ein gutes Augenmaß. Von fünf Würfen erwischte sie den Ball dreimal voll und trieb ihn sauber in Richtung Haus.

Beim Näherkommen fielen mir zwei Dinge auf. Brenda war genauso eine Schönheit geworden wie ihre Schwester. Shorts und Top ließen einen jungen, kräftigen Körper erkennen, der den früheren Babyspeck weitgehend abgelegt hatte. Ihr hübsches Gesicht leuchtete vor Entschlossenheit und Stolz. Es machte Freude, sie zu sehen.

Das zweite, das mir auffiel, war, dass ausgerechnet Dan ihr die Bälle zuwarf. Seit unserem letzten Treffen hatte er sich einen kurzen, aber dichten Bart wachsen lassen, der sein Gesicht unterhalb der Wangenknochen völlig verbarg. Solange er diesen Bart hatte, konnte niemand sehen, wenn seine Lippen bebten. Er war nach wie vor in Top-Form. Dan war ein klassischer Vertreter des »mittleren Körpertyps«, etwas kleiner als der Durchschnitt, jedoch sehr muskulös. Ich hatte einmal zugesehen, wie er ein Nummernschild in der Mitte durchriss. Ich bin zwanzig Zentimeter größer als Dan und ziemlich fit, aber das würde ich nicht schaffen.

Ich stellte den Motor ab und hupte. Es war schön zu sehen, dass beide Gesichter strahlten, als ich aus dem Auto stieg, obwohl die Begeisterung zugegebenermaßen auch Spot gegolten haben konnte.

Ich winkte und ging über den Rasen auf sie zu. Das Gras fühlte sich wie ein Teppich unter den Füßen an, bloß kühler. Brenda hoppelte zu ihren Krücken, hob sie auf und kam mir entgegen, Dan ging hinter ihr her, darauf bedacht, sie nicht zu überholen. Mit dem breiten Lächeln, das seinen Bart teilte, sah er fast ganz wieder wie der Alte aus.

»Hallo, Matthew«, sagte Dan. Er fand offenbar, ein Händedruck sei nicht genug, und legte mir stattdessen seinen starken rechten Arm um die Schultern. Ich erwiderte den Druck, während Spot fröhlich kläffend um uns herumhüpfte. Brenda stand sichtlich belustigt daneben.

»Ich kann hier länger stehen bleiben, als du mich ignorieren kannst«, verkündete sie. Ich lachte und wandte mich ihr zu. Was ich sah, gefiel mir. Sie strahlte eine Menge Kraft aus, nicht nur mit ihrem Körper, sondern vor allem mit ihrem jungen Gesicht.

»Hallo, Brenda«, sagte ich.

»Hallo, Matt.« Sie lächelte mich an, auf einmal verlegen. Sie nahm ihr Stirnband ab und wrang es aus. Als sie den Arm senkte, riss Spot es ihr aus der Hand und rannte damit weg.

»Spot!«, rief ich. Er drosselte das Tempo und sah sich über die Schulter zu mir altem Spielverderber um. »Sofort hierher!«

Das gefiel Spot zwar nicht, aber er kam. An meiner Stimme hörte er, dass er in der Tinte steckte. Mit tief gesenktem Kopf trottete er zögernd zurück.

Brenda sagte: »Ach, das Ding kann er behalten. Ich habe Dutzende davon.«

Ich schüttelte den Kopf. »Ich darf ihm so etwas nicht durchgehen lassen. Ihr züchtet doch selbst Hunde, ihr müsstet das doch wissen.« Spot war inzwischen bei uns angekommen. Ich nahm ihm das Stirnband ab, gab ihm einen leichten Klaps auf die Schnauze und hielt ihm vor, er sei ein unartiger Hund.

»Jetzt fällt es mir wieder ein«, sagte Brenda. »Du konntest noch nie fünf Minuten irgendwo sein, ohne irgendwem Vorträge zu halten.«

Das konnte ich beim besten Willen nicht bestreiten, also grinste ich nur. »Ich freue mich auch, dich wiederzusehen, Maikäferchen.«

Der alte Spitzname brachte ein Lächeln auf ihr Gesicht. »Willst du jetzt bloß dastehen und mein bildhübsches Bein bewundern oder endlich auch meinen verschwitzten Korpus in die Arme schließen? Kriege ich denn gar kein Küsschen, Onkel Matt?«

»Aber natürlich!« Was sie sich unter einem Küsschen vorstellte, war etwas mehr, als was ich darunter verstand. Als sie meinen Mund schließlich wieder freigab, lobte ich ihr gutes Auge beim Schlagen.

»Nichts Besonderes«, sagte sie, doch ihre Augen blitzten vor Stolz. »Vielleicht sollte ich jemanden einstellen, der für mich die Runs absolviert.«

»Zumindest solltest du jemanden einstellen, der wegrennt,

wenn du die Fenster an der Vorderfront zertrümmerst. Oder in eine andere Richtung schlagen.«

Dan reichte ihr die Krücken und wir gingen zum Haupthaus zurück. Brenda hatte sich eine Woche schulfrei genommen. »Das kann ich aufholen, kein Problem. Außerdem ist das da ein echtes Loch. Alles bloß Mädchen. Country Day School – alles Scheiße.«

Dabei warf sie mir einen verstohlen Blick zu und wirkte enttäuscht, als ich nicht schockiert reagierte.

Als wir das Haus erreichten, bot sich Dan an, Spot zu seinem hochherrschaftlichen Zwinger zu bringen, der in der berühmten Hundezucht der Whittens seiner harrte. Währenddessen ging Brenda mit mir ins Haus. Oben auf dem Absatz der kleinen Treppe, die zur großen weißen Eingangstür hinaufführte, rief Dan mich noch einmal zurück. Er stellte mir ein paar unsinnige Fragen über Spots Fressgewohnheiten, sah mir dann tief in die Augen und sagte: »Ich freue mich, dass du hier bist, Matt, ehrlich.«

Seine Stimme verriet den Kummer all dieser sieben Jahre, aber da war noch etwas anderes. Offenbar war irgendetwas im Gange. Ich hasse es, wenn etwas im Gange ist, aber ich schluckte nur und erklärte, dass auch ich mich freute, dort zu sein.

Das war nicht einmal richtig gelogen.

# Kapitel 4

> »Willkommen in meinem Haus. Treten Sie ruhig ein, gehen Sie in Frieden. Und lassen Sie von der Freude, die Sie bringen, etwas hier zurück.«
> *– Louis Jourdan, »Graf Dracula« (BBC/PBS)*

Auf Brendas Kommando hin öffnete ich die Tür und trat ein. Keine Spur von der Unsitte, mich warten zu lassen, bis einer der Diener jemanden von der Familie zu meiner Begrüßung holte. Ich fand das einen ausgesprochen demokratischen Zug in einem Haus, bei dessen Betreten ich früher vorsichtshalber stets meinen Studentenausweis parat gehalten hatte.

Die Whittens und der junge Mr. Sewall befanden sich im Herrenzimmer oder Salon oder was weiß ich, wie sie es nannten. Debbie gab gerade einigen Handwerkern Anweisungen, wie der Raum hergerichtet werden sollte, falls die Trauung wegen Regen im Haus stattfinden musste. Die Grundrisse, auf die sie dabei pochte, wirkten wie Schlachtpläne für eine mittlere Invasion von Amphibienfahrzeugen. Cousine Joan sollte dort sitzen, Onkel Harry und Onkel Albert waren zerstritten und so weiter.

»Rührend«, murrte Brenda neben mir. Wir standen auf der Türschwelle, doch außer Grant Sewall waren alle weiter emsig beschäftigt. Grant saß in einem schwarzen Plüschsessel und starrte in ein *Modern-Bride*-Heft, als hoffe er darin das Geheimnis des ewigen Lebens zu ergründen.

Ich fragte mich, wann man wohl Notiz von uns nehmen würde.

Die künftige Braut schaute auf ihren Grundriss, schaute auf das Mobiliar, schaute wieder auf ihren Grundriss und sagte: »Das ist *unmöglich*! Aber laut Wetterbericht gibt es mit vierzigprozentiger Wahrscheinlichkeit am Samstag Regen, also muss ich das irgendwie hinbekommen.«

Ohne von seiner Zeitschrift aufzublicken, sagte Grant: »Es wird nicht regnen.«

Debbie sagte: »Woher willst du das wissen?«

»Wird es einfach nicht.« Er war noch immer in sein Heft vertieft. Es hätte mich interessiert, ob sein Gesicht genauso selbstgefällig aussah, wie seine Stimme klang. »Ich verbiete es.«

Debbie warf ihm einen entnervten Blick zu. »Grant, *Schatz*, wenn du nichts Sinnvolles beisteuern kannst, dann komm uns wenigstens nicht in die Quere, einverstanden?«

»Du machst dir viel zu viele Sorgen, Schatz. Ob Regen oder Sonnenschein, wir heiraten, und nur das zählt doch, oder?«

Debbie ließ ihre melodische Stimme im Pizzikato erklingen. »Das frage ich mich manchmal. Es soll doch der schönste Tag in unserem Leben sein.« Sie hielt inne, den Kopf zur Seite geneigt, als prüfe sie die Worte auf ihren Kitschgehalt. Offenbar bestanden sie die Prüfung nicht, denn als Nächstes sagte sie: »Das sollte er jedenfalls. Und dir ist das offenbar alles nicht wichtig. Du sitzt bloß da …«

Grant sah von seiner Zeitschrift hoch. Wie gesagt: eine richtige Ken-Puppe. Stets adrett frisiertes Blondhaar, blaue Augen, ein eckiges Kinn mit einem winzigen Grübchen in der Mitte. Ich habe nur einen einzigen anderen Menschen je gesehen, der genauso alt, genauso gut aussehend und genauso makellos frisiert war wie Grant, und der sang fromme Lieder in der »Lawrence Welk Show«.

Er sah seine Verlobte an. »Du weißt genau, wie wichtig mir das ist, Debbie.« Er sagte es vollkommen neutral. Es konnte genauso gut eine rührende Liebeserklärung wie ein gemeiner kleiner Seitenhieb sein.

Debbie entschied sich für Letzteres. »Oh, das weiß ich nur zu gut, du Schuft. Du hast mich schon einmal sitzen gelassen und zum Gespött der Leute gemacht! Warum ich mich überhaupt noch einmal auf dich eingelassen habe …«

»Ich dachte, wir wollten darüber nicht mehr sprechen, Schatz.«

Debbie war nicht in der Stimmung, sich besänftigen zu lassen. Um einen Streit abzuwenden, versuchte es A. Lawrence Whitten mit einem vorsichtigen »Aber, aber, Kinder«, doch erst Brenda gelang es, die Situation zu entschärfen.

»Hallo-oo«, brüllte sie. »Schaut mal, wer da ist!«

Das verschaffte uns Aufmerksamkeit. Alle Köpfe mit Ausnahme der marmornen Whittens auf dem Kaminsims drehten schuldbewusste Mienen in unsere Richtung. Selbst die Handwerker, die zweifellos seit langem auf Durchzug stellten, wenn sie bei den Vorbereitungen zu häuslichen Hochzeitsfeiern Familienstreitereien mit anhören mussten, wirkten, als hätte man sie mit den Fingern in der Keksdose erwischt.

Auf einmal war ich verlegen, zugleich jedoch ein wenig enttäuscht, dass Brenda nicht noch eine Weile gewartet hatte, denn die Einzelheiten des Streits, der die erste Verlobung Whitten/ Sewall so abrupt beendet hatte, lagen nach wie vor im schwärzesten Dunkel, selbst für diejenigen, die seinerzeit bei der Feier anwesend waren.

Der peinliche Moment ging vorüber, und alle Gesichter lächelten mit einem Mal, als hätte ich das alles nur geträumt. Debbie umarmte mich, Grant und der Alte gaben mir die Hand. Man plauderte. Debbie wollte wissen, wie die Fahrt gewesen war. Grant Sewall fragte mich, wie es mir in New York City gefiel.

Er fragte mich das jedes Mal, wenn wir uns sahen. Obwohl Grant Spitzenmanager bei einem der größten Medienunternehmen der USA war und nach vorsichtiger Schätzung rund 2,46 Mal so viel verdiente wie ich, war er eifersüchtig, weil ich beim Sendernetz in New York arbeitete. Er gab sich nicht einmal Mühe, das zu kaschieren. In unserer Branche ist das nichts Besonderes bei Leuten, die sich nicht mit einer Stelle in New York oder Los Angeles brüsten können. Einer meiner frühen Mentoren sagte zu mir: »Denk dran, mein Junge, King Kong kann man nur sein, wenn man da hingeht, wo das Empire State Building steht.«

Das führte zu gewissen Spannungen zwischen uns. Er beneidete mich um meinen Job, und ich hielt ihn für einen Blödarsch, weil er auf einen popeligen Job wie meinen eifersüchtig war.

Ich lächelte ihn an und erzählte ihm, es komme in New York nicht darauf an, ob es einem gefiel oder nicht. »Das ist genetisch vorbestimmt, es gibt ein Chromosom dafür. Meine Familie besitzt es seit Generationen. Heute fühle ich mich unwohl, wenn ich Luft einatmen soll, die man nicht sieht.«

Alle lachten darüber, aber Grants Augen blieben eisig, als hätte ich ihn heruntergeputzt. Es gibt Leute, denen kann man nichts recht machen.

Ich ignorierte ihn und lauschte der schroffen Begrüßung, die A. Lawrence Whitten mir zudachte. »Schön, Sie zu sehen, Cobb«, sagte er. Wer sein ganzes Leben lang Oberboss war, konnte es sich leisten, auf höfliche Anreden zu verzichten. »Wie ich höre, haben Sie hier auch geschäftlich für das Network zu tun.«

Das räumte ich ein. »Ich will für Network Cable ein gutes Wort einlegen, falls es jemand hören will. Bisher haben wir in diesem Teil des Bundesstaates nicht besonders gut abgeschnitten.«

»Ihr werdet euer letztes Hemd dabei verlieren. Ihr hättet das lieber gleich als Pay-TV aufziehen sollen. Für Kultur kriegt ihr nie und nimmer genügend Sponsoren zusammen.«

»Dann sind Sie ja genau der Richtige für mein gutes Wort. Es überascht mich, dass Whitten Communications nicht an einer Franchise interessiert ist.«

Whitten schnaubte. »Ich hätte eine kriegen können, aber meiner Meinung nach ist das den ganzen Aufwand nicht wert. Ich beschäftige jetzt schon einen Haufen Anwälte, um Antitrustklagen gegen mich abzuwehren, weil mir hier die Zeitungen *und* die Radio- und Fernsehsender gehören. Warum soll ich denen noch mehr Material gegen mich liefern? Ich mache schon noch meinen Schnitt mit dem Kabelfernsehen.«

Er sah mich verschlagen an. »Warum schickt das Network ausgerechnet *Sie*, nur um ein gutes Wort einzulegen, Cobb? Ich dachte, Sie sind bei den Sonderprojekten? Was ist da los?«

Der alte Knabe war schlau. Ich fischte noch nach einer plausiblen Antwort, als Debbie mich rettete.

»Wo ist Spot?«, fragte sie bestimmt. Ihr Vater brummelte, das sei ein verdammt dämlicher Name für ein so wunderbares Tier.

»Dan hat ihn in den Zwinger gebracht«, sagte ich.

»Ich will ihn *begrüßen*«, sagte Debbie. »Na los, komm mit. Wir sind gleich wieder da.« Sie schnappte sich mein Handgelenk und zerrte mich aus dem Raum. Im letzten Moment fiel ihr etwas ein, und in Richtung auf die Handwerker: »Sie können gehen. Lassen Sie alles so, wie es ist. Es wird Samstag ohnehin nicht regnen.«

# Kapitel 5

»Nun mein Vorschlag, mein Freund.
Ich sage Ihnen, was ich tun werde …«
*– Sid Stone, »Texaco Star Theater« (NBC)*

Wir verließen das Haus durch die Hintertür und gingen zu den Zwingern hinüber. Debbie ließ meine Hand nicht los. Sie war so freundlich, dass es schon kokett wirkte. Wahrscheinlich, um nicht aus der Übung zu kommen.

»Du siehst klasse aus, Matt. Ob erblich bedingt oder nicht, New York bekommt dir gut.«

»Du bist aber auch nicht zu verachten«, sagte ich. »Die ganze Familie sieht prima aus. Grant sollte man wegen unanständig guten Aussehens verklagen, aber das ist ja nichts Neues.«

»Alter Schmeichler«, sagte sie und warf ihr gelbblondes Haar zurück, als wollte sie die Komplimente herausschütteln. Ihre Miene hellte sich auf. »Und wie findest du Brenda? Entwickelt sie sich nicht zu einer richtigen Schönheit?«

»Das ist sie bereits, denke ich.«

Debbie nickte. »Gut, dass ich bald eine verheiratete alte Frau bin. Ich würde mich heute nicht mehr trauen, Jungs mit nach Hause zu bringen. Ich meine, sie war ja immer hübsch, aber wegen ihrer … Behinderung war sie immer zu dick.«

»Als ich sie das letzte Mal sah, fand ich sie keineswegs dick.«

»Ach, und wann war das?«

Patsch, mitten rein ins Fettnäpfchen. Die dämliche Verlobungsfeier war ein Thema, das man lieber vermeiden sollte. »Äh, das war vor zwei Jahren, als ich, äh, hier war wegen …«

»Ach so.« Debbie winkte ab, um zu mir zeigen, dass ihr das Thema nichts ausmachte. »Damals hatte sie schon etwas abgenommen und war nur noch etwas pummelig.«

»Aber jetzt sieht sie *klasse* aus«, fuhr Debbie fort. »Ich bin sehr stolz auf sie. Sie achtet auf ihr Gewicht und sie treibt Sport – Dan hilft ihr dabei. Er ist ein Schatz, nicht wahr, Matt?«

Ich sah sie an. Und traute mich nicht, mehr zu sagen als »Ja«. Es kam mir vor, als warnte sie mich, ihr bloß nicht zu widersprechen. Ich beließ es dabei.

»Auf jeden Fall«, fuhr Debbie fort, »tut ihr das alles unheimlich gut. Früher hat sie oft über ihr Bein nachgegrübelt, bezeichnete sich selbst als Monster und Krüppel und so weiter, aber damit hat sie jetzt ganz aufgehört.«

Das löste in mir zweierlei Reaktionen aus, von denen ich keine laut aussprach. Zum einen würde *ich*, wenn ich ein Bein verlöre, zwar wahrscheinlich nicht ständig öffentlich in Tränen ausbrechen, aber ich wette, ich würde mindestens einmal pro Woche darüber nachgrübeln. Zum anderen dachte ich, wenn jemand aufgehört hat, über etwas nachzugrübeln, dann erwähnt er das nicht gleich zweimal in den ersten dreißig Sekunden einer Unterhaltung, und genau das hatte Brenda heute Nachmittag getan.

Ich lächelte auf dem gesamten Weg durch die Zwinger. Ein Samojede kann schön sein, Dutzende davon auf einem Haufen sind jedoch blödsinnig: muntere weiße Puderquasten mit schwarzen Punkten anstelle von Nasen und Augen, und etwas Rosa, wenn sie die Mäuler aufsperrten.

Dan kam uns entgegen und brachte uns zu Spot, der es sich in seiner Luxusherberge bereits gemütlich gemacht hatte. Seinem Verhalten nach freute er sich wohl, mich zu sehen, doch ohne jede Spur von »Hol mich bloß hier raus«.

Debbie ließ sich auf ein Knie nieder und streichelte mit einer Hand Spots Kehle, während die andere Hand ihn abtastete. Das ging ganz schnell, doch in diesem kurzen Moment sah ich eine ganz andere Debbie – ohne jede Pose, nichts als eine kompetente junge Frau, die ihren Beruf gern mochte.

Dan sah es auch. »Und?«, fragte er. »Macht Matt seine Sache als Aushilfsherrchen gut?«

Ihre Aufmerksamkeit blieb auf Spot gerichtet, während sie antwortete. »Hervorragend«, sagte sie. »Wirklich hervorragend. Sein Fell ist ausgezeichnet, sein Gebiss perfekt. Sehr schöner

Körperbau, wenn auch ein winziges bisschen klein für einen ausgewachsenen Rüden.« Debbie sah zu mir hoch. »So weit ich mich erinnere, hast du mir einmal erzählt, dass du als Kind nie einen Hund hattest, Matt.«

»Das stimmt.«

Sie schüttelte den Kopf. »Tja, dann bist du wohl ein Naturtalent. Und Rick und Jane haben ihre Sache auch gut gemacht. Das ist ein bildschönes Tier.« Sie zerzauste Spot das Fell. »Bildschön!«, sagte sie zu ihm. »Ein bildschönes Tier!«

Schmeicheleien kommen bei Spot immer gut an. Er wird es nie leid, sich erzählen zu lassen, was für ein hübscher Kerl er ist. Er begann, sich bei Debbie auf seine übliche Art zu bedanken, das heißt mit einem ebenso herzhaften wie unappetitlichen Hundekuss. Doch nachdem er ihr ein- oder zweimal mit dem rosa Waschlappen über die Wange geschlappt hatte, zuckte er zurück und grunzte, wie Hunde es tun, wenn sie etwas in der Schnauze haben, was sie nicht mögen. Mit einem entrüsteten Blick in Debbies Richtung trabte er zu seinem Wassernapf und begann geräuschvoll zu trinken.

Ich lachte. »Das war eine Uraufführung«, erklärte ich Debbie. »Normalerweise ist er ganz verrückt auf den Geschmack von Make-up. Vielleicht mag er das Öl darin oder so. Dadurch reduziert sich die Zahl der Frauen, die ich mit nach Hause bringen kann, auf diejenigen, die sich gern das Make-up abschlecken lassen.«

»Durch Spot, meinst du?«, fragte Dan, und alle lachten, auch Debbie, die zunächst etwas übermäßig betroffen gewirkt hatte.

»Er … Also *dieses* Make-up würde er sicher nicht mögen«, sagte Debbie, und ich hatte den Eindruck, es schwang ein wenig Bedauern mit.

»Und du meinst wirklich, ich mache alles richtig?«, fragte ich.

»Ja, das meine ich.« Sie legte die Hand auf die Stelle, die Spot abgeleckt hatte, als hätte er ihr das Gesicht verbrannt. Einen Augenblick lang wandte sie den Kopf ab, schaute auf ihre Finger, schaute einen Moment lang auf Dan, dann wieder auf mich und knipste dann ihr übliches selbstbewusstes Lächeln an.

»Ja, das meine ich, Matt«, sagte sie und war wieder genau so, wie ich sie von früher kannte. Es war jedoch interessant, nach all den Jahren immer noch das Mädchen vor sich zu sehen, in das Dan sich damals verliebt hatte.

Wir gingen zum Haus zurück. Die Unterhaltung bestritten Debbie und ich allein, was ungewöhnlich für Dan war, aber ihm ging wohl einiges durch den Kopf, jedenfalls *wirkte* er so, als gehe ihm einiges durch den Kopf. Er ging ein Stück vor uns her, den Kopf gesenkt und die Hände in den Taschen vergraben. Er hätte bestimmt auch nach Kieseln getreten, wären die Hausangestellten der Whittens so schlampig gewesen, welche auf dem Weg herumliegen zu lassen.

Debbie wollte weiter über Spot reden. »Ich freue mich, wie gut er aussieht, Matt. Vielleicht solltest du ihm etwas mehr Bewegung gönnen, damit sein Muskeltonus tipptopp ist, aber ansonsten ist er perfekt.«

Dann hatte sie einen Vorschlag für mich, oder besser gesagt, für Spot. »Hör mal, Matt, wir sollten ihn verpaaren!«

»Jetzt gleich?« Das war dummes Zeug, aber das Erstbeste, was mir einfiel. Mein Gehirn bereitet mir des Öfteren solche Überraschungen. Ich höre mich selbst Gedanken aussprechen, von deren Existenz mir zuvor nichts bekannt war. Von tausend Gelegenheiten, bei denen das passiert, kommen dabei jeweils 800 Dummheiten, 198 Glückstreffer und 2 echte Geistesblitze heraus.

Dummes Zeug oder nicht, Debbie antwortete mir. »Nein, morgen. Vanilla – das ist unsere beste Zuchthündin – wird gerade heiß, und wir haben bisher noch keinen richtig tollen Rüden für sie gefunden. Obendrein ist der Verwandtschaftsgrad zwischen den beiden genau richtig, das ist gut für den Genpool. Ich werde den Deckakt selbst überwachen, was hältst du davon?«

Ich sagte: »Nur zu.« Schließlich war es ja nicht Spot, der schwanger wurde und mir einen Arm voll Welpen bescherte.

»Willst du zusehen?«, fragte Debbie mich.

Einen Moment lang konsternierte mich der Gedanke, ein Zeichen dafür, wie sehr wir Tiere vermenschlichen. Dann dachte ich, was soll's, den Hunden ist es doch ohnehin egal, außerdem ist es durchaus schon vorgekommen, dass Spot klammheimlich im unpassendsten Moment aufgetaucht ist und *mir* dabei zugesehen hat. Sollte er ruhig einmal spüren, wie das ist.

»Okay, wenn ich es zeitlich schaffe. Ich sitze morgen bis zum Spätnachmittag im ersten Anhörungstermin fest.«

»Kannst du gegen vier Uhr hier sein?«

Ich sagte, ich hielte es für möglich, wisse es aber nicht. Wir vereinbarten, dass sie schon einmal anfangen sollte, falls ich mich verspätete.

Dann lud sie mich zum Abendessen ein, aber ich erklärte ihr, dass ich mich noch auf die Besprechung am nächsten Tag vorbereiten musste. Übung macht eben den Meister, auch im Lügen.

»Wenn es euch nichts ausmacht, möchte ich dir sogar Dan entführen. Es werden da ein paar technische Computerfragen aufs Tapet kommen, und da würde ich gern hören, was er von meinen Antworten hält.«

Dan sah mich zweifelnd an, sah aber, dass ich es ernst meinte, und willigte ein.

Wir verabredeten uns für den nächsten Abend, sobald die Hunde fertig waren. Im Haus wurde unsere Mitteilung, dass Dan und ich nicht bleiben würden, von Grant mit Erleichterung, von Brenda mit Zorn (sie hatte sich sichtlich für uns hübsch gemacht) und vom Alten mit völliger Gleichgültigkeit aufgenommen.

Mir war das ziemlich egal. In diesem Haus war eine Menge verschiedener Spannungen zu spüren, und ich hatte keineswegs die Absicht, noch weitere zu erzeugen, bevor mir mein alter Kumpel nicht gesagt hatte, was da eigentlich im Gange war.

## Kapitel 6

»Ein Prosit auf gute Freunde. Heute ist ein besonderer Abend …«
*– Arthur Prysock, Löwenbräu-Werbespot*

Zum Essen gingen wir zu Hans, einem kleinen Restaurant nördlich von Sewanka, das deutsche Spezialitäten serviert. Die Sandwiches dort sind dick wie Ziegelsteine, und jeder Kubikzentimeter davon ist ein Gedicht. Einige meiner liebsten Erinnerungen an meine Collegezeit haben etwas mit dem *House of Hans* zu tun.

An diesem Abend hatten wir die Ehre, von Hans höchstpersönlich bedient zu werden. Hans hatte es immer verstanden, die Dinge so zu nehmen, wie das Schicksal sie ihm zuwarf. Er war der geborene deutsche Kneipier, klein, stämmig, emsig und freundlich. Sein breites Lächeln brachte leuchtend weiße Zähne und fröhlich zwinkernde Augen zum Vorschein.

Im Zweiten Weltkrieg war Hans in Gefangenschaft geraten und hatte das Herz einer amerikanischen Krankenschwester erobert. Nach dem Krieg war er seinem Schatz in eine neue Heimat gefolgt, ohne sich dort von seiner wahren Berufung abhalten zu lassen, und wurde so zum vermutlich besten deutschen Kneipier der Vereinigten Staaten.

»Ha!«, sagte Hans, als er unser Tablett brachte. »Ich lese in der Küche die Bestellung, Roastbeef-Sandwich und ein Würzburger, Reuben-Sandwich und ein Würzburger Dunkel. Zweimal *Kartoffeln*. Klingt sehr vertraut. Also serviere ich selbst – und sehe, ich habe Recht. Wie geht es euch, Jungs? Vor allem Ihnen, Mister Cobb?« Wenn Hans »Mister« zu jemandem sagt, klingt das nicht allzu respektvoll, sondern eher wie ein Lehrer, der mit einem unartigen Schüler schimpft.

»Vor allem Ihnen«, fuhr er fort. »Daniel habe ich immerhin ein- oder zweimal in den letzten Jahren gesehen, aber was bringt Sie endlich wieder einmal hierher?« Ich setzte zu einer Antwort an, doch Hans unterbrach mich kurzerhand. »Esst eure Sandwiches, bevor sie kalt werden. Ihr könnt ruhig mit vollem Mund reden, mich stört das nicht.«

Ich brauchte noch nie eine zweite Einladung, um mich über ein Reuben-Sandwich à la Hans herzumachen. Köstlich. Bei Hans war alles hausgemacht, vom selbst gebackenen Brot über das Corned Beef, Sauerkraut bis hin zur Cocktailsauce. Den Käse ließ er eigens aus Europa kommen. Es verstand sich von selbst, dass bei Hans alles erstklassig schmeckte. Das Einzige, was ich nicht verstand, war, warum er all die leckeren Sachen nicht selbst aufaß.

Ich war von meinem Sandwich und dem nussig-süßlichen Bier so verzückt, dass Hans mich aus meinen Gedanken reißen musste. Ich nahm mich zusammen und erzählte ihm von der Anhörung in Sachen Kabel-TV und von der Hochzeit.

»Eine Hochzeit? Wer heiratet denn?«

»Debbie Whitten«, klärte Dan ihn auf.

Hans strahlte. »Die blonde junge Dame, die diese weißen Hunde züchtet? Das ist doch *Ihre* junge Dame, stimmt's?«

»Stimmt nicht«, erwiderte Dan und trank einen Schluck Bier. »Nicht mehr.«

Wenn Gefühle im Spiel waren, brach bei Hans das Deutsche immer durch. »Hört mal«, sagte er und zog sich einen Stuhl vom Nebentisch heran. »Wir sind doch alte Freunde. Und ich behaupte sogar, dass ihr beide mich zu Wohlstand gebracht habt, als ihr mich hier oben in den Bergen aufgestöbert und eure Studienfreunde hergeschleppt habt – ihr müsst wissen, ich bin heute eine echte Institution bei den Collegestudenten, manche *joggen* die vierundzwanzig Meilen vom Campus hier herauf. Das habe ich alles euch zu verdanken.

Wenn ich euch also als Freunde bezeichne, dann ist das kein leeres Geschwätz. Ich will euch mal etwas sagen: Ich war Soldat. Ich liebte mein Vaterland, aber Hitler mochte ich nicht. Das sagt heute jeder Deutsche, aber bei mir trifft das zu. Ich hätte von uns zu Hause aus einfach über den Berg in die Schweiz fliehen können, dann hätte ich mit dem Krieg nichts mehr zu schaffen gehabt, aber ich war in ein Mädel verliebt. Es gab mir den Laufpass, also ging ich zu den Soldaten, um ein Held zu werden und es zurückzuerobern.

Ich wurde kein Held. Ein betrunkener Amerikaner nahm mich gefangen, während ich in einen Bach pinkelte. Das war das Beste, was mir passieren konnte, denn dadurch habe ich dann später meine Frau kennen gelernt. Ich war ein Versager, wahrscheinlich auch ein Feigling, aber sie hat sich trotzdem in mich verliebt. Und ich bin bis heute ein glücklicher Mann. Das Mädel, in das ich damals zu Hause verliebt war, hat einen Schweinehirten geheiratet und war schon mit unter dreißig eine alte Schachtel.

Er hielt inne. Wir schwiegen unbehaglich.

»Und jetzt«, griff Hans den Faden wieder auf, »fragt ihr euch bestimmt, was euch dieser alte Trottel damit sagen will, habe ich Recht? Ich meine Folgendes: Wenn ein aufrechter, ehrlicher Mann – und ich weiß, das sind Sie, Daniel – eine Frau wirklich von ganzem Herzen liebt, aber sie ist zu dämlich, seine Liebe zu erwidern, dann sollte er es bleiben lassen. Was sie dann stattdessen bekommt, hat sie sich selbst zuzuschreiben.« Hans stand auf und schnaubte. »Nun esst tüchtig. Bestellt, was ihr wollt, das geht alles aufs Haus. Vergesst aber nicht, der Kellnerin ein Trinkgeld zu geben, sie soll nicht darunter zu leiden haben, dass ich die Spendierhosen anhabe. Ich muss wieder in die Küche.«

Wir bestanden darauf, unsere Rechnung zu bezahlen, aber er blieb stur. »Kommt noch einmal her, bevor ihr die Stadt verlasst, dann dürft ihr zahlen.«

Er ging in die Küche zurück. Während wir alles aufaßen, unterhielten Dan und ich uns darüber, was für ein netter Kerl Hans war, und beschworen andere harmlose Erinnerungen an früher herauf.

Zum Nachtisch bestellte ich Hans' Apfelknödel. Ich hatte gerade den ersten süßsauren Bissen im Mund, da sagte Dan: »Du willst gar nicht über Computerkram mit mir reden, oder?«

»Natürlich nicht.«

»Worum geht's denn dann?« Er strich sich durch den Bart.

Ich sah ihn an. »Muss ich es wirklich laut sagen?« Er strich weiter durch seinen Bart. »Also schön, pass auf. Was steckt hinter all den Anspielungen und viel sagenden Blicken, die bei den Whittens ausgetauscht werden? Fang am besten gleich bei dir selbst an.«

»Wovon redest du, Matt?«

»Warum hat dir Debbie so einen bedeutungsvollen Blick zugeworfen, nachdem Spot ihr das Gesicht abgeleckt hat? Nur so als Beispiel. Was zum Teufel ist bei der verdammten Verlobungsfeier passiert? Debbie und Grant hätten heute Nachmittag um ein Haar eine Schlammschlacht deswegen angefangen, hätte Brenda sie nicht gestoppt. Man sollte doch meinen, sie hätten das längst geregelt, wenn sie in vier Tagen heiraten wollen, aber das scheint nicht der Fall zu sein. Ich habe das Gefühl, ich stehe mitten in einem Film und weiß nicht einmal, ob es eine Komödie oder ein Melodram oder sonst etwas ist.«

»Eher sonst etwas«, meinte Dan.

»Vielen Dank. Du bist eine echte Hilfe.«

Er trank sein Bier aus. »Na schön. Sieh mal, Matt, ich habe keine *Ahnung*, was bei der Party passiert ist. Du kannst mir glauben, ich wüsste es selbst gern. Aber was es auch war, es hat Debbie zum ersten Mal in ihrem Leben wach gemacht.«

*Und sie in deine Arme getrieben*, verkniff ich mir.

»Und worum ging es da im Hundezwinger?«

»Ach, das.«

»Ja, das. Erzähl mir nichts. So einen Blick wirft eine frisch gebackene Braut keinem Mann zu, dem sie den Laufpass gegeben hat.«

Dan holte tief Luft. »Ich liebe sie immer noch, Matt.«

Ich verzog das Gesicht. »Sag bloß«, erwiderte ich mürrisch.

»Ich mag sie nicht mehr besonders, aber ich liebe sie. Du weißt genau, wie das ist, verflucht noch mal. Monica. Die Kleine letzten Herbst, die mit dem Geld.«

Ich wusste allerdings nur zu gut, wie das ist. Einen Augenblick lang schloss ich die Augen. Ich war wütend, ob auf Dan oder mich selbst, wusste ich nicht. Eine der vielen Gemeinsamkeiten, die Dan und ich haben, ist unsere Neigung, uns in Frauen zu vergucken, für die Liebe weniger ein Prozess als ein Ereignis ist. Es trieb mich zur Weißglut, dass er sich in dieser Beziehung offenbar genauso dämlich anstellte wie ich, und sagte ihm das.

Er lachte mir ins Gesicht. »Gut. Zumindest weiß ich jetzt, worauf du hinaus willst. Mach dir keine Gedanken, Matt. Sobald dieses Wochenende um ist, so oder so, gehe ich auf Debbie-Entzug. Alles, was ich ihr noch schulde, werde ich ihr bis Ende dieser Woche bis zum letzten Cent zurückzahlen.

»So oder so?«, fragte ich, aber er ignorierte es.

»Ach, und wegen ihres Gesichts, das ist völlig banal.«

»Erzähl es mir trotzdem.«

»Ich habe versprochen, den Mund zu halten …«

»Ach komm schon, zum –« Mir fuhr ein Gedanke durch den Kopf. »Du hast es doch wohl nicht dann und wann nur ganz nebenbei mit ihr getrieben? Ein Nümmerchen in Ehren auf die alten Zeiten? Erste Hilfe, wenn sie Krach mit Grant hat?«

Dans Augen begannen zu glitzern, und ich erinnerte mich, wie ungemütlich es werden konnte, wenn dieser Mann sauer auf jemanden war. Seine Hand zuckte kurz, eine völlig unscheinbare Bewegung, und schon brach der solide Henkel von seinem Bierseidel ab. Dank seines Kampfsporttrainings, den endlosen Kraftübungen und dem Boxtraining mit dem Sandsack besaß er eine enorme Körperkraft.

Ich sah ihm in die Augen. »Nun, Dan?«

Dan und ich lügen uns nicht an. Eine Bekanntschaft kann man auf Unwahrheiten aufbauen, aber eine echte Freundschaft erfordert Ehrlichkeit. Dan hatte nur zwei Möglichkeiten: Er konnte mich auffordern, mich zum Teufel zu scheren, oder die Frage beantworten.

»Nur einmal, Matt. Ist Monate her. Sie hatte Krach mit Grant und kam zu mir, irgendwie landeten wir dann im Bett. Am nächsten Morgen ließ sie sich das Telefon geben, rief Grant an und versöhnte sich wieder mit ihm.

Und da habe ich beschlossen, dass ich sie nicht mehr mag. Diese dämliche Gans. Warum muss sie sich so aufführen? Ich hätte ihr um ein Haar gesagt, sie soll sich einen anderen Idioten als Trauzeugen suchen.«

»Und warum hast du das nicht getan?«

»Keine Ahnung, Matt. Ich habe wirklich keine Ahnung. Ich erinnere mich, vor langer Zeit, da hatte ich noch ein bisschen Selbstachtung. Vielleicht ist das jetzt so etwas wie die Trauerfeier für meine Selbstachtung, verstehst du? Das Mindeste, was ich tun kann, ist in der Kirche zu stehen und mir die Totenmesse anzuhören.«

»Hör auf!«

Dan seufzte. »Egal, der Quatsch mit ihrem Gesicht hat nichts damit zu tun.«

»Und womit hat es etwas zu tun?«

»Ach, verdammt noch mal, was soll's? Debbie hat Flecken im Gesicht.«

»Was?«

»Flecken. Rote Pünktchen. Ihre Haut verfärbt sich, wie ein Feuermal, nur kleiner. Sie kommen und gehen, je nachdem, wie nervös sie ist oder irgend so etwas. Es macht sie wahnsinnig.«

Das konnte ich mir gut vorstellen. Von Debbie erwartete man Perfektion in jeder Beziehung, vor allem im Aussehen. Die Vorstellung, jemand könnte sie fragen, was mit ihrem Gesicht los sei, wäre einfach unerträglich.

»Sie verbirgt es geschickt«, sagte ich. »Die ganzen Jahre über habe ich nie etwas davon mitbekommen.«

»Ich wusste auch lange nichts davon. Sie lässt sich vom Hautarzt ein Spezial-Make-up anmischen. Es enthält ein Medikament, das gegen die Erkrankung wirkt, während die Creme die Flecken überdeckt. Deshalb mochte Spot wahrscheinlich den Geschmack nicht. Sie trägt die Creme ständig, selbst – selbst im Bett. Ich bin anderthalb Jahre mit ihr gegangen, bevor ich es gemerkt habe. Tränenreiche große Beichtszene, weißt du, Matt.

Das Ganze ist eigentümlich. Seit sie wieder mit Grant zusammen ist und ich aus dem Rennen bin, achtet sie immer peinlichst darauf, ihr Make-up zu tragen oder aufzufrischen, wenn sie mit mir zusammen ist. Sogar in der besagten Nacht.«

Interessant, dachte ich. Debbies Maßstab für Intimität war also nicht ihr nackter Körper, sondern ihr nacktes Gesicht. Ich fragte mich, ob Grant schon über die Flecken Bescheid wusste, und wie oft Debbie sie ihrem Ehemann zu zeigen gedachte.

Dan fuhr fort: »Dieser ›bedeutungsvolle Blick‹, den sie mir zuwarf, hatte also nichts zu besagen. Sie wollte nur wissen, ob ihr Make-up noch in Ordnung war, da wo Spot es abgeleckt hatte. Ich gab ihr durch Nicken zu verstehen, dass alles okay war.«

»Wie willst du Debbie ab Samstag aus dem Weg gehen?«

»Was soll das? Glaubst du, ich schaffe das nicht?«

»Ich glaube, du schaffst alles, was du dir vornimmst, Partner«, sagte ich. Und das stimmte auch. Wenn ich Zweifel hatte, dann eher daran, was er sich wirklich vorgenommen hatte. »Ich habe ja nur gefragt, wie.«

Dan lächelte müde. »Ich weiß es nicht, Matt. Ich bin süchtig nach ihr. Ich ziehe nach New York. Verdammt noch mal, ich ziehe notfalls nach Pago Pago, wenn es sein muss, aber ich tue es. Ich hätte es längst getan, wenn nicht …«

Da mir auffiel, dass ich zu unserer Unterhaltung bisher nur Fragen beigesteuert hatte, verzichtete ich bewusst darauf nachzuhaken. Als Dan merkte, dass ich genauso lange aushielt wie er, redete er auch ohne Aufforderung weiter.

»Nun … ich wäre schon eher abgehauen, aber ich bin Debbie noch *eines* schuldig.«

»Was denn, um Himmels willen?« So viel zum bewussten Verzicht.

»Ich muss sie davon abhalten, Grant zu heiraten.«

»Dan, nein«, sagte ich. Ich hätte heulen mögen. Er hatte überhaupt nichts dazugelernt.

»*Doch*, Matt, verflucht noch mal!« Er schlug mit der flachen Hand auf den Tisch, der heftig ins Wackeln geriet. »Du kennst sie nicht und du liebst sie nicht! Sie könnte eine wunderbare Frau sein, wenn man ihr die Chance dazu gäbe. Na schön, ich habe es nicht geschafft, ihr das klarzumachen, aber ich war immer noch verflucht viel näher dran, als Grant es je sein wird!«

Dan brüllte mittlerweile in voller Lautstärke, und die anderen Gäste drehten sich zu uns um. Ich versuchte, ihn zu beruhigen, aber angesichts seiner Laune hätte ich genauso wirksam versuchen können, ein mittleres Erdbeben zum Schweigen zu bringen.

»Halt die Schnauze! Es gibt kein Zurück! Wenn sie ihn heiratet, dann ist das der reinste Selbstmord. Und ich werde diese Hochzeit verhindern, und wenn ich sie dazu *erwürgen* müsste!«

Er sprang so abrupt auf, dass er beinahe den Tisch umgeworfen hätte, und stürmte aus dem Restaurant. Ich blieb und aß gedankenverloren meine Knödel auf. Ich dachte über die einmalige Logik dieser letzten Bemerkungen nach und überlegte, welche Konsequenzen Dans Tirade wohl haben würde, falls irgendjemand im Restaurant dahinter kam, von welcher Hochzeit wir gesprochen hatte, und alles den Whittens steckte.

Außerdem überlegte ich, dass Dan nicht weiter als bis zum Parkplatz kommen würde, da ich die Autoschlüssel in der Tasche hatte, und ließ mir Zeit. Dann rief ich die Kellnerin, gab ihr ein großzügiges Trinkgeld und ein paar Dollar, die sie Hans für das zerbrochene Glas geben sollte.

# Kapitel 7

»... treten Sie einfach vor das Mikrofon
und sagen Sie uns, was Sie denken.«
*– Steve Allen, »The Tonight Show« (NBC)*

Bei der Anhörung am nächsten Morgen verlief alles in etwa so, wie ich es vermutet hatte. Die Hotelleitung hatte alle Tische aus dem Großen Ballsaal geräumt und stattdessen Reihen schmutzig grauer Klappstühle aufgestellt. An einem Ende des Raums war eine Tribüne aufgebaut, darauf hockte eine Hand voll Herren in anthrazitfarbenen Anzügen, die sich selbst als Städtischer Ausschuss für das Kabelfernsehen in Sewanka bezeichneten und feierlich dreinschauten. Ihnen gegenüber stand ein Tisch für die Zeugen. Diese schauten ebenfalls feierlich drein. Ich bin schon in diverse Besprechungen geraten, die sich selbst ernst nahmen, doch das waren harmlose Schwärmer im Vergleich zu diesen Leuten. Mich beschlich das ungute Gefühl, auf der falschen Veranstaltung zu sein, vermutlich auf einer Konferenz, die über die unmittelbar bevorstehende Ausrottung des Menschengeschlechts zu entscheiden hatte.

Meine Anhörung stand an diesem Tag nicht auf dem Programm, und das war mir nur allzu recht. Dan und ich hatten fast die ganze Nacht lang geredet. Er hatte mich gefragt, was ich unternehmen würde, nachdem ich nun wusste, was er vorhatte, und ich hatte ihm geantwortet, dass in all den Jahren, die wir uns kannten, keiner den anderen je davon abgehalten hatte, Dummheiten zu begehen, und ich würde verdammt noch mal den Teufel tun, jetzt damit anzufangen. Das brachte den Streit ebenso abrupt wie nachhaltig zum Erliegen.

Allerdings musste er mir versprechen, Vernunft walten zu lassen, soweit es ihm irgend möglich war. »Ganz egal, wie toll Debbie ist oder sein könnte, Dan, sie ist es nicht wert, dass du dich ihretwegen selbst zerfleischst.«

Er stimmte zu, was ich als Sieg auffasste. Danach ließ die

Spannung zwischen uns nach, und wir unterhielten uns wieder über harmlose nostalgische Erinnerungen, diesmal ohne Anspielungen.

Ich war einigermaßen überzeugt, dass Dan tun würde, was er zu tun hatte, aber er würde nicht so weit gehen, sie tatsächlich zu erwürgen. Am Mittwochmorgen hatte ich deshalb den Kopf frei und konnte mich auf die Besprechung konzentrieren.

Nicht, dass dazu viel Konzentration nötig gewesen wäre. Man hatte die Phase des Verfahrens erreicht, in der man sich aberwitzige Forderungen von Interessengruppen anhörte, die eigene Sendeplätze im Kabelnetz beanspruchten.

Da waren zunächst die ethnischen Minderheiten: Schwarze, Hispanos, Italiener und Polen. Okay, nichts Aufregendes. Von all diesen Leuten gibt es in Sewanka Massen. Nicht *jede* Gruppe würde einen eigenen Kanal bekommen, aber man konnte wetten, dass ein Sendeplatz für irgendetwas bereit gestellt werden würde, das diese Gruppen produzierten, obendrein kostenlos oder zu einem symbolischen Preis. Doch die Rangelei ging weiter.

Schwule und Lesbierinnen standen als Nächste auf dem Programm, aber es gab Streit, wer von beiden den Vortritt haben sollte. Beide Gruppen ereiferten sich, bis schließlich ein offensichtlich ziemlich entnervtes Ausschussmitglied vorschlug, man solle auf den alten Grundsatz »Ladies first« zurückgreifen. Das wurde zwar allseits mit Lachen quittiert, trug aber nichts zur Entspannung der Lage bei.

Ich knöpfte meine Ohren zu und fragte mich, was Marty Adelman wohl von mir wollte. Als ich am Vorabend ins Hotel zurückgekehrt war, hatte ich dort eine Nachricht von ihm vorgefunden, aber es war zu spät gewesen, ihn zurückzurufen. Ich hatte vor der Anhörung versucht, ihn in seinem Büro zu erreichen, er war jedoch noch nicht da.

Ich ging davon aus, dass es um ComCab ging, denn er hatte mir ja erzählt, dass er eigene Quellen anzapfen wollte. Vielleicht hatte er etwas Brauchbares in Erfahrung gebracht, vorzugsweise, dass alles ein großes Missverständnis und ComCab eigentlich grundehrlich war, so dass ich den Rest der Woche freinehmen konnte.

Ich studierte den Typ, der den Kabelsender in Sewanka vertrat. Auf seinem Namensschild stand Roger Sparn, und das klang nicht so, als habe er ihn sich eigens für diesen Zweck ausgedacht. Er sah nicht wie ein Gauner aus, dazu wirkte er viel zu müde. Sein Gesicht wies dicke Tränensäcke und Hamsterbacken auf, und sein Schnurrbart hatte längst jeden Versuch aufgegeben, anders als traurig herabzuhängen. Sein Haar war schütter, das Kinn fliehend. Mit seinem zerknitterten Anzug sah er aus, als komme er direkt aus einer Aufführung von *Tod eines Handlungsreisenden*. Er hätte gut ein Vertreter sein können oder ein kleiner Behördenangestellter oder ein vergessener Schreiber in einem großen Konzern.

Den ganzen Morgen über hockte er still und betrübt da. Dann schlug jemand eine Mittagspause vor. Ich hätte Beifall geklatscht, wäre ich nicht so entspannt gewesen. Ich raffte mich auf und verließ den Ballsaal. Vor der Tür legte sich mir eine Hand auf die Schulter.

»Mr. Cobb?« Die Stimme war sanft und kultiviert. Ich wandte mich um und erkannte verblüfft, dass sie Roger Sparn gehörte.

Die Stimme verriet ihn ebenso wie das überraschend warmherzige Lächeln, das sie begleitete. Der Mann war früher Schauspieler beim Radio gewesen. Man findet sie heute in allen möglichen Randbereichen des New Yorker Showbusiness. Männer und Frauen, die ein Script vorlesen und dabei gut klingen konnten, die aber nicht attraktiv genug aussahen oder nicht spontan genug für Stegreifnummern waren und deshalb den Wechsel zum Fernsehen, Film oder zur Bühne nicht geschafft und keinen Job als Diskjockey gefunden hatten, als um 1960 das Hörspiel im amerikanischen Radio zu Grabe getragen wurde.

Einige wenige verdienten ein paar Dollar als Sprecher für Trickfilme oder Werbespots, aber die meisten arbeiten als Anzeigenvertreter oder Scriptgirl, oder sie landen in irgendeiner Klitsche Off-Off Broadway oder einem Dinner-Theater.

Von denen, die ich kennen gelernt habe, waren die meisten, ob erfolgreich oder nicht, ziemlich betroffen über den Niedergang des Radios. Einer von ihnen sagte einmal zu mir: »Ich war Romeo. Ich war Captain Justice. Ich war das Red River Kid. Und jetzt bin ich ein hässlicher kleiner Glatzkopf mit einer schönen Stimme.«

Sparn war ein müder, mittelgroßer dicklicher Mann mit einer schönen Stimme.

Ich wandte mich zu ihm um und sagte:

»Mr. Sparn. Was kann ich für Sie tun?«

»Nichts«, sagte er liebenswürdig. »Überhaupt nichts. Es scheint nur leider so zu sein, dass wir uns hier als Widersacher gegenüberstehen, und ich wollte Ihnen lediglich sagen, dass ich Ihnen in keiner Weise böse bin. Ich habe einige meiner schönsten Jahre beim Network verbracht.«

»Sie waren beim Radio, nicht wahr?«

Er strahlte mich an, das Lächeln erreichte sogar fast die Augen, immerhin hob es die Tränensäcke etwas an. Ich freute mich, dem Mann den Tag versüßt zu haben. »Aber ja, das stimmt«, sagte er. »Obwohl ich sagen muss, Sie wirken zu jung, als dass Sie sich an mich in meinen besten Zeiten erinnern könnten.«

»Ich erinnere mich an Ihre Stimme«, erwiderte ich, mehr oder weniger wahrheitsgemäß. Ich erinnerte mich an viele solche Stimmen.

Er zählte einige der Sendungen auf, die er gemacht hatte, aber ich erinnerte mich an keine davon. Ich sagte, es sei wirklich schade, dass seine neue Firma offenbar zu keiner Einigung mit dem Network kommen könne.

Er schüttelte den Kopf und sah wieder betrübt aus. »Network Cable ist keine gute Idee, Mr. Cobb. Sie können den Werbeträgern solchen hochgestochenen Kulturkram nicht verkaufen. Sie hätten das Ganze als Pay-TV aufziehen sollten, wie Home Box Office mit den Kinofilmen oder so. ComCab kann keinen Kanal für einen Dienst bereitstellen, der innerhalb weniger Monate pleite macht.«

Mit jedem Wort wurde seine Stimme stabiler, seine Rede schneller. Ich versuchte, ihn zu unterbrechen, um für das Network in die Bresche springen, aber er war offenbar entschlossen, seinen nächsten Satz loszuwerden: »Und genau das habe ich Ihrem Marty Adelman schon vor zwei Wochen gesagt.«

Das war interessant. »Ach, Sie haben kürzlich mit Marty gesprochen?«

»Ja, ich habe ihn in seinem Büro aufgesucht. Er versuchte, uns zu überreden, Network Cable zu übernehmen. Ich dachte, ich bin es ihm zumindest schuldig, zu ihm zu gehen und ihm zu sagen, warum er sich keine Hoffnungen zu machen braucht.«

»Anständig von Ihnen«, sagte ich. »Aber sagen Sie mir eins, Mr. Sparn, wieso hat Ihr Unternehmen in letzter Zeit so häufig Erfolg bei der Vergabe der Konzessionen?«

Als er antwortete, prüfte ich, ob seine Miene etwas anderes als Schwermut ausdrückte, konnte jedoch nichts entdecken.

»Marktforschung, Mr. Cobb. Das ist alles. Wir ermitteln, was das Publikum erwartet, und bieten ihm genau das an.«

»So einfach ist das.« Ich versuchte, naiv und beeindruckt zu klingen, aber mit minimalem Erfolg. Ersetzte man »Publikum« durch »Politiker«, dann war die Erklärung, die er mir gerade angeboten hatte, eine völlig exakte Definition von Bestechung.

Er begriff die Doppeldeutigkeit meiner Bemerkung und erwiderte sie: »Es klappt immer, Mr. Cobb. Bis heute Nachmittag.« Er drehte sich um und ließ mich stehen.

Ich sah ihm nach. Sogar sein *Gang* wirkte betrübt. Er gab mir zu denken. Warum zum Teufel hatte er mich angesprochen? Seine nostalgischen Gefühle für das Network kaufte ich ihm nicht ab; wenn er sie wirklich besaß, dann hätte er nichts davon gehabt, sich damit an mich zu wenden. Ich drückte noch die Schulbank, als die letzten Seifenopern im Radioprogramm ausliefen, und nicht einmal meine Mutter hörte sie sich an.

Ich beschloss, das Ganze erst einmal ad acta zu legen und Marty im Network anzurufen, bevor ich zum Lunch ging, was sich als Erzfehler erwies, denn für mich fiel das Mittagessen aus.

Anrufe werden beim Network nach einem bestimmten Schema entgegengenommen. Eine Sekretärin meldet sich und nennt ihre Abteilung und wessen Sekretärin sie ist. Wenn Sie mich je am Arbeitsplatz anrufen, hören Sie Jazz sagen: »Sonderprojekte, Sekretariat Mr. Cobb, was kann ich für Sie tun?« Mitarbeiter der Abteilung melden sich mit dem Namen der Abteilung und ihrem eigenen Namen. Manager wie ich heben einfach ab und nennen nur unseren Namen, in der Annahme, dass unsere Untergebenen unsere Position bereits klargestellt haben.

Auf keinen Fall nimmt aber irgendjemand ab und sagt: »Wer ist da?«, und schon gar nicht unter Tränen. Ich wollte schon wieder auflegen und noch einmal wählen, denn ich war sicher, falsch verbunden zu sein, aber die Frage wurde wiederholt, diesmal nicht nur unter Tränen, sondern obendrein wütend.

»Ist dort Marty Adelmans Büro?«

»J-ja«, erwiderte die Stimme.

*»Sally?«* Sally war Martys Vorzimmerdame, eine der üblichen Network-Sekretärinnen – clever, beschlagen und stets die Fassung in Person.

*»Ja! Wer ist denn da?«*, rief sie fassungslos. Ich konnte mir nur vorstellen, dass im Network ein Inferno ausgebrochen war, dem alle außer Sally entflohen waren. Es musste schon etwas Dramatisches sein, um eine Network-Sekretärin in Hysterie zu versetzen.

»Hier ist Matt Cobb, Sally. Ist Marty da? Stimmt etwas nicht?«

Sie beantwortete beide Fragen gleichzeitig. »Er ist im Krankenhaus«, schluchzte sie. »Er ist womöglich schon *tot*!«

Nun wurde *ich* allmählich hysterisch. »Tot?«, brüllte ich. »Wieso? Wo?«

»Ich *weiß* es nicht! Ich glaube, es war ein Autounfall. Mr. Brophy hat mir nur gesagt, dass er lebensgefährlich verletzt ist und dass ich Sie direkt zu ihm – Mr. Brophy, meine ich – durchstellen soll, wenn Sie anrufen und Mr. Ad … Mr. Adel …« Der Rest des Satzes ging in Schluchzen unter.

»Okay, Sally«, sagte ich. »Dann stellen Sie mich jetzt zu Mr. Brophy durch, wie er es Ihnen gesagt hat, und dann nehmen Sie sich den Rest des Tages frei, gehen Sie zur Erste-Hilfe-Station oder was auch immer, damit Sie sich erst einmal beruhigen.«

»Meinen Sie, das geht? Er ist so ein netter Mann. Ich – ich möchte doch wissen, was passiert ist.«

»Passen Sie auf: Ich sage Mr. Brophy, er soll Ihnen persönlich Bericht erstatten, sobald ich mit ihm gesprochen habe. Gehen Sie jetzt zur Erste-Hilfe-Station und warten Sie dort.«

Sie dankte mir wortreich und stellte den Anruf durch. Brophy hatte offenbar auf dem Telefon gesessen, denn er nahm ab, noch während es zum ersten Mal klingelte.

Harris Brophys innere Regungen lassen sich, wenn überhaupt, nur an Kleinigkeiten ablesen. Er ist ebenso gut aussehend wie genial, und ich könnte meine Abteilung ohne ihn nicht führen. Trotzdem ist er das kälteste, distanzierteste, zynischste Arschloch, mit dem ich je über längere Zeit zu tun hatte. Aus irgendeinem Grund mag er mich, ich weiß nicht, warum. Ich weiß auch nicht, warum er seinen Job liebt. Menschliche Dummheit ist Harris' liebster Publikumssport, und die Leute beim Network sind eigentlich immer in Spitzenform.

»Schießen Sie los«, sagte ich zu ihm.

»Matt?« Auch das zeigte, dass er aufgeregt war. Er kennt meine Stimme.

»Ja. Was zum Teufel ist passiert?«

»Sie wissen über Marty Bescheid?«

»Sally sagte, er sei verletzt, aber das war so ziemlich alles. Wie ist es denn geschehen?«

»Fahrerflucht. Etwa zwei Häuserblocks vor seinem Haus an der Atlantic Avenue – das ist in Brooklyn Heights – hat ihn jemand überfahren. Die Polizei hat hier angerufen, um Sie zu sprechen, aber ich habe sie erst einmal vertröstet.«

»Hmm. Wie hat ihnen das gefallen?«

»Nicht besonders, aber was hätten sie tun sollen? Ich habe ihnen lediglich die Wahrheit gesagt. Sie *sind* ja nicht in der Stadt und waren auch nicht erreichbar. Außerdem wollte ich als Erster mit Ihnen sprechen.«

»Was wollte die Polizei denn von mir?« Es hatte einen Moment gedauert, aber jetzt wunderte ich mich darüber. Wenn das Network in irgendeinen Schlamassel gerät, landet die Polizei normalerweise immer früher oder später bei mir, aber diesen Vorfall würde man doch eher seinem Privatleben zurechnen, zumindest zu Anfang.

Normalerweise. Ich sollte die Hoffnung auf Normalität irgendwann aufgeben.

»Marty hatte einen Zettel in der Tasche«, sagte Harris. »Mit Ihrem Namen. ›Matt Cobb anrufen – *wichtig*‹ stand darauf.«

Ich dachte eine Weile darüber nach. Nach rund fünfzehn Sekunden sagte Harris: »Matt?«

»Was ist?«

»Nichts. Ich hatte nur Angst, Sie wären in Ohnmacht gefallen.«

»Haha«, erwiderte ich süffisant. »Wichtig, hm?«

»Das sagen jedenfalls die Bullen. Sie scheinen es auch dafür zu halten. In deren Augen war das ein Mordversuch.«

»Ehrlich? Der Wagen war gestohlen, stimmt's?«

»Genau. Sie haben ihn ein paar Blocks weiter gefunden. Die Schlüssel steckten noch.«

Das war typisch. Man besorgt sich Zweitschlüssel, klaut einen Wagen. Fährt damit den Auserkorenen über den Haufen und lässt den Wagen dann einfach stehen. Anschließend klaut ein missratener Teenager den Wagen, und mit etwas Glück ist der wahre Täter danach für die Bullen nur noch ein Hirngespinst des jugendlichen Autodiebs, vorausgesetzt, sie schnappen ihn überhaupt.

»Es gab einen Zeugen«, erzählte Harris. »Ein Typ, der gerade seinen Laden zumachte. Er sagt, der Wagen machte regelrecht Jagd auf Marty, bis er ihn erwischte. Fuhr ihm praktisch bis auf den Bürgersteig hinterher. Das ist eine breite Straße, da hätte er ausreichend Platz gehabt, um einem Fußgänger auszuweichen, vor allem spätabends.«

»Richtig«, sagte ich, aber ich hörte Harris nur mit halbem Ohr zu. Ich dachte darüber nach, wie wunderbar es sich für Mr. Roger Sparn gestaltete, dass er mir rein zufällig von seinem Besuch in Martys Büro erzählt hatte. Wenn die Polizei jetzt Martys Terminkalender durchging und unter anderem auf Mr. Sparn stieß, konnte ich ihnen bestätigen, dass alles seine Richtigkeit hatte. Schließlich wusste ich ja über das Problem zwischen dem Network und ComCab bestens Bescheid, nicht wahr?

Ich erzählte Harris von Roger Sparn und beschrieb ihn. »Durchleuchten Sie den Kerl.«

Harris sagte: »Bis wann?« Harris zweifelt nie daran, dass er etwas tun kann.

»Bis vorgestern«, erklärte ich. »Wenn die New Yorker Polizei mich so dringend sprechen will, dann dauert es nicht lange, bis sie mir die Bullen hier oben auf den Hals hetzen. Je eher ich eine Vorstellung habe, was los ist, desto besser. Rufen Sie Sally an und sagen Sie ihr, sie soll nach Hause gehen.«

Ich legte auf. Ich überlegte, ob ich mir den zweiten Teil der Anhörung schenken und auf mein Zimmer gehen sollte, damit ich besser zu erreichen war, aber ich wollte auch nicht, dass es so aussah, als hätte ich etwas zu verbergen.

Gegen drei Uhr nachmittags wurde ich allmählich sauer. Ich stand für sie bereit, aber sie wollten nichts von mir wissen. Ich kam zu dem Schluss, dass sie mich schmoren lassen und abwarten wollten, ob ich mich auf französisch verabschiedete.

Es gab eine Sitzungspause, weil einer der Ausschussmitglieder aufs Klo musste oder sonst etwas, und ich ging hinüber in die Hotelhalle, um zu sehen, was los war. Polizisten entdeckte ich nicht, dafür aber ein bekanntes Gesicht: Les Tilman, der als Reporter für Mr. Whittens Zeitung arbeitete.

Ich rief ihn zu mir herüber. Les war ein jugendlich wirkender Typ, der geborene Reporter. Seinen Schreibtischtäterspeck und sein kugelrundes Bäuchlein trug er mit so viel Stolz wie ein Ritter Lanze und Schild. Er trug den Kopf etwas nach vorn gereckt, allzeit bereit, seine Nase in irgendjemandes Angelegenheiten zu stecken.

Les blinzelte mich an und strich sich mit tintenbefleckter Hand über zwei oder drei der sechzehn recht langen Haare, die er als Argument vorschützte, er habe keine Glatze.

»Matt Cobb«, sagte er. »Ex-Basketballstar. Und Star des Debattierclubs. Höchstpersönlich. Ich habe Ihren Namen auf der Teilnehmerliste gesehen, aber ich war mir nicht sicher.«

»Sie haben ein gutes Gedächtnis.« *Ich* konnte mich nur mühsam daran erinnern, im Debattierclub gewesen zu sein. »Sind Sie für die Zeitung hier?«

»Ich tue jemandem einen Gefallen. Unser freier Mitarbeiter ist krank.« Er streckte mir die Hand hin. »Sie arbeiten also jetzt beim Network.«

Ich räumte es ein. Les fragte mich, ob ich irgendwelche Neuigkeiten für ihn hätte.

»Nein, ich wollte bloß mein Sprüchlein aufsagen und hier bleiben, bis die Tochter Ihres Chefs unter der Haube ist.«

»A-ha. Und ich nehme an, das erklärt, warum der hiesige Polizeichef Sie seit fünf Minuten wie gebannt anstarrt?«

Ich war baff. Blitzartig sah ich mich nach ihm um, ohne ihn zu entdecken. Blutiger Anfänger, dachte ich. Schön unauffällig bleiben.

»Keine Sorge«, sagte Les zu mir. »Sie werden ihn in einer Sekunde kennen lernen. Er kommt geradewegs auf uns zu. Hallo, Chief«, rief Les über meine Schulter hinweg.

Ich wandte mich erneut um, und diesmal sah ich ihn. Nie und nimmer hätte ich ihn als Bullen eingestuft. Er trug eine rotkarierte Jacke, eine Kordhose und Wanderstiefel. Selbst sein Gesicht wirkte wie aus Kord, so zerfurcht und faltig wie das eines alten Mannes. Dabei war sein Haar dunkelbraun, sein Gang leichtfüßig und schnell. Ich schätzte ihn zehn Jahre älter als mich ein, trotz des Gesichts. Ich fragte Les. Er bestätigte es mir und fügte hinzu, das Gesicht beruhe zum Teil darauf, dass Chief of Police Merce Cooper seit 1966 Nacht für Nacht draußen geschlafen hatte. Er wollte es so, sagte Les.

Im Moment, während Les uns vorstellte, war ich mir allerdings nicht sicher, ob ich das alles glaubte. Merce Cooper war einfach irgendein knallhart wirkender Kerl, der mich sprechen wollte.

»Weswegen denn?«, fragte Les.

»Machen Sie sich vom Acker, Tilman«, sagte der Polizist. »Bitte folgen Sie mir, Mr. Cobb, wenn Sie so gut sein wollen.« Beim Klang seiner Stimme überkam mich das Bedürfnis, mich zu räuspern.

»Wohin? Und in welcher Angelegenheit?«

»Das erfahren Sie noch früh genug.«

Ich gab nicht einmal eine direkte Antwort, sondern wandte mich zu Les um und fragte ihn, wer der beste Anwalt am Ort sei.

»Jack Wernick, aber den können *Sie* nicht beauftragen.«

»Warum nicht?«

»Das ist der neue Bezirksstaatsanwalt. Er will eines Tages Präsident werden.«

»Tilman, ich warne Sie ...«

Les genoss unser Gespräch weit mehr als ich. Zwar wollte ich Chief Merce Cooper zeigen, dass ich zu den Unruhestiftern gehörte, die ihre verfassungsmäßigen Rechte auch auf Reisen ständig mit sich herumtragen. Aber ich wollte auch den Namen eines guten Anwaltes wissen. Für alle Fälle.

»Okay«, sagte ich. »Wer ist der zweitbeste?«

»E. R. Bowen. Eine Perle, aber unheimlich auf Zack. Einmal hat sie den Chief hier im Zeugenstand ...«

Ich erlebte nun, warum Cooper unter freiem Himmel schlafen konnte, ohne von Bären gefressen zu werden – er starrte sie an. Angesichts eines Blicks, der das Email von einem Kessel hätte brennen können, ergriff Les nach nur zwei Sekunden panikartig die Flucht.

Dann fiel dieser Blick auf mich, leicht abgemildert, aber noch immer glühend heiß. »Ich fordere Sie auf, mit mir zum Polizeipräsidium zu kommen, *Mister* Cobb. Auf Anforderung der Polizei von New York City werde ich Sie über einen Kollegen von Ihnen befragen, einen Mr. Martin Adelman, der gestern Abend beinahe ermordet worden wäre. Zufrieden?«

»Warum haben Sie das nicht gleich gesagt? Gehen wir.«

Ich ging vor ihm her, als wir das Gebäude verließen, und ich spürte noch immer seinen Blick zwischen meinen Schulterblättern.

# Kapitel 8

»Hier ist nur Platz für einen zähen alten Vogel, und das bin ich!«
*– Frank Perdue, Werbespot für Perdue Chicken*

Das Polizeipräsidium von Sewanka war im Untergeschoss des Rathauses untergebracht. Dort gab es viel Platz – das Rathaus bestand aus einem riesigen Haufen heimischer Kalksteine, der zu einer Art griechischem Tempel aufgestapelt worden war. Es hätte auch für eine fünfmal so große Stadt völlig ausgereicht, doch da es während der Weltwirtschaftskrise mit Mitteln des staatlichen Arbeitsförderungsprogramms gebaut worden war, beklagte sich niemand.

Der Keller bestand aus Schreibtischen und Pfeilern. Ich folgte Coopers Zickzackkurs quer durch den Raum zu seinem Büro.

Cooper würdigte mich keines Wortes, seit wir das Hotel verlassen hatten. Nein, das stimmt nicht: Er hatte mich aufgefordert, mich anzuschnallen, als wir in seinen allradgetriebenen Geländewagen einstiegen.

Das Schweigen endete erst, als wir in der abgeteilten Raumecke ankamen, die ihm als Büro diente. Mir fiel auf, dass er die Tür hinter sich zumachte, ohne das Schloss einschnappen zu lassen. Ein klaustrophobischer Bulle, dachte ich interessiert. So einer war mir noch nie begegnet.

Als er die Tür so hatte, wie er sie wollte, wandte er sich zu mir um. »Hören Sie gut zu, Cobb. Ich mag New York City nicht. Ich mag noch nicht einmal darüber nachdenken.«

»Tja, mir gefällt es. Was für ein Glück für uns beide, dass dieses Land so riesig ist.«

»Ich mag keine Fälle aus New York City, die mir ins Gehege kommen, vor allem aber mag ich keine Oberschlaumeier aus New York City. Entweder Sie fangen jetzt sofort an zu kooperieren, oder ich hieve Ihren Arsch vor den nächsten Richtertisch und treibe Ihnen jede liebe Erinnerung an diese Stadt ein für alle Mal aus.«

Ich sah ihn an. »Bei allem Respekt, Chief: Wo zum Teufel kommen *Sie* her?«

»Staatspolizei, vor zwei Jahren. Die Stelle wurde ausgeschrieben, und die Wälder hier in der Gegend haben mir schon immer gefallen. Also habe ich mich beworben und den Job gekriegt. Beantworten Sie mir jetzt auch mal ein paar Fragen?«

Ein paar Sekunden lang sagte ich erst einmal nichts. Ich wunderte mich über die schier unglaubliche Zahl schräger Vögel, die ich im Laufe der Jahre kennen gelernt habe, seit ich angeblich erwachsen bin. Da war dieser Typ …

Cooper unterbrach den Gedankengang. *»Ich warte«*, sagte er drohend.

»Worauf?« Schließlich hatte *ich* darauf gewartet, dass er mir endlich die Fragen stellte, auf deren Antworten er so versessen zu sein schien.

»Ich warte darauf«, sagte er, »dass Sie mir vorhalten, wie dicke Sie mit der Familie Whitten sind und dass denen praktisch die Stadt hier gehört. Dass ich aufpassen soll, wo ich hintrete, weil ich sonst unter freiem Himmel kampieren kann, aber nicht aus freien Stücken.«

Was sagt man dazu, überlegte ich. Der schläft tatsächlich im Wald.

Ich wurde ungehalten. »Warum zum Teufel sollte ich die Whittens ins Spiel bringen?«, wollte ich wissen.

»So läuft das doch immer. Wollen Sie mir etwa weismachen, Sie würden nicht gleich zum Alten rennen und ihm sagen, er soll einen Leitartikel darüber schreiben lassen, der Polizeichef sei grob zu Ihnen gewesen?«

»Wenn es je dazu kommt, dass ich jemanden brauche … Hören Sie zu, Chief, vielleicht ist es Ihnen ja aufgefallen, dass ich Ihnen Ihre Grobheiten persönlich heimgezahlt habe. So läuft das nämlich immer bei *mir*.«

Die Falten im Kord verknautschten zu einer Art Lächeln. »Das haben Sie in der Tat. Okay, fangen wir noch mal von vorn an? Ich habe mit den New Yorker Kollegen über Sie gesprochen.

Die haben mich mit einem Lieutenant Martin verbunden, der kennt Sie offenbar gut. Sagt, Sie sind okay, haben aber einen merkwürdigen Sinn für Humor. Ich nicht. Sinn für Humor, meine ich. An Polizeiarbeit kann ich verflucht nichts witzig finden.«

»Ich werde mich im Zaum halten«, sagte ich. Der Chief sah mich prüfend an, wohl um zu sehen, ob das Humor sein sollte, und beschloss dann, es durchgehen zu lassen.

Er stellte seine Fragen, ich beantwortete sie. Es war ein erfrischendes Erlebnis. Viele, viele Male habe ich die Polizei angelogen oder mit etwas hinter dem Berg gehalten, aber diesmal ließ ich die Hosen komplett runter.

Marty hatte sich wegen ComCab Sorgen gemacht. Vor ein paar Wochen hatte er sich mit Sparn getroffen. Jetzt war Marty schwer verletzt, so gut wie tot. Ziehen Sie selbst Ihre Schlüsse. Paradoxerweise würde Martys Tod womöglich gerade dem Laden aufs Pferd helfen, dem er so liebend gern das Handwerk gelegt hätte. Es war keineswegs witzig, bloß paradox.

Witzig war dagegen Chief Coopers Reaktion auf meine Story. Je mehr ich ihm erzählte, desto mehr wirkte er, als wünsche er sich, ich würde die Klappe halten. Falls die Jungs im Süden des Staates nicht pronto den flüchtigen Fahrer festnagelten, hatte er unversehens eine groß angelegte Ermittlung am Hals, in die einige höchst prominente Lokalgrößen verwickelt waren, nämlich der Telekommunikationsausschuss von Sewanka.

Und das sagte er mir auch. »Aber ich ziehe das durch, verdammt noch mal. Ich habe ein paar gute Männer.« Er starrte mich erneut an. »Aber *leise,* Cobb, haben Sie kapiert? Machen Sie keine Staatsaffäre daraus. Ich verlasse mich im Moment auf Ihr Wort, denn die Sache ist so widerlich, dass wir sie nicht einfach ignorieren könnten. Aber Sie haben nicht das Geringste, das bei miesester Beleuchtung als Beweis durchgehen würde.«

»Außer Marty Adelmans Verletzungen.«

»Da haben Sie Recht. Die beweisen natürlich etwas, aber nicht unbedingt das, was Sie mir erzählt haben. Halten Sie sich also bedeckt.«

Ich versprach es. Er bat mich um mein Ehrenwort, und ich war so geschmeichelt, dass ich es ihm gab. Er schüttelte mir sogar zum Abschied die Hand.

# Kapitel 9

»… Das Schlimmste kommt erst noch!«
– *William Dozier, »Batman« (ABC)*

Während der Nachmittag vor sich hinplätscherte und ich hin und her überlegte, wie ich um die Essenseinladung herumkommen konnte, merkte ich bald, dass dazu gar kein Anlass bestand. Ich hatte absolut nichts Sinnvolles zu tun. Die Situation war unerträglich – ein hochrangiger Network-Mitarbeiter war Opfer eines Überfalls geworden, doch ich hatte mich selbst höchst geschickt ins Abseits manövriert.

Es war keineswegs so, dass mir das Herumschnüffeln in Mordfällen und -versuchen ausnehmend viel Spaß machte. Es war eher Schuldgefühl. Solche Dinge gehörten zu meinem Job, sicher eine Drecksarbeit, aber irgendjemand muss sie schließlich tun et cetera et cetera. Ich hätte vor Ort sein und tun sollen, was nötig war, aber so, wie die Dinge jetzt standen, arbeitete Harris Brophy auf der New Yorker Seite an dem Fall (gemeinsam mit den dortigen Bullen), und Chief Cooper hatte seine Männer auf die einzigen Spuren angesetzt, die mir eingefallen waren.

Allmählich wünschte ich mir, irgendetwas würde passieren, damit ich etwas zu hatte, anstatt nur auf dem Hintern zu sitzen und den Zuschauer zu spielen. Diesen Wunsch hatte ich ein einziges Mal, doch in den folgenden Tagen nahm ich ihn ungefähr neuntausendmal wieder zurück.

Trotzdem war ich am Mittwochabend rastlos und unzufrieden und fügte mich damit nahtlos in die allgemeine Stimmung ein. Gute Laune hatte einzig und allein Spot, der sich offenbar so liebreizend gezeigt hatte, dass er zum offiziellen Haustier avanciert war, obwohl es ihm in seinem Zwinger gut gefallen hatte. Es war eine seltene Ehre. Der Samojede tänzelte zu mir herüber und grinste; ich kniete mich zu ihm und kraulte ihn hinter den Ohren, während er mir das Gesicht leckte.

Diese Begrüßung war erheblich netter als die aller anderen.

Von Brenda erhielt ich ein relativ fröhliches Hallo und vom Alten ein übellauniges Grunzen, während mir Debbie und Dan wahre Zombie-Mienen präsentierten.

Auweia, dachte ich. Es hat eine Szene gegeben. Dan hatte sein Pulver verschossen, und jetzt wusste keiner, wie es weitergehen sollte. Nach einem Augenblick wurde mir jedoch klar, dass es das nicht sein konnte. *Möglicherweise* war Dan ja dumm genug gewesen, die Hochzeit im Beisein von A. Lawrence Whitten zu torpedieren, doch A. Lawrence Whitten war nicht der Typ, seine Gegenwart nach einer solchen Attacke weiterhin zu ertragen.

»Was ist los, Leute?«, fragte ich. »Habe ich irgendwem auf die Zehen getreten?« Ich wusste nicht, ob das der Fall war, aber ich war genervt genug, um es darauf ankommen zu lassen.

»Nein, Matt, natürlich nicht«, sagte Debbie. »Komm rein.«

Ich sah Dan nochmals an. Er schüttelte leicht den Kopf, zu meiner Erleichterung.

»Debbie und Grant hatten wieder einmal Krach«, verkündete Brenda.

»Brenda!«, bellte ihr Vater.

»Tut mir leid. Wir laden Matt und Dan zum Essen ein, und dann ist Grant so unausstehlich, dass er selbst *dir* auf die Nerven geht. Außerdem musst du zugeben, Daddy, dass du dich Grant gegenüber ganz schön aggressiv verhältst.«

»Das reicht jetzt!«, sagte der Alte.

»Es stimmt aber! Ich habe alles mit angehört, und ich könnte nicht einmal sagen, worum es bei dem Streit ging! Und ich wette, ihr Übrigen könnt es auch nicht.«

Auf ihre Krücken gestützt, stand sie aus ihrem Sessel auf. »Und wenn Grant meint, er müsste noch etwas im Büro erledigen, ist das noch lange kein Grund, dass Matt sich bei uns unbehaglich fühlt. Entschuldigt mich, ich sehe mal nach, wie viele Gedecke aufgelegt sind.«

Sie ging hinaus, die Krücken wie ein Gewehr über die Schulter gelegt. Heute trug sie Jeans, und alles, was man von ihrer Behinderung sah, war ein leichtes Hinken.

»Nun, nun«, sagte der Alte und setzte zu einer Entschuldigung an. Debbie stimmte ein und erklärte, sie fühle sich nicht wohl, und der Streit sei vermutlich genauso ihr Fehler gewesen wie der Grants, zudem sei sie sicher, dass ich so lieb sein würde, ihr das nachzusehen. Dan saß auf der Stuhlkante, knetete seine kraftvollen Hände und sah mich mit einem so jämmerlichen halben Lächeln an, dass ich ihn am liebsten getreten hätte.

Beim Essen herrschte eitel Sonnenschein. Debbie schlug einen Spaziergang zum Wasserfall vor, an dem die Trauung stattfinden sollte. Arbeiter hatten zwischenzeitlich die Zelte aufgestellt und zusätzliche Leuchten angebracht, und sie wollte nachsehen, ob alles fertig war.

»Was ist mit Spot?«, fragte ich. »Er sollte doch heute verkuppelt werden, oder?«

»Ach, natürlich. Er war heute bei uns im Haus, und da habe ich überhaupt nicht mehr daran gedacht.« Debbie wartete, bis das Hausmädchen den Hauptgang serviert hatte – Lamm mit Ingwersauce und gegrillten Süßkartoffeln. »Weißt du, Matt, ich habe heute gar keine Energie dafür. Morgen vielleicht.«

Zum ersten Mal konnte ich nachvollziehen, was man unter einem »Hundeleben« versteht. Der arme Spot musste offenbar sozusagen mit einer kalte Dusche vorlieb nehmen, weil ein *Mensch* Kopfschmerzen hatte.

»Okay«, sagte ich, »aber warte nicht zu lange. Er wird sonst regelrecht zum *Tier*.«

Der Spaziergang zum Wasserfall war lang, aber angenehm. Es war ein warmer Abend, und selbst wenn der Weg nicht beleuchtet gewesen wäre, hätte der Mondschein völlig ausgereicht.

Das rief alte Erinnerungen wach. Debbie hatte ihren Vater gebeten, die Lampen am Wegesrand und am Wasserbecken anbringen zu lassen, damit sie bei Mondschein Poolpartys geben konnte. Der Boden bestand aus glattem Gestein, doch war das Becken nahe dem Wasserfall tief genug, dass man hineinspringen konnte. Das Wasser war kalt, aber wunderbar sauber. Es machte auch Spaß, sich über den Wasserfall rund fünf Meter tief auf dem schaumigen Sturzbach hinab in die Tiefe gleiten zu lassen.

Hinter dem Wasserfall, der selbstredend Whitten Falls hieß, befand sich eine Vertiefung im Kalkstein, eine Art Halbhöhle. Ab und zu löste sich ein Pärchen aus dem allgemeinen Herumgeplantsche im Becken und verschwand verstohlen hinter der Wasserwand. Es war phantastisch, klatschnass mit einem Mädel hinter dem schimmernden, durchscheinenden Vorhang zu liegen und zu knutschen, während das tosende Wasser den Rest der Welt einfach ausblendete.

Die Erinnerung zauberte ein Lächeln auf mein Gesicht, und zum ersten Mal, seit ich den Fuß in die Stadt gesetzt hatte, fühlte ich mich richtig wohl. Hinter diesem Wasserfall fanden einige der angenehmsten Lehrstunden meiner Collegezeit statt. In besonders lieber Erinnerung war mir eine Begegnung mit meiner Partnerin aus dem Debattierclub, Eve Ronkowski. Eve erhielt ebenfalls ein Stipendium, ein rothaariges Mädel aus Buffalo mit hoch angesetzten Jochbeinen. Eve hatte sich nie für die »Bande« erwärmen können, aber sie gab sich um meinetwillen Mühe, sich anzupassen. Jedenfalls vor dem Frühling in meinem letzten Studienjahr, als sie beschloss, mich zu hassen.

»Wartet mal«, sagte Debbie. Wir Übrigen wandten uns zu ihr um. »Tut mir leid«, sagte sie. »Ich fühle mich nicht wohl. Ich dachte, an der frischen Luft würde es mir vielleicht besser gehen, aber es klappt nicht. Ich gehe zurück zum Haus und lege mich hin. Es tut mir wirklich leid, dass ich euch alle hierher gescheucht habe.«

Ich zuckte die Achseln. »Wenn du dich nicht gut fühlst, dann ist das eben so. Wenn es dir nichts ausmacht, würde ich mir den Wasserfall gern noch einmal ansehen. Ein hübsches Fleckchen, vor allem nachts. Pass auf, wenn du mir sagst, worauf ich achten soll, sehe ich nach, was die Arbeiter geschafft haben.«

»Das brauchen Sie nicht, Cobb«, sagte der alte Herr. »Ich kann mit Ihnen hingehen. Ich weiß, worauf wir achten müssen. Ich bezahle die Leute schließlich.«

»Danke, Daddy, Matt. Diese – diese ganze Angelegenheit hat mich ganz schön geschlaucht.« Daran zweifelte ich nicht. Sie sah müde aus. Unter ihrem Spezial-Make-up war ihr Gesicht blass, und ihre melodische Stimme klang geradezu klagend.

Ihr Vater sah es auch. »Wenn ich dich so ansehe«, sagte er, »sollte ich dich lieber begleiten. Ich möchte dich nicht nachher ohnmächtig am Wegesrand finden.«

»Ach, Daddy, ich komme schon zurecht.«

Zum ersten Mal seit einer halben Stunde sagte Dan etwas. »Ich gehe mit dir zum Haus zurück, Debbie. Komm.«

Bevor er die letzte Silbe ausgesprochen hatte, warf er mir einen Blick zu, der zu sagen schien: Alles oder nichts, drück mir die Daumen. Ich dachte, er hätte sich einen besseren Zeitpunkt für sein Großes Finale aussuchen können, aber je eher dieses ganze Theater vorbei war, desto besser für alle Beteiligten. Ich zuckte ansatzweise die Achseln, lächelte ansatzweise und drückte ihm ansatzweise die Daumen.

Debbie sagte: »Ach, würdest du das tun, Dan? Das ist lieb von dir. Dann kann Daddy sich doch noch ansehen, wie die Arbeiten vorangehen. Mir wäre das eine große Beruhigung.«

Dan hakte sich bei ihr ein. Die beiden gingen zum Haus zurück, während Mr. Whitten, Brenda, Spot und ich weiter in Richtung Wasserfall pilgerten.

Etwas später passte auch Brenda, mit der Begründung, sie sei müde. Sie nahm Spot mit, zum Teil zur Gesellschaft, aber auch, damit er notfalls Hilfe holen konnte, wenn ihr unterwegs etwas zustieß. Sie bewältigte diesen Weg seit jeher bei Tag und bei Nacht, hatte aber in ihrem jungen Leben früh gelernt, dass man nie vorsichtig genug sein kann.

Ich fühlte mich allmählich wie beim *Zauberer von Oos*, nur umgekehrt. Wenn ich die Smaragdstadt erreichte, würden alle meine Freunde verschwunden sein. Ich sah Brenda nach, um sicher zu sein, dass sie mit ihren Krücken zurechtkam (sie merkte es und streckte mir die Zunge heraus), und holte dann rasch den alten Herrn wieder ein.

Wir spazierten schweigend weiter, bis wir am Wasserfall ankamen. Der alte Herr schien nicht in Stimmung für Gespräche zu sein, sondern marschierte mit gesenktem Kopf und aufeinander gepressten Lippen daher. Das kam mir gelegen.

Ich konnte das Wasser hören, bevor ich es sah. Das Geräusch klang zunächst wie brutzelnder Speck, schwoll dann jedoch zu einem eindrucksvollen Tosen an. Die Arbeiter hatten sich Mühe gegeben, alles war, wie es sein sollte, jedenfalls nach Auskunft Mr. Whittens. Dann ergriff er eine Zeltschnur, stellte den Fuß auf einen Hering und schaute zum Mond hinauf.

Er musste laut sprechen, damit ich ihn über dem Getöse des Wassers hören konnte. Ich hatte Visionen von der Trauung am Samstag, bei der Braut, Bräutigam und Pfarrer allesamt würden brüllen müssen: »Willst du …?« »Ja!«

Ich hatte jedoch keine Schwierigkeiten, Mr. Whitten zu hören. Er sagte: »Wissen Sie, warum sie zurückwollte, Cobb?«

»Sie sagte, sie fühlt sich nicht wohl.«

»Nicht Debbie. Brenda. Und erzählen Sie mir nicht, sie sei müde gewesen. Sie wollte ihrer Schwester und Ihrem Freund hinterherspionieren.«

»Warum sollte sie das tun?«

Er riss die Augen vom Mond los und sah mich an. »Cobb, ich habe schon bei der Zeitung gearbeitet, als Sie noch gar nicht auf der Welt waren. Glauben Sie wirklich, nur weil ich alt bin, muss ich obendrein blind und dämlich sein?«

»Dafür habe ich Sie nie gehalten.«

»Na, Sie benehmen sich jedenfalls so. Sie alle. Ich weiß, wie die Stimmung hier ist. Ihr jüdischer Freund will die Hochzeit meiner Tochter verhindern. Wollen Sie das etwa bestreiten?«

Ich warf einen Kiesel ins Wasser.

»Sie und ich wollen doch, dass ihm das nicht gelingt, oder?«, fuhr der Alte fort.

»Es geht mich nichts an«, erwiderte ich. Dass das gelogen war, ging wiederum *ihn* nichts an. »Und selbst wenn«, fuhr ich fort, »was könnten wir schon dagegen unternehmen?«

»Nach dem Gesetz nichts. Ich wollte Sie nur wissen lassen, dass ich genau weiß, woher der Wind weht. Vielleicht gehen Sie mir ja nur auf die Nerven, weil sie so tun, als sei ich ein dämlicher alter Sack, der keine Ahnung hat, was seine Töchter treiben.«

»Was ist denn nun mit Brenda?«

»Nun, auch sie will ihren Freund und Debbie auf Dauer auseinander bringen. Schon als kleines Kind hat sie sich in ihn verknallt.« Er schüttelte den Kopf. »Gut aussehende Juden haben irgendetwas an sich, dem Frauen einfach nicht widerstehen können, ist Ihnen das schon einmal aufgefallen, Cobb? Und Ihr Freund ist ausgesprochen gut aussehend. So ein dunkler Typ, meine ich.«

Jetzt guckte *ich* in den Mond und dachte nach. Gott helfe uns, dieser Mann kontrolliert die wichtigsten Informationsquellen an den Wohnorten von rund fünfzehn Millionen Amerikanern.

»Das Problem ist nur, dass ich dachte, er sei schon längst über Debbie hinweg. Deshalb habe ich nie etwas gesagt. Meiner Erfahrung nach halten sich Juden ohnehin lieber an ihresgleichen.«

»Seinesgleichen«, sagte ich bedächtig, »seinesgleichen Mr. Whitten, das sind nicht unbedingt Juden. Das sind Leute, die miteinander durch dick und dünn gehen, die *niemals* durch eigenes Verschulden einen Freund hängen lassen. Die Ihnen helfen, selbst wenn Sie dabei sind, eine Dummheit zu begehen, und die sich nicht von Ihnen abwenden, nachdem Sie sie begangen haben. Er liebt zufällig Ihre Tochter, Mr. Whitten, und deshalb bekommt sie all das in besonders großen Dosen. Manchmal mehr, als sie verdient hat.«

Er sah mich an, als sei ich verrückt geworden. »Nun, natürlich hat Debbie ihn grässlich behandelt. Das sollte keine Beleidigung sein, Cobb. Himmel, ich wusste nicht einmal, dass Sie ebenfalls Jude sind.«

Ich wollte ihn eigentlich aufklären, dass das nicht stimmte, beschloss aber, dass es der Mühe nicht wert war. »Gehen wir zum Haus zurück«, sagte ich nur.

Nach etwa der halben Strecke hörten wir die Schreie.

Es waren laute, schrille Schreie, die aus dem Innern des Hauses bis zu uns dort draußen trugen. Und sie hörten nicht auf.

Ich ließ den Zeitungstycoon stehen und rannte auf das Haus zu. Hundegebell erscholl durch die Nacht, als ich an den Zwingern vorbeisprintete. Einmal rutschte ich aus und fiel hin, fing den Sturz jedoch mit einer Schulterrolle ab, kam wieder auf die Füße und rannte weiter auf das Haus zu. Schon unterwegs lief es mir kalt über den Rücken beim Gedanken, was mich dort erwarten mochte.

Gerade als ich die Hintertür erreichte, brachen die Schreie ab. »Lieber Gott«, sagte ich, riss die Tür auf und sprintete durch die Küche in die Eingangshalle.

Dabei hakte ich im Geiste Möglichkeiten ab. Ein Feuer konnte es nicht sein, auch kein Hochwasser, ein Raubüberfall war unwahrscheinlich – ich hatte keine Schüsse gehört, und einen unbewaffneten Einbrecher hätten Dan und Spot mit Karate und Zähnen gemeinsam erledigt.

Als ich das Treppenhaus erreichte, hörte ich jemanden schluchzen. Soweit ich sehen konnte, war das einzige Beschädigte im ganzen Haus das Treppengeländer: Zwei Pfosten davon waren herausgebrochen, in der Mitte durchgeknickt wie Streichhölzer.

Ich war schon halb die Treppe hinauf, bevor mir einfiel, dass ich vielleicht lieber einen Kerzenleuchter oder eine sonstige Waffe hätte mitnehmen sollen, mochte aber keine Zeit mehr verschwenden.

Ich hätte ohnehin keine gebraucht. Dort oben war niemand, der mir hätte wehtun wollen, lediglich Brenda, Spot und Debbie. Brenda lehnte an der linken Wand der großen Halle. Sie war diejenige, die schluchzte. Dicke Tränen rannen ihr über das Gesicht und hinterließen dunkle Flecken im Teppich. Spot stand über Debbie und leckte ihr das Gesicht genauso, wie er meines immer ableckt, wenn er mich wecken will.

Debbie lag auf dem Teppich nahe der anderen Wand, als schliefe sie, doch Spot vergeudete seine Zeit. Selbst aus der Entfernung konnte ich erkennen, dass Debbie niemals mehr aufwachen würde. Sie wirkte mitleiderregend klein, wie sie dalag. Sie war ausgestreckt, doch war zur Wand genügend Platz, dass man um sie herumgehen konnte.

Ohne groß darüber nachzudenken bemerkte ich, dass Dan Recht gehabt hatte, was Debbies Gesicht und die kleinen purpurroten Flecken anging, die es entstellten. Von der toten, fahlen Haut hoben sie sich deutlich ab. Sie hatten dieselbe Farbe wie der grauenhafte purpurrote Striemen, der quer über ihre Kehle verlief, dort, wo der massive Schlag sie getroffen hatte.

Ich fragte mich, ob aus ihrer Kehle noch ein letztes Mal ein melodischer Laut gedrungen war, als sie ihr jemand zerschmetterte.

Ich fragte mich auch, wo mein Freund war. »Wo ist Dan?«, fragte ich Brenda. Tränenüberströmt sah sie mich nur verständnislos an.

»Dan!«, brüllte ich. »Dan!«

Keine Antwort. Das große Haus verschluckte jedes Geräusch.

# Kapitel 10

»Vielen Dank! Und willkommen zur schnellsten halben Stunde der Fernsehgeschichte.«
*– Mike Stokey, »Stump the Stars« (CBS)*

Ich nehme an, man könnte das, was ich in den nächsten Minuten tat, als Denken bezeichnen. Mein Gehirn erstellte höchst kooperativ eine umfassende Liste von Dingen, die zu erledigen waren, und gab mir sogar Tipps, wie ich sie erledigen sollte. Dafür weigerte es sich jedoch standhaft, irgendwelche Schlüsse zu ziehen.

Ganz oben auf der Liste stand »Stell die Uhrzeit fest«. Das war einfach. Aufgrund einer Eigenart meines Gehirns weiß ich immer auf plus/minus zehn Minuten genau, wie spät es ist, außerdem trage ich eine Uhr. Ich schätzte es auf neun Uhr dreißig, laut meiner Armbanduhr war es neun Uhr sechsundzwanzig. Ich beglückwünschte mich. Dann begriff ich, dass ich Brendas Schreie etwa um neun Uhr zwanzig gehört haben musste. Ich kehrte zu meiner Liste zurück.

Der nächste Punkt lautete »Ruf die Bullen«. Ich probierte es auf gut Glück mit 911, der zentralen New Yorker Notrufnummer für Polizei, Feuerwehr und Notarzt. Viele Städte haben solche Zentralnummern, und ich erinnerte mich daran, dass bei meinem letzten Besuch in Sewanka so etwas auch dort im Gespräch war.

Es klappte. Ein kleiner Triumph. Innerhalb von Sekunden war ich mit dem Polizeirevier verbunden. Ich wollte erst nach Chief Cooper fragen, entschied mich dann jedoch dagegen. Sobald sie von mir die Adresse hatten, würden sie ihn ohnehin benachrichtigen. Über *so etwas* musste der Polizeichef in jedem Fall informiert werden. Der diensthabende Beamte nahm meinen Namen auf, ich erzählte ihm, was wann wo passiert war, und er sagte, er werde sofort ein paar Leute losschicken. Ich legte auf, bevor er mich auffordern konnte, mich nicht vom Tatort zu entfernen. Diese Option wollte ich mir offen lassen.

»Wo ist das Telefonbuch?« Brenda hörte meine Frage nicht,

oder, falls doch, ignorierte sie sie. Sie saß auf dem Sofa, den Kopf auf den Knien, und schluchzte. Draußen konnte ich ihren Vater schreien hören, während er sich dem Haus näherte. »Cobb, Himmelherrgott nochmal, was ist denn da los?« Die Stimme war noch weit weg und ziemlich atemlos, doch Mr. Whitten war ein entschlossener alter Herr. Er würde eintrudeln, bevor ich bereit für ihn war.

»*Brenda!*«, fuhr ich sie an. Verängstigt und finster sah sie zu mir auf.

»Was ist?«, schnauzte sie zurück.

»Hör auf zu heulen, sonst fängt dein Bein zu rosten an.«

Sie glotzte mich eine Sekunde lang an, ganz verstört, dass jemand so geschmacklos sein konnte. Dann brach sie in Lachen aus. Es klang ein wenig irre, aber das war schließlich die ganze Situation. Der Schock brachte sie immerhin dazu, mir zuzuhören, und mehr konnte ich in diesem Moment nicht erwarten.

Brenda lachte noch immer. »Matt, du bist *verrückt*!«

»Brenda, in wenigen Minuten – ach was, Sekunden – wird dein Vater hier sein, und wir müssen ihn irgendwie im Griff behalten. Ich kann das nicht allein. Du musst mir helfen, damit er hier unten bleibt.«

»Ich? Hier unten? Wieso?«

Ich hatte keine Zeit für Finessen, machte mir aber im Geiste eine Notiz, mich später dafür in den Hintern zu treten. »Wir müssen jeden von Debbie fern halten, bis die Polizei hier ist.«

Es gab eine Million Dinge, die Brenda hierauf hätte antworten können, doch wenn ich sie aufgelistet hätte, wäre das, was sie tatsächlich sagte, nicht dabei gewesen: »Spot ist noch oben«, erklärte sie.

»Ja. Und da kann er auch bleiben. Er ist ein Beweisstück.« Das traf mehr oder weniger zu. Die Bullen würden ohnehin jede Menge Hundehaare an der Leiche und am Tatort finden, dann konnten sie auch gleich den passenden Hund dazu haben.

»Brenda«, sagte ich nochmals, »wo ist das Telefonbuch?«

Sie setzte an, mich zu fragen, was zum Teufel ich ausgerechnet damit wollte, entschied sich jedoch nach einem Blick in mein Gesicht dagegen. »In dem Schränkchen unter dem Telefon.«

Das klang logisch. Ich hätte selbst darauf kommen können, aber mein Kopf war nicht besonders klar. Ich holte das Telefonbuch aus dem Schränkchen und schlug unter »B« nach. E. R. Bowen. Der beste Anwalt der Stadt, nach Auskunft Les Tilmans. Der zweitbeste, ermahnte ich mich, nach dem Bezirksstaatsanwalt.

Es gab eine halbe Spalte voller Bowens, aber E. R. Bowen, Anwaltskanzlei, war leicht zu finden. Und ich hatte wieder Glück, es gab eine Notdienstnummer. Ich wählte sie, verwählte mich, unterbrach die Verbindung und wählte erneut, unter Murren. Man sollte doch meinen, reiche Leute wie die Whittens hätten Geld genug für ein Tastentelefon.

Unter der Notdienstnummer meldete sich, wie ich vermutet hatte, ein Auftragsdienst. Ich nannte meinen Namen, sagte, es handle sich um einen Notfall, und bat, dass E. R. Bowen mich umgehend unter dieser Nummer zurückrufen sollte. Die Dame an der Telefonzentrale sagte, sie werde ihr Bestes tun, ich legte auf und begann, an den Nägeln zu kauen.

Ich fragte mich, was mit dem Alten geschehen war. Er war noch nicht aufgetaucht, und ich hatte keine weiteren Schreie gehört. Vielleicht, dachte ich, ist ihm das Rennen nicht bekommen. Vielleicht, dachte ich, liegt er draußen und stirbt gerade an einem Herzinfarkt. Vielleicht, dachte ich, solltest du einfach mal die Schnauze halten, Cobb.

Er kam in dem Moment herein, als das Telefon zu klingeln begann. Es hatte so kommen müssen. Ich wusste nicht, was ich zuerst und zuletzt tun sollte.

Brenda rettete mich. Sie stand ohne Zuhilfenahme ihrer Krücken auf und rannte quer durch den Raum in die Arme ihres Vaters. Ihre heftige Umarmung raubte dem Alten den letzten Rest Atem, so dass ihm nichts übrig blieb als dazustehen, seine Tochter fest zu halten und nach Luft zu schnappen.

Ich hob den Hörer ab. »Matt Cobb«, sagte ich.

Eine Frauenstimme sagte: »Ist dort Matt Cobb?«

Unter anderen Umständen hätte das eine Bemerkung verdient gehabt, aber ich war nicht in Stimmung, sondern sagte nur, ja, hier sei Matt Cobb.

»Absolvent des Whitten College?«

Toll, dachte ich. Ich sitze mitten in einem Mordfall und sie wird mich bestimmt gleich zum Ehemaligentreffen einladen. »Was zum Teufel hat das damit zu tun?«

»Hier ist E. R. Bowen«, sagte die Stimme.

»Oh«, sagte ich. E. R. Bowen war also eine Frau. Toll. Das hatte Les mir zwar gesagt, ich hatte es aber im allgemeinen Getümmel mit dem Polizeichef wieder vergessen.

»Ich will Sie anheuern«, sagte ich.

Sie war belustigt. »Mich anheuern?«

Mich packte die Wut. »*Lassen Sie den Quatsch!* Es ist wichtig!«

»Du erinnerst dich nicht an mich, stimmt's?«

»Nein, verdammt noch mal, aber nach diesem Telefonat werde ich es bestimmt. Wollen Sie jetzt das Mandat oder nicht?«

Die Stimme schalte auf geschäftsmäßig um. »Welcher Natur ist Ihr Problem?«

»Okay, zuerst einmal muss ich Ihnen sagen, dass ich nicht Ihr Mandant bin, sondern Daniel Morris, und das ist seine Adresse.« Ich nannte sie ihr und fuhr dann fort: »Ich möchte, dass Sie hinfahren und bei ihm bleiben, bis die Polizei dort auftaucht.«

»Er ist also nicht in Polizeigewahrsam?«

»Das wird er noch.«

»Weswegen?«

»Mord, wahrscheinlich eher Totschlag.«

»Sie wollen also, dass ich zur Wohnung eines Flüchtigen fahre, der eines Mordes beschuldigt wird?«

»Er ist überhaupt nicht flüchtig. Und nehmen Sie ein paar stämmige, knallharte Burschen mit, ja? Machen Sie sich keine Sorgen, ich sage ihm, dass Sie kommen. Falls er zu Hause ist. Falls nicht, du lieber Himmel, dann werden Sie mich wohl auch vertreten müssen, denn dann muss ich mich vom Tatort entfernen und ihn suchen. Sie hören später wieder von mir.«

»Das ist in keiner Weise mit dem Gesetz vereinbar«, sagte sie. Juristen sagen so etwas dauernd. Sie verlieren ihre Zulassung, wenn sie so etwas nicht mindestens vier Mal pro Woche von sich geben.

»Das weiß ich. Die Frage ist, ob Sie es trotzdem machen?«

Sie seufzte, ein sehr leises, sehr niedliches Seufzen. »Ich mache es. Nennen Sie mir die Adresse bitte noch einmal?«

Ich sagte sie ihr und fügte dann hinzu: »Heute hat mir jemand gesagt, Sie seien der beste Strafverteidiger im westlichen Teil von New York. Sind Sie das?«

»Ja«, sagte sie schlicht. »Das bin ich.«

»Gut«, sagte ich.

Sie seufzte wieder. »Du hast dich nicht ein bisschen verändert, stimmt's, Matt?«

Ich entgegnete etwas Geniales, etwa: »Hä?«, aber sie hatte schon aufgelegt.

Ich hatte keine Zeit, mir darüber Gedanken zu machen. Ich wählte Dans Nummer.

Das Telefon klingelte. Und klingelte. Ich streckte den Kopf aus der Telefonecke und schaute nach, was Brenda und ihr Vater machten. Sie saßen auf der Couch. Das Gesicht des alten Mannes, das knallrot gewesen war, als er hereinkam, war jetzt schneeweiß und wirkte wie betäubt. Brenda weinte wieder, hielt aber zumindest den Alten bei der Stange.

»Wer ist da?«, knurrte Dan. »Lassen Sie mich in Ruhe.«

»Dan, hier ist Matt.«

Dan brach in Tränen aus. Ich habe ihn nie zuvor weinen gesehen. »Mein Gott, Matt, ich habe alles verdorben. Ich weiß auch nicht, wie das passiert ist, ich – ich habe alles falsch gemacht …«

»Dan …«

»Jetzt ist alles aus. Ich wäre am liebsten tot. Ich habe nie gedacht, dass es einmal so enden würde. Wie hätte ich das wissen können? Ich wollte doch nur …«

»Dan!«, rief ich. »Jetzt halt mal die Luft an!«

Er gab nach, aber es war zu spät. Ich hätte wissen müssen, dass es so kommen würde. Ich musste mir gut überlegen, was ich im Zeugenstand aussagen würde, denn dass ich in diesem Fall als Zeuge vernommen werden würde, war unausweichlich. Ich konnte einen Meineid auf mich nehmen und bestreiten, dass dieses Telefonat je stattgefunden hatte, oder aber den Geschworenen gegenüber wiederholen, was er mir gesagt hatte und damit meinen besten Freund lebenslänglich hinter Gitter bringen.

Der einzige Trost war, dass ich jetzt die Frage stellen konnte, auf deren Antwort ich mit Angst und Schrecken wartete. Vielleicht machte ich damit alles noch schlimmer, aber viel konnte es nicht sein.

»Dan«, sagte ich, »was ist hier heute Abend passiert?«

»Weißt du das nicht?«

»Tu mir den Gefallen und sag's mir.«

»Matt, ich bezahle das Geländer.«

»*Scheiß auf das Geländer!* Sag's mir!«

»Ich habe versucht, Debbie diese verrückte Heirat auszureden.«

»Gut. Und weiter?«

»Dann haben wir uns gestritten. Sie warf mir vor, ich sei kleinlich und eifersüchtig und sie wolle mich nie mehr wieder sehen.«

»Und dann?«

»Sie sagte, ich soll gehen, also bin ich gegangen.«

»Hast du sie geschlagen?«

»Bist du verrückt?«

»Hast du oder hast du nicht?«

»Nein. Das Luder hätte es durchaus verdient gehabt, aber ich konnte es nicht. Ich habe stattdessen beim Runtergehen das Geländer zertrümmert. Wieso?«

»Das erzähle ich dir später, ich habe jetzt keine Zeit. Hör gut zu, Dan, eine Dame namens E. R. Bowen ist auf dem Weg zu deiner Wohnung. Du tust genau, was sie dir sagt, ist das klar?«

Er wollte mehr wissen, aber ich ließ nicht locker, bis er eingewilligt hatte, und hängte ein. Ich wusste nun, dass Dan unschuldig war. Ich ging davon aus, dass seine Reaktion mir gegenüber unter den gegebenen Umständen nicht gespielt gewesen war. Und ich wusste auch, dass ich der einzige Mensch auf der ganzen weiten Welt war, der ihm das glaubte. Dan saß ganz schön in der Patsche.

Denn ein paar Meter von meinem Standort in der Eingangshalle entfernt begann in diesem Moment A. Lawrence Whitten, der mächtigste Mann in diesem Teil des Bundesstaates, lauthals zu brüllen, Dan Morris habe seine Tochter umgebracht, und er werde ihn dafür zur Rechenschaft ziehen. Dan Morris werde dafür büßen, und wenn er, Whitten, ihn höchstpersönlich würde umbringen müssen.

Und Mr. Whitten war ein sehr entschlossener alter Herr.

# Kapitel 11

»Und, erkennen Sie diese Stimme
aus Ihrer Vergangenheit?«
*– Ralph Edwards, »Das ist Ihr Leben« (NBC)*

Rund eine Stunde später war ich wieder beim Sewanka Police Department im Untergeschoss des Rathauses. Der Dienst habende Beamte fragte, ob er mir helfen könne.

»Ich wünschte, Sie könnten es«, sagte ich aufrichtig. Inzwischen wünschte ich mir, *irgendjemand* könnte mir helfen. »Ich bin hier, um mit Miss Bowen zu reden, wenn sie mit ihrem Mandanten gesprochen hat.«

»Mrs.«, sagte er.

»Wie bitte?«

»Wir müssen Sie mit ›Mrs.‹ Bowen ansprechen, und Sie sollten das lieber auch tun. Sie ist da empfindlich. Schreibt dem Chef böse Briefe.«

Ich dankte ihm und setzte mich wieder hin. Toll. Dans Anwältin war empfindlich. Genau das, was ich brauchte. Genau das, was Dan brauchte. Ich schaute meine Hand an, bis es mir langweilig wurde, schaute dann meine andere Hand an. Im Neonlicht des Untergeschosses leuchtete sie grünlich, krank. Tot.

Das brachte meine Gedanken zurück zum Mord. Und dem anschließenden Affenzirkus.

Les Tilman von der Zeitung war vor Ort gewesen, bevor Chief Coopers Sirene ganz verstummt war, und Reporter aus den übrigen Teilen des Staates sowie einige aus dem nördlichen bis mittleren Pennsylvania folgten ihm auf den Fersen.

Die Medien waren sozusagen vollzählig versammelt. Wenn die Dinge zwischendurch allzu grässlich wurden, ging ich immer mal wieder zum Fenster und sah mir den Presserummel draußen an. Jedes Mal erhellten Blitzlichter und Flutlichtlampen die Nacht. Ich fragte mich müßig, was man wohl tun müsste, damit sie das Haus stürmen. Musste ich wohl einem Polizisten die Dienstwaffe entringen, aufs Dach klettern und mich erschießen, oder würde es schon reichen, ein Fenster zu öffnen und sie anzuschreien, sie sollen weggehen und der Familie Zeit lassen, in Ruhe mit der Tragödie zu Rande zu kommen? So etwas kommt bei Zeitungslesern und beim Fernsehpublikum immer gut an.

Ich bekam keine Gelegenheit, es herauszufinden. Chief Cooper rief mich zu sich.

»Holen Sie Ihren Hund da weg«, sagte er.

»Was?«

»Ihren Hund. Er steht über der Leiche und lässt die Jungs von der Spurensicherung nicht dran. Das Mädchen sagt, er gehorcht nur Ihnen.«

»Oh, stimmt. Entschuldigung. Hatte ich total vergessen.«

»Bringen Sie Ihr Gedächtnis auf Zack«, sagte er zu mir. »Sie werden mir die ganzen Hintergründe erklären, oder nicht?«

Ich sah ihn an und gewann den Eindruck, ein Nein würde ihm missfallen. Nicht, dass ich vorgehabt hätte, ihm Schwierigkeiten zu bereiten. Es war besser, er bekam die Story von mir als beispielsweise von Mr. Whitten, der in diesem Moment am Telefon hing und beim Bezirksstaatsanwalt Gerechtigkeit oder doch etwas annähernd Vergleichbares einforderte. Er würde sich mit allem zufrieden geben, das Dan Morris' Vernichtung zur Folge hatte.

Beim Hinaufgehen sah ich mir noch einmal das zertrümmerte Treppengeländer an. Spot hatte aufgehört, Debbie das Gesicht zu lecken. Inzwischen stand er vor ihr und knurrte die Bullen an, die ihn einzukesseln versuchten. Einer von ihnen hatte die Waffe gezückt.

»Stecken Sie das Ding weg, Sie Idiot«, sagte ich. »Kein Wunder, dass er Sie beißen will.«

»Von mir aus«, sagte er. »Aber schaffen Sie ihn von hier weg. Wir haben genug zu tun.«

»Schon gut, schon gut. Ich wollte nur, dass Sie alles so vorfinden, wie es war, deshalb habe ich dem Hund befohlen, erst einmal dazubleiben. Komm, Spot.«

Der Samojede verwandelte sich schlagartig wieder in ein flauschig-friedliches Hündchen und tänzelte auf mich zu. Ich ging auf ein Knie und kraulte ihn an der Kehle. Ein paar Sekunden lang tat er so, als gefalle ihm das nicht, weil ich ihn mit einem so grässlichen Job ganz allein gelassen hatte. Dann beschloss er, ich sei hinreichend bestraft, schloss die Augen und ließ verzückt die Ohren hängen.

Wir gingen zum Chief hinunter. Der Koch hatte Kaffee und Sandwiches gemacht, und Cooper saß mit einer Stenografin am Küchentisch und vesperte. Mir bot er auch etwas an, aber ich lehnte ab.

»Ich glaube nicht, dass ich derzeit ein gern gesehener Gast in diesem Hause bin.«

»Schon möglich«, sagte Cooper, den Mund voller Brot und Schinken. »Mr. Whitten hat mich aufgefordert, Sie zu verhaften.«

»Hochinteressant«, erwiderte ich. »Hat er gesagt, weswegen?«

»Beihilfe. Vor, nach oder während der Tat, das war ihm völlig egal. Das ist natürlich völliger Blödsinn.«

»Natürlich«, stimmte ich zu.

»Aber ich kann nicht behaupten, ich sei begeistert, dass Sie dem Hauptverdächtigen einen Tipp gegeben haben, bevor wir überhaupt tätig werden konnten.«

»Na und? Er hat Anspruch auf einen Anwalt. Auch wenn er unschuldig ist, und genau das werden Sie letztlich herausfinden …«

Cooper schnalzte mit der Zunge.

»… jedenfalls habe ich als Erstes die Polizei gerufen. Und deshalb haben Sie ihn bestimmt schon einkassiert.«

»Da haben Sie verdammt Recht – wir haben ihn einkassiert.«

»Und er ist friedlich mitgekommen?«, fragte ich. »Ohne Fluchtversuch?«

»Ja. Nicht, dass ihm das irgendetwas genützt hätte. Meine Männer sagen, sie hätten nicht gewusst, wer verwirrter war, Ihr Freund oder seine Anwältin. Offenbar war sie selbst gerade erst eingetroffen. Er hat nichts gesagt, auf Anraten seiner Anwältin natürlich.«

Ich nickte. Das schien im Moment die sicherste Politik zu sein.

»Okay«, sagte Cooper. »Jetzt wissen wir also, wo wir stehen. Im Moment habe ich nur brauchbare bis gute Indizien gegen Ihren Freund. Aber ich warne Sie, ich hoffe, mehr in die Hand zu bekommen. Ich weiß, der Typ ist Ihr Freund, wenn Sie mir also nichts sagen wollen, habe ich volles Verständnis.«

»Natürlich«, sagte ich. »Und im Prozess stellt mich der Staatsanwalt dann als parteiischen Zeugen hin und fragt mich, ob es etwa nicht zutrifft, dass ich die Zusammenarbeit mit der Polizei verweigert habe, weil ich Angst hatte, mein Freund könne schuldig sein. Nein, besten Dank. Stellen Sie Ihre Fragen, Chief.«

Er grinste mich an. »Die Jungs in New York hatten Recht. Sie sind ein Oberschlauer, stimmt's?«

»Ich habe so meine Erfahrungen. Fragen Sie ruhig. Oder lassen Sie Ihre Tippse hier schriftlich festhalten, dass Sie beschlossen haben, mir keine Fragen zu stellen. Das unterzeichnen Sie beide und geben mir davon eine Kopie. Ich will nachweisen können, dass ich mit der Polizei kooperiere.«

Cooper kratzte sich am Kopf. Ich hatte ihn ausgetrickst, und das wusste er. Ich war bereit zu reden, weil er alles, was ich ihm erzählen konnte, auch auf anderem Wege in Erfahrung bringen konnte.

Ich erklärte ihm zunächst die Hintergründe, das Hin und Her in der Beziehung zwischen Debbie und Dan. Ich erklärte ihm, dass Dan ein letztes Mal vor der Trauung mit Debbie sprechen wollte, um absolut sicher zu sein, dass sie Grant wirklich und wahrhaftig heiraten wollte.

Cooper begann zu lächeln. Er malte im Geiste einen dicken schwarzen Haken in das Kästchen neben dem Stichwort »Motiv«.

Dann fragte er mich nach den Ereignissen der letzten Stunden und überprüfte meine Angaben anhand der Informationen, die er bereits bei Brenda Whittens Vernehmung erhalten hatte.

Offenbar passte alles gut zusammen. Der Chief hatte nur noch eine Frage, als ich fertig war.

»Sie haben die beiden also nicht streiten gehört?«

»Wen streiten gehört?«

»Morris und das Opfer.«

Das Opfer. Schon jetzt juristische Spitzfindigkeiten. Zumindest sagte er nicht »*sein* Opfer«.

»Nein, habe ich nicht. Er war nicht einmal mehr da, als ich am Haus anlangte. Wieso?«

Ich erwartete voll und ganz, er werde mir jetzt sagen, das gehe mich nichts an, aber das tat er nicht. Offenbar wollte er meine Moral unterwandern. »Brenda Whitten hörte Stimmen, nämlich, wie sie sagt, die von Morris und ihrer Schwester. Beide sprachen laut und wütend, als sie sich dem Haus näherte. Als sie ankam, sah sie gerade noch Morris' Auto wegfahren.«

»Worum ging es bei dem Streit?«

»Sie gibt an, sie habe nicht verstehen können, was gesagt wurde.«

»Aber sie konnte die Stimmen erkennen. Schwer zu glauben.«

»Hören Sie auf, Cobb, wir sind hier nicht vor Gericht. Außerdem haben Sie selbst zugegeben, dass er mit zum Haus zurückging.«

»Ja, und das mussten Sie mir mühsam abringen, nicht wahr?«

»Wovon reden Sie? Ich habe Sie nicht in die Mangel genommen, sondern lediglich mit Ihnen geredet.«

»Und ich habe nicht *zugegeben*, dass er zum Haus zurückgegangen ist, sondern ich habe es lediglich *gesagt*!«

Coopers zerknautschtes Gesicht wirkte verdutzt. Den Unterschied konnte er beim besten Willen nicht erkennen. Ich ignorierte es und fuhr fort: »Aber wer sagt denn, dass er es sich nicht anders überlegt hat, einfach in sein Auto gestiegen und weggefahren ist? Dann hätte Brenda jemand *anders* mit ihrer Schwester streiten gehört.«

Diese Theorie machte mich ganz aufgeregt. Je länger ich darüber nachdachte, desto besser gefiel sie mir, vor allem, weil es erstmals mehr als blindes Vertrauen war, das Zweifel an Dans Schuld weckte. Ich konnte es kaum abwarten, E. R. Bowen davon zu erzählen. Sobald Cooper mich gehen ließ (»... aber bleiben Sie in der Stadt, Cobb. Sie wissen das natürlich.«), rief ich ihren Auftragsdienst an und erfuhr dort, wo sie war, nämlich im Polizeipräsidium. Ich hielt an einem rund um die Uhr geöffneten Drugstore, kaufte ein paar Zeitschriften und fuhr dann zum Rathaus weiter, um auf sie zu warten.

Ich wartete ziemlich lange. Nachdem ich meine Zeitschriften gelesen hatte, fand ich die Realität derart unerträglich, dass ich einschlief und einen Alptraum hatte.

Er dauerte nicht lange, war aber ganz schön intensiv. Er spielte im Haus der Whittens und ließ die Ereignisse auf wenige atemlose Sekunden zusammenschrumpfen. Ich renne zum Haus zurück, Brenda schreit, Debbie liegt tot da und Spot leckt ihr Gesicht ab. Dann tauchen die Bullen auf, und Spot fängt an zu knurren, ich rufe ihn und er kommt. *Dann stellt er sich auf die Hinterbeine und packt mich am Revers.* (Jetzt *weiß* ich, dass es ein Alptraum ist – seit wann hat Spot Daumen?) Der Hund schreit mich an. »Gib Acht!«, sagt er. »Gib Acht!« Dann fängt er an, mich zu schütteln. So brutal, dass ich davon Kopfschmerzen kriege.

Die Kopfschmerzen hatte ich noch beim Aufwachen. Ich riss die Augen auf und fuhr mir mit der Hand über das Gesicht. Ich schüttelte den Kopf. Es war einer der Träume, nach denen man am liebsten das Schlafen ganz aufgeben möchte. »Gib Acht!«

Ich habe englische Literatur und Sprachwissenschaft studiert und das eine oder andere Buch von C. G. Jung gelesen; mir war also klar, dass ein solcher Traum eine tiefere Bedeutung haben *musste*. Ich überlegte, worin sie wohl liegen mochte, doch die Stimme des Dienst tuenden Polizisten unterbrach meine Gedanken.

»Ach, Mrs. Bowen«, sagte er. »Da ist ein Herr, der auf Sie wartet.«

»Wo, Max?«

Ich rappelte mich auf, während sie sich zum mir umdrehte. »Ich bin das, Mrs. Bowen. Matt Cobb. Ich – oh mein Gott!« Ich sagte diesen letzten Teil des Satzes nicht wegen ihrer Schönheit, obwohl sie eindeutig schön war – tiefrotes Haar, tiefblaue Augen und eine sagenhafte Figur, die sogar in ihrem sachlichen dreiteiligen Kostüm ausgezeichnet zur Geltung kam, hohe Jochbeine und Sommersprossen. Ich liebe Sommersprossen über alles, sie sind geradezu ein Fetisch für mich. Außerdem habe ich größte Hochachtung vor Leuten, die morgens um halb fünf derart frisch und munter wirken können.

Trotzdem hätte ich deshalb noch lange nicht »oh mein Gott« gesagt. Ich hätte es vielleicht gedacht, aber unter normalen Umständen besitze ich zumindest so viel Niveau, dass ich solche Reaktionen unterdrücken kann.

Aber dies waren keine normalen Umstände. Ich kannte sie.

»Hallo, Matt.«

»Hallo«, sagte ich. »Offenbar hat sich der Debattierclub für dich bezahlt gemacht.«

Sie lächelte. »Mit dir und ohne dich. Ich habe dir das immer noch nicht verziehen, Matt.« Ihr freundliches Lächeln wurde etwas frostiger, ziemlich sogar, während die alte Wut wieder in ihr hochzukochen schien. Ich schlug vor, wir sollten uns beim Frühstück weiter unterhalten, und sie willigte ein.

Sie hakte sich sogar bei mir ein, was Erinnerungen an denkwürdige Momente hinter dem Wasserfall in mir wach werden ließ. Denn E. R. Bowen war niemand anders als Eve Ronkowski, meine frühere Partnerin im Debattierclub. Meine Partnerin hinter dem Wasserfall. Das Mädchen, das bei unserer letzten Begegnung geschworen hatte, es werde mich den Rest seines Lebens hassen.

Das Frühstück versprach, ein interessantes Erlebnis zu werden.

# Kapitel 12

»Ich bin ein bööööser Junge!«
*– Lou Costello, »Die Abbott und Costello Show« (über Agentur)*

Eve bestellte eine Grapefruit und schwarzen Kaffee. Ich nahm Toast in Eihülle, Schinken, hausgemachte Bratkartoffeln, Orangensaft und heiße Schokolade. Ein angewiderter Ausdruck huschte über ihr apartes Gesicht.

Ich zeigte mit der Gabel auf sie. »Pro«, sagte ich. »Ein Mann, der die ganze Nacht auf war, weiterhin, ein Mann, der normalerweise überhaupt nicht frühstückt, darf essen, was ihm passt, ohne sich dafür angewiderte Blicke seiner Tischgenossen gefallen lassen zu müssen. Jetzt darfst du das Contra übernehmen.«

Ich entdeckte einen Anflug von reuigem Lächeln, bevor sie es hinter ihrer Kaffeetasse versteckte. »Du hast vielleicht Nerven, mir mit Debattierwitzen zu kommen, Matt Cobb.«

»Ich habe nie behauptet, keine Nerven zu haben.«

»Außerdem entscheidet das Los, wer Pro und wer Contra übernimmt. Das hast du doch wohl nicht schon vergessen, oder?«

»Nein. Hör zu, Eve, das ist alles sehr lange her. Wenn du bereit bist, mir zu verzeihen, dass ich damals nicht an den Meisterschaften der East Coast Forensic Society teilgenommen habe, dann verzeihe ich dir, dass du es mir so lange vorgehalten hast.«

»Du verzeihst *mir*?«, sagte sie entgeistert.

»Du hast nie zugehört. Vom ersten Augenblick an, nachdem wir Partner wurden, habe ich dir immer gesagt, wenn es zu einem Konflikt zwischen Debattierclub und Basketball kommt, dann rangiert Debattieren für mich nicht einmal mehr an zweiter Stelle.«

»Ich habe nie glauben können, dass du das ernst meinst. Ich dachte, du wolltest mich aufziehen.«

»Warum zum Teufel hätte ich dich mit etwas aufziehen sollen, was dir so wichtig war?«

»Das ist es ja gerade. Es *war* wichtig. Weißt du, dass ein Mitglied des Siegerteams schon einen Job bei einem Richter am Obersten Gerichtshof hatte? Weißt du, wie viel so etwas für deine Karriere bedeuten kann?«

»Wenn man Jurist werden will.«

»Genau, wenn man Jurist werden will!« Sie stieß ihren Löffel so heftig in ihre Grapefruit, dass ihr der Saft auf ihren Ärmel spritzte. »*Verdammt!*«, sagte sie.

Ich zog ein paar Papierservietten aus dem Spender und reichte sie ihr.

»Na schön«, sagte ich. »Aber meine gelehrte Freundin vergisst, dass *ich nicht Jurist werden sollte*. Ich war lediglich im Debattierclub, weil ich mich im Seminar ständig mit Professor Payne stritt und der Dr. Stokes von mir erzählte. Ich wurde sozusagen rekrutiert. Die wussten immer, dass Basketball für mich an erster Stelle stand. Dass ich *überhaupt* an dem College studieren durfte, lag doch nur an dem Basketball-Stipendium.«

»Aber du warst so *gut*.«

»Vielen Dank. Alles nur Gossentraining. Denk schnell, rede schnell, sag, was der große, starke Kerl hören will, und sieh zu, dass es ehrlich klingt, sonst spuckst du Zähne aus. So oder ähnlich habe ich meine ganze Kindheit verbracht, deshalb war es für mich ein Spiel, in Schlips und Kragen das Pro und Contra dieses oder jenes Aspekts der Rechtsprechung abzuwägen. Es machte Spaß, eine Art jugendlicher Egotrip. Zuzusehen, wie die Leute sich in ihrer eigenen Zunge verheddern. Aber es war nicht wichtig. Es *bedeutete* nichts.«

»Aber *Basketball* war wichtig?«

»Ja. Das ist kein Spiel, sondern Sport. Zwölf Jungs, jeweils fünf auf dem Spielfeld. Jeder hat eine bestimmte Aufgabe. Einer muss auf den anderen vertrauen, einer dem anderen helfen. Keine Vorbehalte. Keine Bedenken. Ich liebte es. Hätte ich mit Basketball meinen Lebensunterhalt verdienen können, wäre ich sehr glücklich gewesen. Im Endeffekt war ich dafür nicht gut genug, aber ich habe mein Bestes gegeben. Und ich habe mich immer wohl dabei gefühlt.«

»Beim Debattieren hast du dich auch immer wohl gefühlt.« Sie zog die Brauen hoch. »Oder hast du die verrückte Nacht in Albany vergessen, nachdem wir die beiden Jungs vom Williams College geschlagen hatten?«

»Das«, sagte ich lächelnd, »hatte nichts mit Debattieren zu tun.«

»Du hast dich trotzdem über unseren Sieg gefreut.« Ich erinnerte mich gut an die blauen Funken, die ich jetzt wieder in ihren Augen sah. Wenn sie aufblitzten, dann aus Vorfreude, wenn einer unserer Gegner ihr einen Angriffspunkt lieferte, oder aus Wut, wenn die anderen gegen uns punkteten.

»Ja. Aber ich hatte zuvor anderthalb Stunden öffentlich Lügen darüber verbreitet, was das Land meiner Meinung nach den Vietnamkriegsveteranen schuldete. Ich stimmte allem zu, was die Gegenseite vortrug, um es dann in der Luft zu zerreißen, sobald sie es aussprachen. Ich war das Ganze leid, Eve. In einer formalen Debatte gibt es keine Kompromisse, keine Kreativität. Keiner versucht, eine Antwort auf irgendwelche Probleme zu finden. Man vertuscht nur seine eigenen Schwächen und hackt auf die der Gegenseite ein.«

Ich trank Orangensaft. »Ich beherrschte das *zu* gut. Sophisterei als Bildende Kunst. Die Wissenschaft der Heuchelei. Irgendwann ist das allzu einfach.«

Eve sah mich mit zusammengekniffenen Augen an. »Ich verstehe. Und die Schlussfolgerung lautet, dass ich genau das geworden bin. Richtig, Mr. Cobb? Es ist mir zwar nicht gelungen, aus *dir* einen professionellen Sophisten oder Heuchler zu machen, aber genau das bin *ich*, korrekt?«

»Das ist Bestandteil deines Berufs«, sagte ich. »Irgendjemand muss es ja tun. Ich erlaube mir ja gar kein Urteil über dich …«

»Ach nein?«

»… aber so ist das System angelegt. Ich will damit nur sagen, dass das alles für mich nichts ist und nie war. Ich habe meine eigenen Laster. Wer ist Bowen?«

»Mein Mann.«

»Oh.«

»Ex. Es hat nicht funktioniert. Er bekam ein großartiges Angebot von einer Sozietät in Phoenix, und ich hatte meine Kanzlei hier. Ich wollte sie nicht aufgeben, also ging er ohne mich.« Sie pickte die Kirsche von ihrer Grapefruit und aß sie.

»Zumindest«, sagte sie, »war dabei meinerseits keine Heuchelei im Spiel.«

»Schon gut, schon gut, tut mir leid. Ich habe mich ungeschickt ausgedrückt. Es fiel mir nur immer schwerer, für etwas zu kämpfen, an das ich nicht glaubte. *Irgendetwas*, an das ich nicht glaubte.«

Ich nahm ihre Hand. Sie sah mich eigenartig an, zog sie jedoch nicht weg. Ich ließ sie los, sobald ich ihre Aufmerksamkeit hatte. »Schau mal, Eve, glaubst du beispielsweise an Dan Morris' Unschuld?«

»Ich bin seine Verteidigerin.«

»Ich weiß, schließlich habe ich dich beauftragt. Na komm schon. Du kennst Dan vom College, zumindest flüchtig. Was meinst du?«

»Es ist nicht meine Aufgabe, mir eine Meinung zu bilden, ob er schuldig oder unschuldig ist. Ich vertrete ihn nach bestem Wissen und …«

»Schon gut, lass stecken. Du hältst ihn für schuldig, aber du wirst ihn trotzdem mit wehenden Fahnen verteidigen. Ich könnte das nicht. Zum Glück ist das auch nicht nötig. Dan ist unschuldig. Wir beide werden ihn da rausholen.«

Sie schüttelte den Kopf. »Nein, Matt. Ich werde dafür sorgen, dass er sich schuldig bekennt.«

Ich erstarrte. »Was sagst du da?«

»Ich sorge dafür, dass er sich schuldig bekennt. Ich gehe davon aus, dass der Bezirksstaatsanwalt ihn wegen Totschlags anklagt. Dann ist Dan in vier Jahren wieder auf freiem Fuß.«

»Genau. Was sind schon vier Jahre? Hast du Dan schon so weit?«

»Nein«, sagte sie, »das sollst du tun.«

»Bist du nicht gescheit?«

»Verdammt, Matt, die Polizei hat bombensichere Indizien. Dan war am Tatort. Er ist Karateexperte, und Debra Whittens Kehle wurde durch einen mit ungeheurer Kraft ausgeführten Schlag zertrümmert. Wer sonst am Tatort wäre dafür stark genug gewesen?«

»Ich.«

»Du«, sagte sie, »hast ein Alibi durch den Vater des Mädchens. Im Übrigen deutet nach Ansicht des Gerichtsmediziners alles auf einen Karateschlag hin.«

»Du liebe Güte, Dan ist nicht der einzige Karateexperte auf der Welt.«

Eve schüttelte den Kopf. »Schalt dein Gehirn ein, Matt. Er ist vielleicht nicht der Einzige auf der Welt, aber zu dem Zeitpunkt der Einzige im *Haus*.«

»Wie habt ihr das alles so schnell herausgefunden?«

Sie zuckte die Achseln. Dabei wippte ihr Haar sehr hübsch. Die billigen Lampen des Cafés ließen aparte rote Glanzlichter in ihrem Haar aufleuchten. Wir hätten uns auch darüber unterhalten können, welchen Film wir uns abends ansehen wollten oder wie man Flecken aus einem Baumwollhemd bekommt.

»Ich bin mir nicht sicher, Matt, aber ich denke, man will mich abschrecken.«

»Dich *abschrecken!*«

»Bei der letzten Wahl habe ich Jack Wernicks Gegner unterstützt. Jack ist ein hervorragender Mann, aber für ihn ist Sewanka lediglich ein Sprungbrett. Und er ist nachtragend.«

»Spitze«, sagte ich. »Dann ist dieser Fall ja wie für ihn geschaffen. Er kann einen großen, Schlagzeilen machenden Fall verhandeln, und wenn er gewinnt, ist ihm die Unterstützung des reichen, mächtigen Mr. Whitten gewiss. Und er hat obendrein die Befriedigung, dir ganz nebenbei eins ausgewischt zu haben.«

»Genau, Matt. Und derzeit kann ich mir nicht vorstellen, dass er verliert. Die können einfach behaupten, Dan sei im Haus gewesen. Er war wütend. Er hat die Geländerpfosten zertrümmert.

In seine Handflächen waren mikroskopisch kleine Holzsplitter und Farbpartikel eingebettet. Beide passen.«

Ich verstand jetzt, warum es auf dem Revier so lange gedauert hatte. Sie hatten sie warten lassen, um ihr all diese Laborergebnisse unter die Nase zu reiben.

»Ich bin nach wie vor von seiner Unschuld überzeugt.«

Nun griff Eve nach meiner Hand. Sie redete mit mir wie mit einem dreijährigen Kind. »Matt, ihr seid gute Freunde. Aber hier stehen ein paar Jahre gegen ein ganzes *Leben*. Meinst du nicht, du bist es ihm schuldig, ihn zur Vernunft zu bringen?«

Nie im Leben war ich verwirrter als in diesem Moment. Alles, was Eve sagte, machte die Sache nur noch schlimmer. Aber Dan war überrascht gewesen, verdammt noch mal. Ich *kannte* ihn. Andererseits hatte ich auch früher schon geglaubt, Leute zu kennen …

»Na schön. Himmelherrgott nochmal, von mir aus.« Ich rieb mir die Augen. »Wann kann ich zu ihm?«

»Morgen früh soll die Anklage erhoben werden.«

»Heute morgen?«

»Richtig.«

»Die verlieren keine Zeit, nicht wahr?«

»Warum auch?« Darauf fiel mir keine Antwort ein, also fuhr Eve fort: »Ich vereinbare jedenfalls einen Termin für dich, sobald er in die andere Haftanstalt gebracht wird. In der Zwischenzeit sondiere ich bei Wernick die Chancen auf einen Deal.«

»Na schön«, sagte ich und fluchte. Ich zog meine Geldbörse hervor und legte etwas Geld auf den Tisch. »Lass uns von hier verschwinden«, sagte ich.

»Du hast dein Frühstück nicht aufgegessen.«

Ich sah sie an und überlegte, ob ich lachen oder weinen sollte. Es endete unentschieden. Mein Gesicht fühlte sich wie tot an. Ich erklärte Eve, ich hätte sowieso zu viel bestellt. Vor der Tür gaben wir uns die Hand. Sie fuhr ins Büro, ich ging zurück zum Sewanka Inn und versuchte, mich für Kabelfernsehkonzessionen zu erwärmen.

# Kapitel 13

»Willkommen auf Fantasy Island!«
*– Ricardo Montalban, »Fantasy Island« (ABC)*

Nach zwanzig Minuten hatte ich die Nase von der Anhörung voll. Ich ging hinauf auf mein Zimmer, spülte mir unter der Dusche den Dreck der Nacht ab und ging zu Bett. Ich schlief überraschend gut. Ich war sofort weg und hatte keine Alpträume, weder von Spot noch von sonst jemandem. Das dauerte etwa eine Stunde und vierzig Minuten.

Dann klingelte das Telefon. Ich griff danach, und in der halben Sekunde zwischen dem Abheben des Hörers von der Gabel und dem Erreichen meines Ohres, zuckten alle möglichen wunderbaren Szenarien durch mein Hirn. Debbie war gar nicht tot. Die Polizei hatte einen durchgedrehten Karate-Kämpfer aufgestöbert, der aus einer Irrenanstalt entwichen war und die Landbevölkerung in Angst und Schrecken versetzte. Spot konnte sprechen (wie in meinem Alptraum) und sagte als Augenzeuge aus, dass jemand anders – Grant Sewall oder sonst wer – Debbie abgemurkst hatte.

Pustekuchen. Es war Hans, der vom Restaurant. In Tränen aufgelöst.

»Was ist los, Hans?«

»Die Polizei kommt hierher. Sie sagen, sie wollen mit mir über den Mord an Daniels junger Dame sprechen.«

»Bloß Routine. Ich habe denen gesagt, dass wir uns bei Ihnen im Restaurant unterhalten haben. Die wollen das nur bestätigt hören.«

»Aber was soll ich denen denn nur *sagen*?«

»Die Wahrheit, Hans. Sagen Sie denen einfach die Wahrheit.«

»Alles? Selbst das, was ich später mitbekommen habe?«

»Und was war das, Hans?«

»Ich bin herumgegangen, nur um zu sehen, ob alles okay ist. Ich hörte Daniel sagen ›und wenn ich sie erwürgen muss, diese

Hochzeit darf nicht sein‹. Wollen Sie wirklich, dass ich das der Polizei erzähle? Wenn Sie wollen, dann sage ich denen das nicht, und wenn sie mich fragen, dann lüge ich.«

Ich sagte nichts. Hans sagte: »Matthew, was soll ich tun?«

Ich schaute zur Decke. Ich erinnerte mich daran, dass mir im Kindergarten eine Erzieherin in die Beurteilung schrieb: »Matthew ist ein sehr verantwortungsbewusstes Kind.« Ich fragte meine Eltern, was das bedeutete, und mein für seinen Witz berühmt-berüchtigter Vater antwortete: »Es bedeutet, wenn irgendetwas schief geht, dann bist du dafür verantwortlich.« Alle hatten gelacht, und ich war böse gewesen, bis man mir das Ganze erklärt hatte. Dann hatte ich auch gelacht. Allmählich gewann ich allerdings den Eindruck, dass die Worte meines Vaters gar kein Witz, sondern eine Prophezeiung gewesen waren.

Warum bin immer *ich* derjenige, der diese bescheuerten Entscheidungen treffen soll? fragte ich das Universum. Das Universum erwiderte, ich solle die Klappe halten und voranmachen.

Wenn Hans log, würde der Polizei ein weiteres belastendes Indiz vorenthalten. Ich meine, was Dan sagte, war zwar in dem Moment nur so eine Redensart, aber wenn der Staatsanwalt damit fertig war, würde es so klingen, als hätte Dan ein blitzsauberes Geständnis abgelegt. Es wäre deshalb ausgesprochen sinnvoll, dieses Detail nicht in die Hände der Polizei geraten zu lassen.

Wenn sie es aber auf irgendeine *andere* Weise herausfanden, dann säße nicht nur Dan metertief in der Tinte, sondern Hans und ich gleich mit. Ich war nicht erpicht auf eine Gefängnisstrafe, nur um einen Freund zu entlasten, und noch viel weniger, dass dem guten, alten Hans das Gleiche geschah.

Wenn ich Hans aber sagte, das gehe schon in Ordnung, dann würde er hingehen und denen eine Handhabe für Vorsatz liefern. Und wir würden natürlich mit dem Staatsanwalt aushandeln, dass die Anklage in puncto Vorsatz fallen gelassen wird, wenn Dan sich ansonsten schuldig bekennt. Ich schnaubte. »Wir!«

Nein. Das Risiko war zu hoch. »Sagen Sie ihnen die Wahrheit, Hans«, riet ich ihm. »Egal, wonach sie fragen.«

»Sind Sie sicher?«

»Fragen Sie das doch nicht dauernd. Ja, ich bin sicher«, log ich.

Hans ging erneut unter. »Wenn er doch nur auf mich gehört hätte!«, schluchzte er. »Er hätte sie vergessen sollen, genau das hätte er tun müssen!«

Es war deprimierend, dass Hans trotz seiner spürbaren Sorge um Dan offenbar keinerlei Zweifel an dessen Schuld hegte. Ich seufzte, bedankte mich und legte auf.

Sofort begann das Telefon wieder zu klingeln. Das war mein Weckruf. Es war Zeit, zum Gefängnis zu fahren, um mit meinem Freund zu sprechen und ihn zu überzeugen, dass er vor Gericht sagen sollte, er habe die Frau umgebracht, die er liebt.

Dan war nicht mehr im örtlichen Knast, sondern schon vor Tagesanbruch ins Gefängnis des County verlegt worden, ein gelbes Backsteingebäude außerhalb der Stadt. Von außen wirkte es wie eine kleine Elektronikfabrik oder vielleicht auch eine Junior High School, sah man einmal von den bewaffneten Wachleuten ab.

Eve hatte bei den Leuten, die das Sagen hatten, vermutlich schon dafür gesorgt, dass ich Zutritt bekam, aber es dauerte dennoch eine gute halbe Stunde, bis sie mich hinreichend gefilzt, befragt, überprüft und generell eingeschüchtert hatten.

Schließlich wurde ich ins Sprechzimmer geführt, das mit den dicken Panzerglasscheiben wie die Kassenhalle einer sehr miserabel gehenden Bank aussah. Auch die Aufseher wirkten wie die Wachleute jeder beliebigen Bank, nur noch gelangweilter.

Ich setzte mich auf den Hocker vor einem der Schalter und wartete. Zwei Aufseher führten Dan von der anderen Seite an die Scheibe heran. Er trug Handschellen. Offenbar wollte man mit dem irren Karate-Killer keinerlei Risiko eingehen.

Dan grinste mich schief an, während er sich hinsetzte und nach dem Telefonhörer griff. Ich hob den Hörer auf meiner Seite ab und ergab mich in mein Schicksal.

»Eine schöne Scheiße, in die ich mich da wieder mal geritten habe«, sagte er.

Ich wollte ihm schon sagen, er solle den Macho-Quatsch lassen, aber nach kurzer Überlegung beschloss ich, dass es vielleicht gar nicht unbedingt Quatsch war. Dan hatte in den letzten zwei Tagen eine Menge durchgemacht. Das Mindeste, was ich für ihn tun konnte, war, ihm nicht auch noch den Mut zu nehmen.

»Wir haben gute Leute auf die Sache angesetzt«, informierte ich ihn.

»Diese Anwältin?«

»Ja. Und jeden anderen, den wir brauchen.«

»Zum Beispiel?«

»Laborexperten, Privatdetektive, Ärzte ...«

Das Telefon ließ seine Stimme blechern klingen und filterte einiges an Emotionen heraus. Einiges. Nicht annähernd genug, um seinen Hohn zu kaschieren, als er mich unterbrach: »Ärzte?«

Dan legte eine starke Hand an seine bärtige Wange und ballte sie zur Faust, so dass sich sein ansprechendes Gesicht zu einem glaubhaften Glibbermonster verzerrte. Er drückte die Hautfalte fest zusammen und hielt sie gut fünf Sekunden lang fest. Allein das Zusehen tat weh. Ich konnte ihm nicht einmal sagen, er solle aufhören, denn er hatte den Hörer nicht am Ohr.

Zuletzt ließ er dann doch los und redete wieder mit mir. »Deine Freundin, die Anwältin«, sagte er langsam, »glaubt, ich hätte Debbie umgebracht.«

»Das tut sie nicht. Es kommt nicht darauf an, was sie de...«

»*Sie will, dass ich mich schuldig bekenne*«, zischte er.

»Sie versucht, das Beste für dich herauszuholen. Hast du dir mal die Alternativen überlegt, Dan?«

Dans Gesicht verlosch. Das einzige Lebenszeichen darin waren die roten Flecken, wo er die Haut gequetscht hatte. Er sah mich zehn geschlagene Sekunden an, lange, quälende Sekunden. Schließlich sah er weg.

»Du auch, Matt? Ausgerechnet du willst, dass ich den untersten Weg gehe? Was ist los? Hat dein Job dir zum guten Schluss doch noch den Charakter verdorben? Ist doch komisch. Ich hätte geschworen, das könne gar nicht passieren. Aber ich hätte auch geschworen, eine Menge anderer Sachen könnten gar nicht passieren.«

»Dan«, sagte ich, »es geht hier um den Rest deines *Lebens*.«

»Ich bin unschuldig!« Er wurde laut, doch als ein Aufseher einen Schritt auf ihn zu machte, senkte er die Stimme zu einem Flüstern. *»Ich bin unschuldig, du dämliches Arschloch!* Und ich *habe* mir die Alternativen überlegt. Ich will dir was sagen, Matt, jetzt, da Debbie tot ist und sogar du mir in den Rücken fällst, ist es im Knast vielleicht gar nicht so schlimm. Mit einer Ausnahme: Wenn die es schaffen, mir das hier anzuhängen, dann kommt der Kerl, der Debbie umgebracht hat, ungeschoren davon.«

Dan legte den Hörer auf und wandte sich ab, um den Aufseher herbeizuwinken. Ich konnte das jetzt noch nicht zulassen, deshalb knallte ich mit der flachen Hand gegen die Scheibe, die wie ein Korbbrett beim Basketball wackelte. Dan griff erneut zum Hörer.

»Okay«, sagte ich. »Du bist der Boss. Wenn Geld, Cleverness und Beharrlichkeit dich hier rauskriegen, dann kriegen wir dich hier raus. Ich bin stolz auf dich, Dan. Ich halte dich für einen armen Irren, aber ich bin stolz auf dich.«

»Warum bin ich ein armer Irrer? Weil ich für meinen guten Namen kämpfen will?«

»Nein, sondern weil du meinem Hirn zutraust, einen Ausweg zu finden.«

»Genau«, sagte er. »Nach diesem dämlichen Scheiß heute Nachmittag glaube ich, du hast Recht.«

Ich beschimpfte ihn meinerseits, und wir lachten. Dann erstarb das Lachen, und Dan brach in Tränen aus. Ich hatte das noch nie gesehen. Die Tränen liefen ihm über das Gesicht und in seinen Bart. »Ich habe sie nicht getötet, Matt, das schwöre ich. Ich hätte sie nicht töten können. Ich habe sie geliebt. Du musst mir helfen.«

Und so weiter. »Ich bin dabei, Partner«, sagte ich. »Ich verspreche es dir. Hör zu. Ich versuche, nachher noch einmal herzukommen, zusammen mit Eve Bowen. Vielleicht kann ich selbst mit dir reden, aber wenn ich es nicht schaffe, dann sprich auf jeden Fall mit ihr. Versuch auf jeden Fall unbedingt, dich an alles zu erinnern, was an dem Abend passiert ist, jede Kleinigkeit. Ich brauche alles, was ich kriegen kann …«

»Es gibt wirklich etwas«, sagte Dan. »Ich dachte, du wüsstest es, aber wahrscheinlich nicht. Vermutlich bringt es ohnehin nichts ein.«

Ich wollte ihm gerade sagen, er solle das mir überlassen, als sich eine Hand auf meine Schulter legte. Die personifizierte Außenwelt verkündete: »Die Zeit ist um.«

Ich hätte ihn gern abgeschüttelt und mir die Unterbrechung einer wichtigen Besprechung verbeten, aber die Vernunft siegte. Ich konnte nicht viel für Dan tun, wenn ich selbst im Knast saß. Ich würde schon noch erfahren, was Dan mir erzählen wollte.

Ich sagte Dan, er solle den Kopf hochhalten, und ließ mich von der personifizierten Außenwelt ins Freie bringen.

Unmittelbar bevor ich ging, sah ich noch einmal über die Schulter zurück zu Dan, dessen Handschellen gerade von einem Wachmann überprüft wurden. Dan schaffte es trotzdem, mir mit erhobenen Daumen »okay« zu signalisieren.

Sein Vertrauen rührte mich. Es ist immer schön, wenn man Erwartungen zu erfüllen hat. Ich verließ das Gebäude und machte mich auf den Weg zu Eve. Ich war gespannt auf ihre Reaktion, wenn sie hörte, dass jeglicher Deal mit dem Staatsanwalt aus und vorbei war.

# Kapitel 14

»Stellen Sie sicher, dass Sie Recht haben,
und dann los.«
*– Fess Parker, »Disneyland« (ABC)*

Eve traf mich in ihrem Büro. Ich legte gerade den Hörer auf, als sie hereinkam. »Ich hoffe, es macht dir nichts aus«, sagte ich. »Ferngespräch. Deine Sekretärin meinte, es geht in Ordnung.«

Sie wirkte verärgert, sagte aber: »Natürlich geht das in Ordnung. Wen hast du angerufen?«

»Das Network. Ich habe gekündigt, da dachte ich, es ist nicht die feine Art, das per R-Gespräch zu tun.«

Eve sah mich an, als sei ich verrückt geworden. »Du hast gekündigt?«

»Ja. Ich werde den Teufel tun, mir um eine bescheuerte Kabelfernsehkonzession den Kopf zu zerbrechen, so lange das hier nicht geklärt ist.«

»Das hier? Was meinst du mit *das hier*?«

»Den Fall, Eve. Ich werde mich voll und ganz darauf konzentrieren. Dein Mandant hat beschlossen, dass er keinen Deal mit dem Staatsanwalt machen will. Er wird dir das noch selbst sagen, sobald er Gelegenheit dazu hat.«

»Verschwinde aus meinem Sessel.«

»Oh, Verzeihung!« Ich stand auf und ging um ihren Schreibtisch herum zum Besucherstuhl. Eve legte einen Packen Unterlagen ab, setzte sich in ihren Bürosessel und schloss die Augen. Sie legte die Fingerspitzen im Schoß zusammen und seufzte aus tiefster Seele – kurz gesagt: Sie absolvierte die komplette »ich-bin-ein-gestresster-Manager«-Show. Mit geschlossenen Augen sagte sie: »Also kein Deal.«

»Er will die Sache durchfechten«, sagte ich. »Und um die Wahrheit zu sagen: Ich bin froh darüber.«

Sie öffnete die Augen einen Schlitz breit und sah mich verächtlich an. »Das sieht dir ähnlich«, sagte sie. »Tja, mein Vater sagte immer, letztlich kehrt sich alles zum Guten. Dies ist ein weiterer Beweis, dass er Recht hatte.« Sie strich sich ihr rotes Haar aus den Augen. »Der Bezirksstaatsanwalt will die Sache auch durchfechten, Matt. Er ist ebenfalls zu keinem Deal bereit. Nicht einmal darüber reden will er. Weißt du, was das bedeutet?«

»Er ist sich seiner Sache sehr sicher.«

»Das auf jeden Fall, Matt. Ich habe schon Deals in Fällen ausgehandelt, in denen der Angeklagte auf frischer Tat ertappt worden war und anschließend ein umfassendes Geständnis abgelegt hatte. Total wasserdicht. Aber im Grunde bedeutet es vor allem, dass Jack Wernick entschlossen ist, sich bei Mr. Whitten mit einer Racheaktion lieb Kind zu machen. Er wird nicht nur versuchen, Dan zu überführen, sondern ihn regelrecht zu vernichten.« Sie fügte etwas über den Bezirksstaatsanwalt hinzu, das eindeutig in die Kategorie Verleumdung fiel.

»Also kämpfen wir«, sagte ich.

»Ja, Matt, wir kämpfen. Ich hoffe, Dan wird mit dem Ergebnis zufrieden sein.« Sie brach in Lachen aus, ein zynisches Lachen, das ihrem Gesicht unvermittelt einen grausamen Zug verlieh.

»Was ist daran so witzig?«, fragte ich.

»Es kommt jetzt ganz darauf an, nicht wahr?«

»Worauf?«

»Wie überzeugend ich als Heuchlerin bin.«

Ich fand das keineswegs komisch. »Wie oft muss ich mich dafür noch entschuldigen? Was sollen wir jetzt machen?«

»*Ich* spreche mit meinem Mandanten. Was *du* jetzt machst, weiß ich nicht. Du bezahlst mich zwar, aber du wirst höchstwahrscheinlich als Zeuge der Anklage einbestellt. Möglicherweise muss ich dich sogar als weiteren Verdächtigen ins Spiel bringen, um meinen Mandanten zu entlasten.«

Ich zuckte die Achseln. »Nur weiter so. Ich bin schon einmal wegen Mordes angeklagt worden.« Sie warf mir einen skeptischen Blick zu. »Wenn du das nächste Mal nach New York kommst, zeige ich dir Zeitungsausschnitte. Na los, häng es mir ruhig an, wenn es uns weiterbringt. Ich sage dir, wie es passiert sein könnte. Debbie rutscht auf dem Teppich oben an der Treppe aus, prallt mit der Kehle gegen das Geländer, holt sich dabei den blauen Fleck und verliert das Bewusstsein. Brenda und Spot betreten das Haus. Spot geht zu Debbie und leckt ihr aus irgendeinem Grund das Make-up vom Gesicht, während Brenda zu schreien anfängt. Ich treffe ein, renne zu Debbie hinauf und knie mich neben sie. Ich lenke Brenda irgendwie ab und mache Debbie mit einem gezielten Schlag gegen den Kehlkopf kalt.«

Eve lächelte mich an. »Du kannst das immer noch, nicht wahr? Nur weiter, Matt, nur als forensisches Gedankenspiel. Was ist dein Motiv?«

»Such dir was aus. Eifersucht. Ich bin seit Jahren heimlich in Debbie verliebt, aber sie war so sehr mit den anderen beiden Typen beschäftigt, dass sie mich nicht beachtet hat, und jetzt halte ich das nicht mehr aus. Oder Neid, weil sie so reich ist. Ein politisch motivierter Mord. Nieder mit den Kapitalistenschweinen oder so.«

Eve nickte. »Wie steht es mit selbstgerechter Wut? Diese Frau war eine ständige Bedrohung für die Existenz deines besten Freundes. Jemand musste sie schließlich aufhalten.«

Ich nickte betreten. »Du hast meine Gefühle exakt erfasst, nur dass ich, um sie aufzuhalten, keinen Mord begangen hätte.«

»Du hast sie nicht umgebracht, Matt, leider nicht.« Sie griff nach den Papieren, die sie mitgebracht hatte. »Zumindest nicht so, wie du gerade behauptet hast.« Sie reichte mir die Unterlagen. »Das ist das gerichtsmedizinische Gutachten. Ein einziger Schlag, Matt.«

Ich nahm die Mappe, ohne sie zu öffnen. »Bevor ich da reinschaue, was ist mit dem Rest? Könnte es ein Unfall gewesen sein? Das Geländer?«

Eve schüttelte den Kopf. »Lies das Gutachten, dann siehst du es.« Ich begann zu lesen. Nach wenigen Sekunden sagte Eve: »Ich weiß nicht, warum ich dich das tun lasse.«

»Das werde ich dir gleich sagen«, murmelte ich und las weiter.

Das Gutachten begann mit dem allgemeinen Kram – weiblich, weiß, Alter, Größe, Gewicht, guter Gesundheitszustand, solche Sachen. Ich überflog diesen Teil, bis ich zur Todesursache kam. Eve hatte Recht. Das Geländer kam nicht in Frage. Es war zu breit und zu hart, als dass es die Prellung an Debbies Kehle hätte verursachen können. Die Kante des Handlaufs war ebenfalls ausgeschlossen. Debbie war mit etwas Abgerundetem geschlagen worden. Nach Einschätzung des Gerichtsmediziners sprach alles dafür, dass der Schlag mit einem Gegenstand erfolgte, dessen harter Kern von einer weichen Außenschicht überdeckt war. Etwas wie eine Handkante, das ergab sich quasi von selbst. Die Handkante eines erfahrenen Karate-Kämpfers.

Der Gerichtsmediziner musste selbst etwas von Karate verstehen oder hatte sich extra für sein Gutachten schlau gemacht, denn er wog die Möglichkeiten sehr detailliert ab. Der Schlag mußte offensichtlich unmittelbar vor ihr ausgeführt worden sein oder aus so großer Nähe, daß es auf dasselbe hinauslief. Er hatte Debbie unterhalb des Kinns an der rechten Halsseite getroffen und verlief schräg nach unten. Die Hauptwucht des Schlags hatte auf ihren Kehlkopf eingewirkt und ihn zertrümmert. Nach Meinung des Gutachters deutete das darauf hin, dass der Mörder Rechtshänder war oder zumindest mit rechts zugeschlagen hatte. Der Schlag war ein kurzer Rückhandschlag gewesen, den niemand hätte überleben können, denn er zertrümmerte nicht nur den Kehlkopf, sondern zerriss zudem die Halsschlagader. Sie starb, so stand es im Gutachten, innerhalb von Sekunden.

Mich schauderte es. Eve wollte wissen, warum.

»Hier steht, sie war innerhalb von Sekunden tot. Sie sagen nicht, wie viele Sekunden, aber ich bin sicher, es war lang genug. Ich stellte mir gerade vor, was Debbie in diesen Sekunden wohl durch den Kopf gegangen sein mag. Die Schmerzen. Das Ersticken. Der Schock, dass ihr jemand *so etwas* antut. Das stand ihr alles ins Gesicht geschrieben, als ich sie fand.«

»Das ist toll, Matt. Schreib es auf und schick es Wernick. Er kann das prima in seinem Plädoyer vor den Geschworenen verwerten, nur wird er es nicht so poetisch ausdrücken.« In ihrer Stimme lag Abscheu und ein wenig Mitleid, aber sie wirkte kalt, distanziert.

»Tja, das ist wohl die juristische Sicht der Dinge, schätze ich.«

»Korrekt«, sagte sie säuerlich. »So ist es. Ich habe keine Zeit, Mitleid mit dem Opfer zu empfinden. Als Juristin, meine ich. Ich muss mich auf meinen Mandanten konzentrieren. Was glaubst du, wie lange ich als Strafverteidigerin Bestand hätte, wenn jedes Mal meine Phantasie so mit mir durchginge?«

»Es wird schon einige Phantasie erforderlich sein, um herauszufinden, was wirklich vorgefallen ist. Vorausgesetzt, man nimmt wie ich an, dass dein Mandant unschuldig ist.«

»Das werden wir wohl annehmen müssen«, räumte sie ein.

»Wird das kein tolles Gefühl sein, wenn wir es auch noch beweisen?«

Sie nickte mit verkniffenem Mund. »Na los, beweis es, Matt, ich bin dabei. Setz deine Phantasie ein oder was auch immer du dafür benötigst. Du hast mich in die Sache hineingezogen. Ich kenne deine Gedankengänge, ich weiß, wie schnell und kreativ dein Gehirn ist. Es ist hoffnungslos, aber wenn ich überhaupt *irgendetwas* für den Mann tun soll, dann bin ich auf deine Hilfe angewiesen.«

Alles Kalte, Distanzierte war wie weggeblasen. Ich versprach ihr, alles zu tun, und las dann das Gutachten zu Ende. Es gab sonst nicht viel her.

Wir diskutierten, wie ich es anstellen könnte, mit Dan zu sprechen. Als Erstes mussten wir ihrer Meinung nach unbedingt dafür sorgen, dass ich als Zeuge der *Verteidigung* geladen wurde. Dann führte sie ein paar Telefonate. Irgendwann zwischendurch legte sie die Hand über die Muschel und sagte, ich solle verschwinden, sie werde keine Zeit zum Mittagessen haben. Ich solle mich im Gefängnis mit ihr treffen, dann würden wir sehen, was sie erreicht hätte.

Ich stand auf, ging um den Schreibtisch herum, ergriff ihre Hand und flüsterte »Danke!«

Eve lächelte. Das Lächeln wirkte müde, aber warmherzig, und auch ihre Hand fühlte sich warm an. Allen Ereignissen zum Trotz fühlte ich mich erstmals seit Tagen wieder etwas besser.

# Kapitel 15

»Mein Sohn, in der gesamten Geschichte des amerikanischen Showgeschäfts ist die US-Kavallerie noch niemals zu spät gekommen!«
*– Moe Howard, »The Three Stooges« (über Agentur)*

Das Gefühl hielt nicht lange vor. Dans große Neuigkeit entpuppte sich als Mitteilung, dass er einen Wagen hatte wegfahren sehen, als er gerade das Haus betrat. Im Prinzip war es erfreulich, dass noch jemand anders an dem Abend auf dem Grundstück gewesen war, und die Tatsache, dass Dan mit ziemlicher Sicherheit Grant Sewalls Mercedes erkannt hatte, machte es noch erfreulicher. Allerdings half es, wenn überhaupt, nur minimal, Dan zu entlasten oder gar den Verdacht auf Grant zu lenken.

Zum einen sah Dan den Wagen *wegfahren*, als er ins Haus ging; seiner eigenen Aussage nach hatte Debbie zu diesem Zeitpunkt noch gelebt. Dans Problem war einfach, glaubhaft zu machen, dass sie auch noch am Leben gewesen war, als er selbst rund sieben Minuten später weggegangen war.

Das war ein weiteres Problem. Es war natürlich denkbar, dass Grant zurückgekehrt war, doch dann hätte er wiederkommen, ins Haus gehen, seine Verlobte töten, erneut weggehen und komplett außer Sichtweite gelangen müssen, bevor Brenda am Haus eintraf. Dafür schien die Zeit sehr knapp, aber immerhin war es ein Krümel Hoffnung. Ich musste mit beiden sprechen.

Dan war froh gewesen, den Wagen zu sehen. »Ich dachte, er ist zurückgekommen und hat vergeblich versucht, sich mit ihr zu versöhnen. Debbie hat es zwar nicht zugegeben, aber sie war ganz aufgeregt. Ich hatte gedacht, sie sei vernünftigen Argumenten zugänglich, deshalb war ich auf dem Weg nach unten auch so sauer und habe die Pfosten im Geländer zertrümmert.« Dans Stimmung verdüsterte sich wieder zusehends. Seine Anwältin, die so etwas wahrscheinlich gewohnt war, starrte gebannt in eine

Ecke unter der Zellendecke, als stehe dort ihr Terminkalender für den Rest des Tages angeschlagen.

Ich dagegen war es nicht gewohnt, zuzusehen, wie mein bester Freund die Nerven verlor, und es gefiel mir kein bisschen. Ich hätte am liebsten mitgeheult. Das muss Dan gemerkt haben, denn er schüttelte es ab – kniff die Augen zu und schüttelte den Kopf wie Spot, wenn er aus dem Wasser steigt. Dans Gesicht verzog sich zu einem traurigen Lächeln.

»Okay, Leute, macht euch an die Arbeit. Ich würde euch gerne helfen, wenn ich könnte. Ehrlich.«

Eve rief den Aufseher, und wir machten uns an die Arbeit. Besser gesagt, sie tat es. Ich fuhr zum Sewanka Inn und checkte aus. Ich hatte beim Network gekündigt, also konnte ich denen schlecht die Rechnung für mein Hotel präsentieren, im Übrigen hätten sie die auch gar nicht bezahlt. Um allen Beteiligten die Buchhaltung zu erleichtern, zog ich in Dans Wohnung im Norden der Stadt um.

Selbst der liebe Gott hatte die Dinge in Sewanka offenbar fest im Blick, denn während Eve und ich mit Dan sprachen, hatte sich eine dunkle, konturlose Wolkenmasse über den Himmel ausgebreitet wie ein hochdramatisches Bühnenbild. Ich konnte nicht umhin, es zu bemerken, denn Dans Wohnung besteht fast nur aus Fenstern. Sie lag zur Gartenseite im ersten Stock eines Mehrfamilienhauses inmitten einer Siedlung von mehreren hundert Gebäuden. Dan achtete auf Ordnung. Er hatte ein Schlafzimmer und einen lang gestreckten Raum, der zur Hälfte als Büro eingerichtet war (dort stand sein neuer Apple-III-Rechner); die andere Hälfte diente als *Dojo*, auf der Tatami-Matte absolvierte er seine Karate-Übungen. Das ganze war so kahl und spartanisch wie das Innere eines Kühlschranks, besser gesagt, *Dans* Kühlschrank, der ein paar Sojasprossen und etwas Naturjoghurt sowie zwei Zwiebeln enthielt. Ich konnte das Zeug sicher essen, vermutete ich, aber nicht ständig. Außerdem war nichts für Spot dabei.

Spot. Er musste vom Anwesen der Whittens verschwinden, das war klar. Es gab mir zudem einen guten Grund, noch einmal dort hinzufahren und ein paar Fragen zu stellen. Trotzdem hatte ich Mühe, mich für die Idee zu erwärmen. Diesen Konflikt kenne ich nur zu gut. Mein Gehirn entwickelt dauernd irgendwelche Ideen, die zu denken ich mir nettem Kerl eigentlich gar nicht zugetraut hätte.

Und genau das geschah jetzt wieder. Ich hatte Logik walten lassen, und das Ergebnis reichte, um mich ein für alle Mal vom logischen Denken zu kurieren. Schließlich fluchte ich laut, ausdauernd und kreativ, griff zum Hörer und wählte die Privatnummer der Whittens. Das Hausmädchen nahm ab. Ich meldete mich mit einem Phantasienamen und fragte nach Miss Brenda Whitten. Als mir mitgeteilt wurde, Miss Whitten sei nicht daheim, fiel mir ein Stein vom Herzen.

Aber nur einen Augenblick lang, denn dann wurde mir klar, dass sie lediglich Anrufer abwimmelten. Jeder Pressefritze der freien Welt sowie mindestens einer von der TASS hatte wahrscheinlich bereits versucht, ein Interview mit den Whittens zu ergattern. Nicht einmal die Familie eines Zeitungstycoons würde sich das gefallen lassen.

Es ging kein Weg daran vorbei. Ich würde schon selbst hinfahren und mein Glück versuchen müssen.

Aber das hatte noch Zeit. Zuerst benötigte ich noch ein bisschen Nachhilfe. Ich zog ein Buch aus einem der Bücherregale in Dans Schlafzimmer. »Karate: Körper und Balance« von Henry Norman, was mir ein Vertrauen erweckend japanischer Name zu sein schien. Angesichts des düsteren Himmels musste ich zum Lesen das Licht einschalten, aber ich hatte ohnehin genug Grau gesehen. Ich zog deshalb die Rollos herunter, setzte mich in den Korbsessel unter der Lampe und begann zu lesen.

Ich bin ein geübter Leser (was übrigens nicht für alle Leute zutrifft, die im Hauptfach Englisch studiert haben), doch erschien mir das Buch zunächst etwas zähflüssig. Es setzte eine tiefere Kenntnis der Kampfsportarten voraus, als ich sie besaß, so dass ich häufig innehalten musste, um mir die Dinge bildlich vorzustellen.

Ich war schon ziemlich weit mit meinen Recherchen, als das Telefon klingelte.

»Matt?« Es war Brenda Whitten. Sie legte eine Herzlichkeit in ihre Stimme, die sie nicht fühlte.

»Hallo, Brenda«, sagte ich leise. »Ich habe vorhin versucht, dich anzurufen.«

»Dann warst du das wirklich. Ich dachte es mir schon. Daddy hat mir verboten, mit dir oder dieser Anwältin zu sprechen, aber er soll sich zum Teufel scheren. Ich habe sie angerufen und gefragt, wo du bist. Matt, ich muss mit dir reden. Kannst du zu uns heraus kommen?«

»Klar. Aber meinst du nicht, wir sollten uns lieber woanders treffen? Was ist mit deinem Vater?«

»Ich kann hier nicht weg. Außerdem hast du eine Ausrede – du musst Spot abholen.«

Ich lächelte. »Zwei Seelen, ein Gedanke«, informierte ich sie.

»Was?« Ich sagte, es spiele keine Rolle. »Okay, Matt«, fuhr sie fort. »Um Vater brauchst du dir jedenfalls keine Gedanken zu machen. Er ist total fertig, der Arzt hat ihm eine Schlaftablette gegeben. Der ist noch stundenlang weg vom Fenster. Bitte komm her.«

Ich versprach es und wollte gerade einhängen, als Brenda nachsetzte: »Matt?«

»Ja, Euer Gnaden?« Ich überraschte mich selbst, dass ich sie so nannte, denn das war Dans Spitzname für sie.

Brenda fiel es offenbar gar nicht auf. »Ist das nicht alles schrecklich, Matt?« Ich dachte in diesem Moment, es sollte verboten sein, dass kleine Mädchen so traurig klangen.

Spot bestraft mich manchmal, wenn ich ihn nicht beachte, und das hatte ich weiß Gott ausgiebig getan. Diesmal jedoch freute er sich unbändig, mich wieder zu sehen. Jeder, der mit einem Tier zusammenlebt, neigt dazu, ihm menschliche Züge zuzuschreiben. Mir war klar, dass Spot mir nicht deshalb Zugeständnisse machte, weil ich so niedergeschlagen war, aber ich wollte es gern glauben, weil ich mich dann besser fühlte. Ich ließ mir Zeit und zeigte ihm meine Zuneigung, kraulte ihn unter dem Kinn und hinter den Ohren. Spot schloss die Augen und genoss es.

Dann erfuhr ich, warum er so gut drauf war. »Ich habe ihn heute mit Vanilla verpaart.«

»Ach so«, sagte ich. Also hatte der Knabe bloß wie Nachbars Lumpi sein Nümmerchen geschoben. »Was sagt denn dein Vater dazu?«

»Er weiß es nicht. Und es ist mir auch egal, wenn er es herauskriegt. Das – das war, was Debbie wollte.« Sie schwieg einen Moment. »Also habe ich mich darum gekümmert. Komm, Matt, gehen wir ein Stück.«

»Es wird gleich regnen.«

»Wir gehen nicht weit. Nur halb ums Haus herum. Spot könnte ein bisschen Bewegung gebrauchen, und falls es wirklich regnet, gibt es mehrere Eingänge, durch die wir ins Trockene kommen. Außerdem möchte ich Laufen üben.« Sie lächelte und streckte die Arme seitlich aus. »Siehst du? Ohne Krücken!«

»Toll, ich hatte mir schon Sorgen gemacht. Das ist wirklich Klasse, Maikäferchen. Seit wann kommst du ohne aus?«

»Erst seit heute morgen, aber ich glaube, es ist ganz leicht.«

»Übertreib es aber jetzt nicht.«

»Kinderspiel, Matt, ehrlich. Mir tut ein bisschen die Hüfte weh, weil ich dieses Ding mit mir herumschleppe« – sie klopfte durch die Jeans auf ihr künstliches Bein – »aber ich muss sowieso noch mehr Muskeln ansetzen. Komm schon, Matt, ich nehme dich extra mit, damit du mich tragen kannst, wenn unterwegs etwas schief geht.«

Ich lachte. »Nur ein Schuft könnte das Flehen einer Dame in Not abweisen.«

Wir verließen das Haus. Die Vordertreppe musste ich ihr hinunterhelfen, aber sobald wir auf dem Weg waren, ging sie allein. Sie hinkte natürlich stark, und als sie versuchte, zu schnell zu gehen, hatte sie Probleme, das Gleichgewicht zu halten, aber davon abgesehen machte sie ihre Sache prima.

Spot war ebenfalls glücklich. Er tänzelte fröhlich kläffend um uns herum und jagte hinter irgendwelchen Dingen her, die der auffrischende Wind durch die Luft trieb.

Brenda sagte: »Ich werde Dan vermissen, Matt. Ich finde das alles schrecklich.«

»Noch ist er nicht fort, Brenda.«

»Ja, aber die *Beweise*. Ich hörte, wie mein Vater mit dem Bezirksstaatsanwalt sprach …«

»Das leuchtet ein.«

»… und das … na ja, das klang, als ob der arme Dan keine Chance hat.«

Der arme Dan, dachte ich. Das war interessant. Schließlich hatte der »arme Dan« ihres Wissens ihre Schwester umgebracht. Ich formulierte das Ganze etwas taktvoller und erwähnte es Brenda gegenüber.

Brenda wirkte niedergeschlagen. »Ach Gott, Matt, ich weiß. Ich bin ganz durcheinander. Ich kann nichts essen, nicht schlafen … Ich finde es schrecklich, dass das passiert ist, aber manchmal …«

Der Wind frischte auf. Die jungen Blätter an den Bäumen knisterten wie Feuer.

»Hör mal, Matt«, sagte sie. »Hast du schon einmal jemanden geliebt, den du gar nicht mochtest?«

Die Frage haute mich um. Neulich bei Hans im Restaurant hatte Dan fast genau dasselbe gesagt. Ich sagte nur: »Ja.«

»Na schön«, sagte Brenda. Sie blieb stehen und wandte sich zu mir um. »Dann weißt du ja, was ich Debbie gegenüber gefühlt habe. Sie war schön und intelligent und im Grunde ein guter Mensch. Wirklich … aber sie hat das alles *vergeudet*. Dan hatte Recht, weißt du. Sie … sie …«

»Das ist jetzt nicht mehr wichtig, Maikäferchen.« Ich schüttelte den Kopf. »Das stimmt nicht, ich wollte eigentlich sagen, auf jeden Fall hatte sie etwas Besseres verdient als das, was sie bekam.«

Brenda lächelte unter Tränen. »Da kommt wieder der Herr Professor durch. Du korrigierst sogar deine eigenen Grammatikfehler, stimmt's?«

»Ich strebe Präzision an«, sagte ich.

»In Ordnung. Aber es ist schwer, präzise auszudrücken, was ich eigentlich sagen will.« Der Wind wehte ihr eine Haarsträhne ins Gesicht, sie strich sie beiseite. »Ich … also, ich vermisse meine Schwester und hätte sie gern wieder, aber manchmal denke ich an Dan und was er ihretwegen alles durchgemacht hat, und dann meine ich, er *hätte* sie umbringen sollen. Er hätte sie umbringen sollen! Manchmal möchte ich am liebsten schreien!«

Ich sagte ihr, dass ich das Gefühl kenne.

Sie wandte mir ihr hübsches Gesicht zu. Es war sehr ernst, sehr aufrichtig. »Matt, du musst Dan irgendwie da rausholen. Du musst einfach. Ganz egal, was er getan hat, er hat es nicht verdient, deshalb im Gefängnis zu sitzen.«

Ich sah sie an, blickte in ihre runden blauen Augen, und mir kam ein Gedanke, ein Gedanke, für den ich mich schämte. Selbstverständlich verfolgte ich ihn weiter. Ich wundere mich nicht einmal mehr darüber, dass ich zu so etwas in der Lage bin.

»Du kannst mir dabei helfen, Brenda«, sagte ich. »Wenn du willst.«

»Sag mir, wie, Matt. Bring mich zu dieser Anwältin und sag mir, was ich sagen soll.«

»Das wird nicht nötig sein«, fuhr ich sie an. Ich wurde es allmählich leid, dass alle Leute sich freiwillig erboten, einen Meineid zu leisten, wenn ich nur einen Ton sagte.

»Na gut, wie kann ich denn sonst helfen?« Sie legte mir eine Hand auf den Arm. »Es tut mir leid, Matt.«

Ich atmete tief durch, und die Anspannung ließ etwas nach. »Mir auch. Wie gesagt, ich habe mir Sorgen gemacht.« Ich tätschelte ihre Hand, und sie zog sie zurück. »Du kannst zwei Dinge für mich tun. Erstens muss ich mit Grant reden.«

»Und?«, sagte Brenda drängend.

»Na ja, ich kann mir nicht vorstellen, dass er mich sehen will. Er ist wahrscheinlich in diesem Punkt ganz einer Meinung mit deinem Vater.«

»Gut, ich kläre das.«

»Ich werde ihm ein paar Sachen sagen, die ihm nicht gefallen werden«, warnte ich.

»Ich kriege das hin«, sagte sie. »Morgen ist die Beerdigung, er ist den ganzen Tag hier bei uns. Ich überlege mir einen Treffpunkt und sehe zu, dass ihr euch dort begegnet. Bleibst du in Dans Wohnung?«

Ich bejahte das und fügte hinzu, sie solle eine Nachricht in Eve Bowens Büro hinterlassen, falls ich aus irgendeinem Grund nicht zu Hause sein sollte. Ich würde in regelmäßigen Abständen bei Eve nachfragen.

Brenda nickte. »Und was war das zweite?«

»Es ist ein bisschen gespenstisch.«

»Ich hatte nichts anderes von dir erwartet. Was ist es?«

»Ich möchte, dass du mich schlägst.« So.

»Was?«

»Ich möchte, dass du mich schlägst.« Brenda fragte, warum; ich erfand irgendeine plausibel klingende Lüge, ich könne den mechanischen Ablauf der ganzen Sache nicht recht nachvollziehen. Brenda meinte, es sei Zeitverschwendung, willigte aber schließlich ein.

»Okay«, sagte sie. »Was soll ich also tun?« Ich zeigte ihr in groben Zügen die beiden Varianten, wie der Karate-Hieb nach Meinung des Gerichtsmediziners erfolgt sein musste.

»Schlag richtig zu«, sagte ich. »Ich bin bereit. Wenn ich dem Schlag nicht ausweiche, ist das mein Problem.«

Sie versuchte ein paar vorsichtige Hiebe. »Das ist lächerlich, Matt. Ich kann mein Gewicht für einen solchen Schlag nicht ausreichend verlagern, jedenfalls nicht mit diesem Bein.«

»Versuch es trotzdem.« Wir gingen ein paar Schritte vom Gartenweg auf den weichen Rasen, und sie versuchte es noch einmal. Sie stand genau vor mir und versuchte, nicht seitlich wie beim Baseball, sondern genau im rechten Winkel zuzuschlagen, und genau, wie sie vorhergesehen hatte, verlor sie die Balance und fiel hin.

Ich wehrte den Schlag ab, indem ich ihren Arm abfing. Der

Schlag hatte Wucht – Brendas Arme und Schultern waren kräftig, das wusste ich – aber er reichte trotzdem bei weitem nicht an den Hieb heran, der ihre Schwester getötet hatte. Immerhin hatte er genügend Wucht, um mich ebenfalls aus dem Gleichgewicht zu bringen, so dass wir beide auf den Rasen fielen. Brendas Sturz wurde durch meinen Körper abgebremst.

Brenda begann zu lachen. »Na also, du Blödmann, was hast du *damit* jetzt erreicht?«

Ich lachte ebenfalls, vor lauter Erleichterung. »Ich habe herausbekommen, dass ich ein Blödmann bin, was sonst?« Spot, der unser Gespräch langweilig gefunden und sich sonst wohin getrollt hatte, kam nun fröhlich kläffend wieder auf uns zu gehüpft, um sich ins Getümmel zu stürzen. Er sprang uns beide abwechselnd an und leckte uns durch das Gesicht.

Mir blieb das Lachen im Halse stecken. Unvermittelt fiel mir wieder ein, wie Spot Debbie Whittens totes Gesicht abgeleckt hatte, und auf einmal war der Spaß vorbei. Ich half Brenda wieder auf die Füße, und unser Spaziergang endete an der Hintertür der Whitten-Residenz.

»Geschafft«, sagte sie. Sie sah stolz aus.

»Gut gemacht«, lobte ich sie und fuhr wie ein Fernsehprediger fort: »Im Namen *Jesu*, wirf deine Krücken weg und geh!«

Brenda lächelte, ohne zu lachen. »Bald, Matt. Sobald ich kann. Ich hasse sie so sehr. Du kannst dir gar nicht vorstellen …«

»Doch, Maikäferchen«, sagte ich und gab ihr einen Abschiedskuss. Er war viel inniger, als ich erwartet hatte. Ich lächelte sie an. »Du bist schon richtig erwachsen«, sagte ich.

»Nett, dass du es mitbekommen hast.«

Der Himmel verdunkelte sich, der Wind frischte auf, und in der Ferne hörte ich es donnern, als ich zum Wagen zurückkehrte, aber ich beschloss, es darauf ankommen zu lassen. Aus Erfahrung wusste ich, dass der Himmel über Sewanka manchmal stundenlang so bleibt, bevor es wirklich zu regnen anfängt. Oder sogar tagelang, ohne dass je ein Tropfen fällt. Ich brauchte Lebensmittel und fuhr deshalb zu einem Supermarkt, schloss Spot im Wagen ein, sauste in den Laden und kaufte drei Einkaufstüten voll.

Fast hätte ich es geschafft. Ich hatte den Wagen gerade auf Dans Parkplatz abgestellt, als es zu schütten begann. Spot sah mich verächtlich an, als ich ihn aus dem Wagen ließ, rannte schnurstracks in den trockenen Hausflur und überließ mir den Kampf mit den Einkäufen.

Ich war klatschnass, bevor ich zehn Schritte gemacht hatte, aber leider waren auch die Tüten im Nu durchnässt. Ich hasse solche Situationen. Sie können einem den ganzen Tag verderben, und dazu gehörte in letzter Zeit wahrlich und wahrhaftig nicht viel. Ich konnte lediglich die Beine in die Hand nehmen und blindlings auf den Eingang zu rennen, in der Hoffnung, die Tüten würden doch noch halten, obwohl ich spürte, dass es keinen Sinn hatte.

Plötzlich hielt mir jemand einen Schirm über den Kopf und sagte: »Darf ich Ihnen behilflich sein?« Eine der Tüten wurde mir abgenommen, so dass ich die anderen beiden fester greifen und die durchgeweichten Böden stützten konnte. Ich schaute auf, um zu sehen, wer mein Wohltäter war, und entdeckte zu meinem Erstaunen, dass es sich um niemand anderen als Harris Brophy und Shirley Arnstein handelte.

Harris' selbstsicheres Grinsen strahlte mich durch den strömenden Regen an. »Immer mit der Ruhe, Matt, die Kavallerie ist da.«

## Kapitel 16

»Sehen wir uns einmal den Punktestand zur Halbzeit an, dann wissen wir, wie es steht.«
*– Robert Earle, »G. E. College Bowl« (NBC)*

Auf Shirleys Befehl durfte Harris mir nichts erzählen, bevor ich nicht die nassen Sachen ausgezogen und mich unter die Dusche gestellt hatte, damit ich mir bloß keinen Schnupfen holte. Gute Idee. Ich begann bereits zu niesen. Trotzdem war ich mit dem Duschen in Rekordzeit fertig – drei Minuten, meine persönliche Bestleistung, plus zwei Minuten zum Abtrocknen und Anziehen.

Ich rubbelte mir noch die Haare trocken, als ich wieder zu den beiden stieß. »Okay, jetzt raus mit der Sprache. Was haben Sie beide hier zu suchen?«

»Ein kuscheliges Wochenende auf Kosten des Networks abstauben«, sagte Harris.

Shirley wurde knallrot. Shirley Arnstein war keine auffallende Schönheit, aber nett anzusehen. Sie war extrem schüchtern, es sei denn, es ging um ihren Job. Sie war ein Workaholic, genau die Sorte Mensch, die von allen ausgenutzt wird. Irgendwer lässt immer etwas unerledigt liegen, weil Leute wie Shirley sich irgendwann darum kümmern, einfach weil es getan werden muss. Im Moment beispielsweise trocknete sie Spot ab. Außerdem war sie Hals über Kopf in Harris Brophy verliebt, was er offenbar für gottgegeben hielt. Niemand wusste so recht, was Harris für Shirley empfand, einfach, weil bei ihm generell niemand so recht wusste, was er empfand.

»Ha«, sagte ich. »Na los, Harris. Wer passt aufs Network auf?«

Er zog die Brauen hoch. »Das kann Ihnen doch egal sein. Sie haben doch gekündigt, schon vergessen?«

Er hatte vollkommen Recht, aber ich war nicht in Stimmung, mich von oben herab behandeln zu lassen. Das sagte ich ihm auch, und fügte hinzu, sie könnten genauso gut wieder ins Hotel zurückfahren und weiterkuscheln.

»Immer mit der Ruhe, Matt«, sagte Shirley, während sie energisch an Spots Hals herumrubbelte. Als sie damit fertig war, warf sie das Handtuch in den Wäschekorb, kam dann zurück und sah sich im Zimmer um, als überlege sie, was sie als Nächstes putzen könnte. »Harris hat nur Spaß gemacht«, sagte sie.

»Wir sind hier, um den Network-Wagen abzuholen«, sagte Harris. »Als sie mich wegen der Kündigung anriefen, sind Sie da nicht auf die Idee gekommen, dass Sie gar kein Recht mehr haben, den Wagen zu fahren?«

Ich saß da und schüttelte den Kopf. »Nein, bin ich nicht.« Wenn ich irgendetwas Sinnvolles für Dan tun wollte, musste ich schleunigst meine grauen Zellen auf Trab bringen. »Aber man braucht doch wohl keine zwei Leute, um ein Auto zu holen, oder?«

»Nein, aber das Network braucht jemanden bei der Anhörung, vor allem jetzt. Shirley, erzähl ihm, was los ist.«

Nun hatte sie eine Aufgabe und konnte aufhören, herumzupusseln. »Also, Marty Adelman kommt durch. Er hat gestern Abend das Bewusstsein wiedererlangt, und ich habe mit ihm gesprochen. Er bestätigt, dass der ComCab-Mann, den Sie hier oben getroffen haben, Roger Sparn, vor ein paar Wochen bei ihm war und versucht hat, für seine Firma beim Network gut Wetter zu machen. Nach Martys Aussage deutete er an, wenn wir ComCab ein Jahr oder so in Frieden lassen, könnten sie sich zu einem Arrangement bezüglich Network Cable Arts durchringen.«

»Was für ein Arrangement denn?«

»Marty sagt, Sparn habe sich nicht genau ausgelassen. Der Zettel in seiner Tasche sollte ihn übrigens daran erinnern, Sie anzurufen und Ihnen von Sparn zu erzählen.«

»Tja«, sagte ich, »das bestätigt, was Sie bereits wissen, aber es ist ziemlich genau so, wie ich mir das Ganze vorgestellt habe, als ich erstmals von dem Besuch hörte.«

Dennoch war es enttäuschend, dass Martys Neuigkeiten nicht so wichtig waren, wie der Zettel hatte erwarten lassen, und es wurmte mich, dass Sparn sich ausgerechnet wenige Minuten, bevor ich von Martys »Unfall« erfuhr, bemüßigt gefühlt hatte, seinen Besuch zu erwähnen. Ich versuchte zu ergründen, ob eine tiefere Bedeutung dahinter steckte, irgendein Ansatzpunkt …

»Was tue ich da?«, schalt ich mich. »Hören Sie, Harris, Shirley, ich habe keine Zeit für diesen Kram. Ich muss an meinem eigenen Fall arbeiten.«

Harris gluckste. Ich starrte ihn an. Meine Arme wurden ganz starr bei dem Versuch, meine Fäuste davon abzuhalten, ihm sein freundliches Lächeln tief in den Rachen zu stopfen.

»Harris«, sagte ich, »ich habe immer eine Menge Scheiß von Ihnen hingenommen, weil ich Ihr Boss war und Sie in der ganzen Branche der Beste in Ihrem Job sind. Ich brauchte Sie. Aber jetzt nicht mehr. Die Tatsache, dass mein bester Freund wegen Mordes angeklagt ist, finde ich keineswegs zum Lachen, ist das klar? Und wenn Sie je Freunde haben sollten, können Sie das eines Tages vielleicht sogar nachvollziehen.«

Harris' Lächeln blieb unverändert, doch das Strahlen in seinen Augen erlosch einen Augenblick lang, kehrte dann aber zurück. »Na klar, Matt«, sagte er leise. »War nicht so gemeint.«

»Na schön, in Ordnung. Aber im Ernst, ich bin müde, und ich habe noch eine Menge zu tun, wenn es Ihnen also nichts ausmacht …« Ich zog die Schlüssel des Network-Wagens aus der Tasche und hielt sie Harris hin, aber er nahm sie nicht an.

»Behalten Sie sie«, sagte er. »Sie brauchen schließlich ein Transportmittel, und ich lasse mich lieber bei lebendigem Leib rösten, bevor ich Sie Trigger fahren lasse.«

Trigger war Harris' ganzer Stolz, ein 1959er Plymouth in Weiß und Gold, sozusagen ein Palomino wie Roy Rogers' Wunderpferd, nach dem er benannt war. Er hielt den Wagen in makellosem Zustand und hatte sogar einmal ein Angebot von fünfzehntausend Dollar abgelehnt.

Ich war sprachlos. »Sie sind mit Trigger hier heraufgekommen?«

»Klar, ich lasse den alten Zossen ab und an gerne mal etwas Autobahn schnuppern. Was für eine Kraft! Was für eine Beschleunigung!«

»Wir haben unterwegs alles überholt, nur an den Tankstellen sind wir nie vorbeigekommen«, fiel ihm Shirley ins Wort. »Aber Harris, wir haben Matt noch gar nicht das Wichtigste erzählt.«

»Nein, haben wir nicht. Matt, wir sind beide hier heraufgekommen, um ComCab genauer unter die Lupe zu nehmen. Shirley wird sich irgendwo in Sewanka einquartieren, und ich fahre weiter zu einem Städtchen nahe Rochester, wo die ihre Verwaltungszentrale haben.

Aber schon von New York aus habe ich etwas herausgefunden, das Sie sicher interessieren wird. Ich habe das von meinem Superinformanten an der Wall Street.« Harris Brophys Informanten waren in der Regel attraktive Sekretärinnen. »Es sollte ein Börsencoup stattfinden. Eine erhebliche Minderheitsbeteiligung an ComCab, so rund dreiundzwanzig Prozent, sollte an einen Käufer hier in Sewanka gehen.«

Ich zog eine Augenbraue hoch. Das war interessant. »Whitten Communications?«, riet ich.

Harris grinste wieder, aber diesmal war es mir ganz egal. »Fast. Mr. Grant Sewall höchstpersönlich. Als Privatmann.«

Ich rieb mir das Kinn und dachte nach. »Warum ist der Deal geplatzt?«

»Das konnte mir mein Informant nicht sagen. Sie schien …« – ich meinte, beim »sie« einen Anflug von Unbehagen in Shirleys Gesicht zu erhaschen. Harris hatte es offenbar auch gesehen, denn er fing noch einmal von vorn an. »Also mein Informant schien der Meinung zu sein, Sewall sollte Präsident des Unternehmens werden, sobald der Deal abgeschlossen war.«

»Wann war das?«

»Vor etwa zwei Jahren. Hilft Ihnen das weiter, Matt?«

Ich überlegte. Zwei Jahre, hm. »Vielleicht, Harris. Danke. Und Ihnen auch, Shirley.«

»Ich dachte mir, dass Ihnen das gefällt«, sagte er.

»Wieso?«

»Nun, bevor wir losfuhren, hat Shirley noch kurz recherchiert, was so alles über den Fall in der Presse gestanden hat.«

»Ich denke, es ist alles vollständig«, sagte Shirley stolz.

»Daran habe ich keinerlei Zweifel«, versicherte ich.

»Wir haben auf dem Weg hierher darüber diskutiert. Gehen wir einmal davon aus, dass Ihr Freund eine weiße Weste hat …«

»Seien Sie vorsichtig, Harris!«

Harris wurde beinahe ärgerlich, aber nur beinahe. »Immer mit der Ruhe, Matt. Ich *sagte* ja, wir gehen davon aus. Also, wenn Ihr Freund eine weiße Weste hat, dann mussten entweder Sie der Mörder sein, was unwahrscheinlich ist, es sei denn, Sie haben ein *ausnehmend* eigenwilliges Motiv. Um einen netten Kerl wie Matt Cobb zum Mörder werden zu lassen, müsste schon etwas absolut Unerhörtes passieren, und ich konnte mir nichts Entsprechendes vorstellen.«

»Oh, vielen herzlichen Dank.«

Harris ignorierte meinen Einwurf. »Entweder waren Sie es oder der Alte.«

»Unmöglich. Ich war die ganze Zeit mit ihm zusammen, außer für eine Minute oder so, aber in der Zeit konnte er es nicht getan haben, es sei denn, er ist mit einer Rakete zum Haus und wieder zurückgedüst.«

»Na schön. Die Zeitungen haben sich zu diesem Punkt nicht klar geäußert«, entschuldigte sich Shirley geradezu.

»Im Übrigen«, fügte ich hinzu, »was hätte er für ein Motiv gehabt?«

Harris zuckte mit den Schultern. »Ich zähle nur die Möglichkeiten auf. Was ist mit dem Mädchen?«

»Brenda? Nein!«

»Erzählen Sie mir nicht, Sie hätten nicht auch mit dem Gedanken gespielt. Sie *war* als Erste wieder im Haus.«

»O ja, mit dem Gedanken gespielt habe ich schon.« Und dafür mag mir der liebe Gott vergeben, dachte ich. »Ich habe sie heute Nachmittag sogar getestet, aber ohne Erfolg. Selbst wenn sie sich mit Karate auskennen würde, was sie nicht tut, hätte sie den Schlag nicht in der Weise ausführen können, wie er nach Meinung des Gerichtsmediziners erfolgt ist. Auf ihrem künstlichen

Bein ist sie nicht beweglich genug, als dass sie ihr Gewicht hätte in den Hieb legen können, und allein mit dem Oberkörper hat sie nicht genügend Kraft dazu. Ich habe sie gesehen und bin mir ganz sicher. Außerdem hat sie ebenfalls kein Motiv.«

»Ein Außenstehender erscheint auch nicht wahrscheinlich«, sagte Harris. »Das müssen selbst *Sie* zugeben.«

Ich dachte darüber nach. Es war interessant angesichts der Dinge, die wir über Grant wussten. Angenommen, Grant war unschuldig, dann konnte der Mörder trotzdem kein Außenstehender sein, denn Grant hätte ihn gesehen, als er das Anwesen verließ. Natürlich war es möglich, dass jemand anders Grants Wagen benutzt hatte, aber das konnte ich morgen prüfen.

Es gab eine *Menge* Dinge, die ich am Samstag prüfen wollte. Ich freute mich von Minute zu Minute mehr auf mein Gespräch mit Grant. Wie Harris sagte, bevor er mit Shirley zum Abendessen verschwand: »Von Ihrem Standpunkt aus, Matt, glaube ich nicht, dass für Sie irgendjemand *anders* als Mister Grant Sewall als Mörder in Frage kommt.«

# Kapitel 17

»... und vergesst nicht euer Gebet.«
*– Bob Keeshan, »Captain Kangaroo« (CBS)*

Am Samstagmorgen schien die Sonne, aber der Boden war noch feucht von den heftigen Regenfällen des Vortags. Das satte Grün des Saint Elizabeth Cemetery war weich und glitschig, und es dauerte nicht lange, bis braune Flecken auftauchten, wo die Schuhsohlen der Trauernden die Grasnarbe aufgebrochen hatten.

Ich stand weit abseits vom Grab. Ich hasse Beerdigungen ohnehin und ging zudem davon aus, bei dieser nicht willkommen zu sein. Die Polizei hielt das natürlich nicht auf. Chief Cooper war anwesend, diesmal völlig ohne Karo. Ich hatte nicht geahnt, dass er dazu in der Lage war. Er trug einen sehr adretten dunkelblauen Anzug, ein weißes Hemd und eine schwarze Krawatte. Ich fragte mich, wie er die Sachen mitten in der Wildnis so ordentlich hielt.

Die Presse war natürlich auch da, aber in diskretem Abstand. Die Journalisten wollten Neuigkeiten. Am Freitag war rein gar nichts geschehen. Ich stand zwischen ihnen, gut getarnt. Wir waren nah genug, um die Trauerrede zu verfolgen, ohne die Trauernden zu bedrängen.

Les Tilman entdeckte mich, kam zu mir herüber und flüsterte mir etwas zu, während Bischof Peterstone von der Northfield Episcopal Church Gebete für Debra Whittens Seele anstimmte.

»Sie haben vielleicht Nerven, hier aufzutauchen«, sagte Les im Plauderton.

Ich sagte nichts. Die Wahrheit konnte ich ihm schlecht sagen, dass Brenda mich am selben Morgen angerufen und darauf bestanden hatte, dass das Treffen mit Grant ausgerechnet auf dem Friedhof stattfinden sollte, trotz aller Versuche meinerseits, ihr das auszureden. Und lügen tue ich der Presse gegenüber nie, wenn ich es vermeiden kann.

»Na kommen Sie schon, Cobb«, flüsterte der kugelrunde

kleine Reporter. »Irgendein Statement für die Nachmittagsausgabe.«

»Das hat mir gerade noch gefehlt«, erklärte ich ihm. »Könnten Sie meine Anwesenheit hier nicht schlicht und einfach ignorieren?«

Er sah mich aus zugekniffenen Augen an. »Vielleicht. Gehen wir ein Stück spazieren.« Wir schlitterten über das Gras, bis wir den weißen Kiesweg erreichten, der sich durch den ganzen Friedhof zog.

Eine volle Minute lang konzentrierte sich Les darauf, seine Schuhe zu säubern. »Verdammter Lehm. Der Boden hier ist wie Kleister, sobald es feucht wird. Wenn ich das nächste Mal im Frühling über eine Beerdigung berichten soll, gehe ich barfuß, das schwöre ich Ihnen.«

»Was wollen Sie, Les?«

Sein Gesicht ließ echten Schmerz erkennen. Auf einmal sah er so alt aus, wie er war. »Sie wollen, dass ich Sie aus den Zeitungen heraushalte. Warum?«

»Weil das für die Familie und für mich selbst peinlich wäre.«

»Okay. Aber warum? Warum sind Sie dann hier? Warum soll ich nicht schreiben, dass Sie hier sind?«

»Es war nett, mit Ihnen zu reden, Les.« Ich konnte das frische Grab noch immer sehen. Inzwischen waren sie fast fertig. Die Trauernden warfen Blumen auf den Sarg. Ich überlegte, es sei allmählich Zeit, zum verabredeten Treffpunkt zu gehen.

Mit seinen kurzen Beinchen war Les auf dem Kiesweg neben mir hergetrippelt, um mit mir Schritt zu halten. »Na schön, soll ich mal raten? Sie sind hier, um etwas in Erfahrung zu bringen, das Ihrem Freund helfen könnte. Richtig? Ganz inoffiziell, aber ich muss das wissen.«

»Ja, genau so ist es, Les.«

»Na gut. Ich werde das nicht bringen. Wenn Sie jemand anders entdeckt, dann müssen Sie selbst sehen, aber von mir haben Sie nichts zu befürchten.«

Nun war ich an der Reihe, nach dem Grund zu fragen. »Haben

Sie etwas, das Dan helfen könnte? Sagen Sie es mir, Les, es ist wichtig.«

»Aber nein, ich habe nichts. Aus meiner Perspektive ist er absolut schuldig. Sie hat ihm das Herz gebrochen, und er hat sie deswegen umgebracht. Einfach so.«

»Einfach so? Um Himmels willen, Les, wenn ich jede Frau umbringen würde, die mir das Herz bricht, dann könnte Playtex Konkurs anmelden.«

»Das gefällt mir«, sagte Les. »Aber darum geht es doch gar nicht, oder?«

»Für mich schon. Wovon zum Teufel reden Sie eigentlich?«

»Schauen Sie mal. Ich bin schon lange bei der Presse, und ich habe es geschafft, mich zur erlauchten Position eines Lokalredakteurs hochzuarbeiten. Ich bin der Top-Journalist von Sewanka, New York, und das ist so ähnlich wie Kaiser von China. Aber auch darum geht es hier nicht.

Es geht um *Journalismus*. Ich bin bei der Presse, weil ich die Wahrheit drucken will – wenn Sie mich auslachen, bringe ich Sie um – und genau die will ich bringen. Wir haben unsere Anweisungen von oben: Lasst es fair aussehen, aber macht Morris um jeden Preis fertig.«

»Genau«, sagte ich. »Dass der Hase in die Richtung läuft, ist mir schon aufgefallen.«

»Der Alte, bei dem kann ich es noch verstehen, und Sewall hat auch eine Entschuldigung. Aber der Chefredakteur versucht, allen in den Arsch zu kriechen. Das kann er halten, wie er will, aber ich mache das nicht mit. *Ich* habe vielleicht keinen Anspruch auf Respekt, aber ich bin alt genug, um mich daran zu erinnern, dass unsere Zunft einst Anspruch darauf hatte.

Ich biete Ihnen deshalb einen Deal an. Sie tun, was Sie tun müssen. Ich berichte fair darüber, auch wenn es mich meinen Job kostet, was wahrscheinlich dabei herumkommen wird. Aber wenn ich den Abgang mache, dann mit einem echten Knüller. Ganz egal, wie das Ganze letztlich ausgeht, wenn alles vorüber ist, will ich ein Interview mit Ihnen. Exklusiv.«

»Ich dachte, Sie halten ihn für schuldig.«

Les zuckte die Achseln. »Ist egal, das ist eine Super-Story, ganz gleich, wie sie ausgeht. ›Freund tut alles, um seinen Kumpel zu retten‹, mit Erfolg, ohne Erfolg oder mit dem heiligen Eid, trotz der Verurteilung weiterzumachen. Das müssen sie bringen, ganz gleich, ob sie mich feuern oder nicht. Und wenn diese Halunken es nicht tun, dann verkaufe ich die Story an eine Zeitschrift.« Ich überlegte es mir. Es dauerte nicht lange. Ich hatte nichts zu verlieren, und Dan genauso wenig. Wir besiegelten den Deal mit einem Händedruck.

»Klasse«, sagte Les. »Aber denken Sie daran, ich tue das nicht Ihretwegen, sondern nur, damit ich morgens in den Spiegel schauen kann.«

Ich musste wider Willen lächeln. »Les, darf ich das zitieren?«

Er schlug sich an den Schädel. »Jesus«, sagte er, »dreiunddreißig Jahre bei der Presse, und ich lasse mich auf kaltem Fuß erwischen. Nein, Sie dürfen mich nicht zitieren. Das war inoffiziell.«

Wir besiegelten auch das mit einem Händedruck, anschließend machte ich mich auf den Weg zur Steinbank, wo Brenda, wie sie versprochen hatte, auf Grant warten wollte. Das ganze Szenario gefiel mir überhaupt nicht. Wenn ich den Friedhof richtig in Erinnerung hatte, waren wir horizontal rund fünfundzwanzig Meter und vertikal knapp zwei Meter von Debbies Leiche entfernt, was unsere ohnehin schon unerfreuliche Unterredung zusätzlich belasten würde, vor allem, wenn Brenda Grant so zum Bleiben überredet hatte, wie sie es vorhatte. Sie wollte ihn nämlich bitten, bei ihr zu bleiben, damit sie noch ein Weilchen mit Debbie allein sein konnten.

Das ganze Drum und Dran stank zum Himmel. Leider war es voraussichtlich meine einzige Chance, mit Mr. Sewall zu sprechen.

Und da waren sie auch schon. Sie saßen auf einer gebogenen Marmorbank mit Engeln an beiden Enden. Brenda trug ein schwarzes Kleid, Grant einen hellgrauen Anzug mit Trauerflor am Arm. Brenda rief meinen Namen.

Grant war nicht begeistert, mich zu sehen, und als sich Brenda zu ihm umwandte und sagte: »Bleib einfach ganz ruhig und sprich mit Matt«, lief er dunkelrot an. Aber er gehorchte. Durch und durch ein Gentleman, dachte ich. Und jede Menge Selbstbeherrschung.

»Was sollten Sie mir schon zu sagen haben, Cobb?« Seine Stimme klang erstickt.

»Nur ein paar Fragen.« Ich blieb ganz ruhig, ohne den Blick von Grants Händen zu lassen. Sie waren fest zu Fäusten geballt, und Gott allein wusste, was ihn davon abhielt, damit auf meinem Gesicht einen gedämpften Trauerbeat zu spielen.

»Weiß die Polizei, dass Sie hier sind?« Er bemühte sich, es wie eine Drohung klingen zu lassen. »Wissen die, dass Sie herumlaufen und *Fragen* stellen?«

»Vermutlich. Aber sie können nichts dagegen unternehmen, schon allein deshalb, weil ich Mr. Morris' Verteidigerin behilflich bin. Im Übrigen bin ich Bürger dieses Staates und Steuerzahler. Ich darf jedem Fragen stellen, wie es mir in den Kram passt. Und wenn sie dazu bereit sind, dürfen die mir auch antworten.« Ich sah ihm in die blauen Augen. »Brenda meinte, Sie wären vielleicht ihr zuliebe dazu bereit.«

»Brenda zuliebe«, wiederholte er. Er war so wütend, dass ich ihn kaum verstand. »*Das werde ich nicht tun!* Vor wenigen Minuten ist meine Verlobte beerdigt worden! Heute hätte unsere *Hochzeit* stattfinden sollen!«

Das war mir gestern schon aufgefallen. Harris Brophy hatte sinniert, dass so wenigstens die Blumen noch zum Einsatz kamen. Es war keiner seiner liebenswertesten Momente gewesen.

Grant schimpfte weiter. Ich fürchtete schon, es werde einen Eklat geben, aber alle wegen anderer Verblichener anwesenden Trauernden vermieden uns sorgfältigst. Ich nehme an, solche Gefühlsausbrüche sind auf einem Friedhof nichts Besonderes, selbst wenn er zur Episkopalkirche gehört. Die Presse war zum Glück schon weg.

»… Und Sie kommen hierher – *hier*her! Und wollen Fragen

stellen, um den Mann auf freien Fuß zu bringen, der sie umgebracht hat!« Beim letzten Ausrufezeichen sprang Grant auf und wollte gerade davonstampfen.

Brenda sprach sehr leise. »Bitte, Grant. Sprich mit Matt. Auch für ihn ist das alles nicht leicht. Falls Dan unschuldig ist …«

»Er ist nicht unschuldig, das weißt du.«

»… falls er es ist, dann würdest du doch nicht wollen, dass er verurteilt wird. Und falls er schuldig ist, dann können deine Antworten auf Matts Fragen ihn auch nicht retten.«

Er sah sie an. Er war jetzt erheblich heller rot im Gesicht, wofür ich dankbar war. Ich hoffte, dem Mann einen Mord anzuhängen, und wollte nicht, dass er einen Schlaganfall erlitt, bevor es überhaupt so weit kam.

»Es tut mir leid, Brenda«, sagte er. »Aber ich kann einfach nicht.«

»Grant«, sagte sie. Es war sagenhaft, wie sie es schaffte, diese eine Silbe freundlich überredend und zugleich gehörig drohend klingen zu lassen, als wollte sie sagen: »Stell meine Geduld nicht auf die Probe.« »Grant, tu es mir zuliebe, ja? Ich glaube wirklich, es ist das Beste.«

Grant warf ihr einen Furcht erregenden Blick zu, aus dem schierer Hass sprach, aber er setzte sich wieder hin. »Machen Sie es kurz, Cobb«, sagte er. »Ich muss zum Haus zurück.«

Ich sagte, es werde nicht lange dauern, aber ich dachte im Stillen, man soll die Macht einer Frau niemals unterschätzen. Diese spezielle Vertreterin dieser Spezies sagte, sie werde am Auto auf uns warten. Sie griff nach ihren Krücken, ging vorsichtig zum Kiesweg hinüber und trug sie dann den Rest des Weges. Ich sah ihr zu und stellte dann meine erste Frage.

»Worüber haben Sie sich mit Debbie Mittwochabend gestritten?«

»Das geht Sie nichts an.«

Ich seufzte. »Machen Sie keine Zicken, Grant. Haben Sie es der Polizei erzählt?« Er nickte. »Wenn Sie es denen gesagt haben, dann kriege ich es ohnehin heraus. Ganz legaler Auskunftsanspruch. Der Staatsanwalt muss dem Verteidiger sämtliche Beweismittel offenlegen. Worüber haben Sie beide also gestritten?«

Er lächelte mich höhnisch an, was seine Ähnlichkeit mit einer Ken-Puppe deutlich verstärkte. »Es ging um Sie, wenn Sie es unbedingt wissen wollen.«

»Hochinteressant. Dürfte ich Näheres erfahren?«

»Ich mag Sie einfach nicht, Cobb.«

»Das trifft mich jetzt.«

»Und es gefiel mir nicht, dass Sie jede freie Minute bei Debra und den Whittens auf dem Schoß zu verbringen gedachten. Glauben Sie, ich wüsste nicht, worauf Sie hinauswollten?«

»Erzählen Sie es mir«, sagte ich. Das Gespräch faszinierte mich. Ich treffe dauernd solche Leute, die mir die tollsten Motive für alle möglichen Dinge unterstellen, während ich lediglich versuche, mich irgendwie durchs Leben zu wursteln. »Worauf wollte ich hinaus, Grant?«

»Lassen Sie die selbstgefällige Tour, Cobb. Sie wollten Ihre nette kleine Clique aus College-Zeiten wieder zusammenkitten und Debra dazu bringen, wieder Ihren jüdischen Freund als ihren Auserkorenen zu betrachten und mich außen vor zu lassen.«

»Ach«, sagte ich.

»Ja. Und genau das habe ich ihr an dem Nachmittag gesagt. Wir haben uns deswegen gestritten. Ich fand, es sei das Beste, wenn ich ihr ein oder zwei Tage Zeit lasse, sich zu beruhigen. Und dank Ihrer Mitwirkung muss ich jetzt damit leben, dass die letzten Worte zwischen uns Beleidigungen waren!«

»Sind Sie deshalb später erneut hingefahren? Um sich mit Debbie zu versöhnen?«

»Später? Wovon reden Sie?«

Es ist ein befriedigendes Gefühl, wenn ein Bluff funktioniert. Jetzt war ich mir sicher, dass Grant etwa zur Tatzeit nochmals auf dem Grundstück gewesen war. Er versuchte, den harten Kerl zu markieren, aber angesichts dieser Frage war ihm sichtlich die Luft ausgegangen.

»Leugnen Sie, noch einmal hingefahren zu sein?« Ich war ganz ruhig. Überlegen.

Er antwortete sozusagen mit einem bestätigenden Dementi: »Ich habe keine Ahnung, wovon Sie reden.«

Ich nutzte meinen Vorteil. »Also haben Sie das der Polizei noch nicht erzählt. Nur so könnten Sie sich sicher genug fühlen, um mich anzulügen. Chief Cooper wird sich freuen, das zu hören.«

Grant sagte, er wisse immer noch nicht, wovon ich redete.

Ich beugte mich vor, zeigte mit dem Finger auf ihn und sagte: »Hören Sie zu, Sie Scherzkeks. Ich habe nicht meinen Job gekündigt, um Spielchen mit Ihnen zu treiben. Sie sind *gesehen* worden, Grant, so einfach ist das.«

»Ich – ich glaube Ihnen kein Wort.«

Nun war Bluff Nummer zwei an der Reihe. »Ach? Soll ich Brenda zurückrufen und sie fragen?« Grants attraktives Gesicht verzerrte sich. Ich fuhr fort. »Nicht? Na schön. Dann reden wir weiter. Ging der Streit mit Debbie weiter, als Sie ins Haus zurückkamen?«

»*Nein!*« Er wischte sich mit dem Daumen über die Stirn. »Ich bin gar nicht wieder ins Haus gegangen.«

»Warum nicht?«

»Als ich auf den Carport zufuhr, sah ich, dass Sie und Morris noch dort waren, ich sah Ihre Autos. Ich dachte, es hat überhaupt keinen Zweck, eine Versöhnung mit Debra zu versuchen, solange der Anlass für den Streit noch anwesend ist. Ich habe einfach gewendet und bin wieder weggefahren.«

»Ich verstehe«, sagte ich. »War doch gar nicht so schlimm, oder? Wenn Sie das der Polizei rechtzeitig mitgeteilt hätten, wäre es natürlich möglich gewesen, die Fahrbahn zu untersuchen und dort ein paar saubere Reifenabdrücke zu finden, die beweisen, dass Sie gewendet haben und ohne anzuhalten wieder weggefahren sind. Inzwischen haben all die Leute, die zum Kondolieren gekommen sind, alle Spuren vernichtet. Sie dachten bestimmt, die Polizei hat den Mörder ja bereits unter Verschluss, warum also unnötig für Verwirrung sorgen, stimmt's?«

Er nickte. Seinem Gesichtsausdruck nach war er überrascht, dass ich so viel Verständnis aufbrachte.

»Tja, Grant, ich fürchte, wir werden nun doch noch für Verwirrung sorgen müssen. Ich gebe Ihnen bis Montag Zeit, der Polizei von Ihrem Kurzbesuch zu erzählen. Aber, um ehrlich zu sein, hoffe ich, dass Sie das nicht tun. Für Dan ist es viel, viel besser, wenn die es genauso mühsam aus Ihnen herauspopeln müssen wie ich gerade.«

»Ich werde es denen sagen, verdammt noch mal.«

»Brav«, sagte ich. »Sprechen wir jetzt über den anderen Streit.«

»Welchen anderen Streit? Diese dumme kleine Unstimmigkeit am Dienstag?«

»Nein. Der Streit vor zwei Jahren. Der den Anlass für die Auflösung Ihrer Verlobung mit Debbie bildete.«

Er wurde wieder wütend. »Ehrlich, Cobb. Was soll das jetzt noch?«

»Das müssen Sie mir schon sagen«, antwortete ich leise.

Er überdachte seine Lage. Ich konnte sehen, dass sie ihm überhaupt nicht gefiel. Er konnte nicht abschätzen, wie viel ich bereits wusste, und er musste sich auch fragen, wie weit ich gehen würde, um diese Information aus ihm herauszukitzeln. Allmählich fragte ich mich das selbst. Ich versuchte, mir Grenzen dafür zu setzen, aber vergeblich. Der Gedanke bereitete mir Unbehagen.

Grant biss sich auf die Lippe. Ich beschloss, ihm aufs Fahrrad zu helfen. »Es hatte etwas mit Ihrem Deal mit ComCab zu tun, stimmt's? Sie wollten, falls Sie sie dazu überreden konnten, mit Debbies Geld eines großen Packen ComCab-Anteile kaufen und Debbies Vater Konkurrenz machen.«

Grant riss sich zusammen, zumindest äußerlich, bis er wieder genau wie der herablassende Snob aussah, der er war. »Ich sehe schon, Sie kennen Ihre Tricks, um so etwas auszugraben, nicht wahr?«

»Darauf können Sie Ihren Arsch verwetten«, erwiderte ich. Es war eigenartig. Je vornehmer Grant sich gab, desto stärker kam bei mir die Gosse durch. »Dann stimmt das also? Gut. Das Einzige, was ich nicht kapiere, ist, dass Sie geglaubt haben, Debbie würde mitspielen.«

»Vom geschäftlichen Standpunkt aus war das sinnvoll«, sagte er. »Als hochrangiger Manager eines New Yorker Medienunternehmens müssten Sie das doch am besten wissen.« Er war jetzt geradezu verbindlich. »Ich habe lediglich Debras Pflichtgefühl ihrer Familie gegenüber unterschätzt.«

»Sie sagte Ihnen also, alles sei vorüber und Sie sollten ihr nie wieder unter die Augen treten, und lief von ihrer eigenen Verlobungsfeier davon. Das muss aber sehr peinlich für Sie gewesen sein.«

»Oh, das war es auch. Vor allem, weil sie ihre Schwester sitzen ließ. Ich musste die arme Brenda nach Hause bringen, obwohl ich nach Debras Wutausbruch und meinem anschließenden Versuch, meinen Kummer zu ertränken, kaum noch in der Lage war zu fahren, schon gar nicht mit einem Beifahrer. Ich musste mehrmals anhalten. Wie Brenda Ihnen bestätigen kann – oder hat Sie Ihnen das bereits erzählt? –, hat es deshalb Stunden gedauert, bis ich sie zu Hause abliefern konnte, und das gab fast genauso einen Eklat wie die geplatzte Verlobung.«

»Und nachdem die Trauung abgeblasen war, fiel natürlich auch das Geschäft ins Wasser.«

»Natürlich.« Grant sah mich verschlagen an. Ich kam zu dem Schluss, dass er dachte, wenn er mitspielte, würde er mich am schnellsten wieder los.

»Und es war sehr großzügig von Mr. Whitten, Sie nach alledem weiter zu beschäftigen.«

»Aber sicher. Allerdings hat er den Grund für die Trennung nie erfahren, Debra nahm die Schuld allein auf sich. Deswegen liebte ich sie umso mehr.«

Ich hörte Kies knirschen und sah an Grant vorbei Brenda zu uns zurückkommen. Sie humpelte über den sonnenbeschienenen Weg und summte zufrieden vor sich hin. Die Kleine hatte beschlossen, meine Zeit sei nun um.

»Deswegen liebten Sie sie um so mehr«, wiederholte ich. »Selbst als sie sich wieder mit Dan einließ? Als sie ihn sogar heiraten wollte?«

Grant lächelte, ein sehr breites, attraktives Lächeln. Kein Mensch hätte je Falsch oder Tadel darin finden können. Das Gift lag allein in seiner Stimme.

»Nein, Cobb, ich habe mir keinen Augenblick lang Sorgen gemacht. Ihr Freund hatte keine Chance. Debra hielt ihn als Schoßhündchen, mehr nicht. Von ihm bekam sie dieselbe uneingeschränkte Hingabe wie von diesen lächerlichen weißen Hunden. Debra gehörte zu mir, und das wusste sie auch, und ich wusste, dass sie es wusste. Wir halten uns am liebsten an unseresgleichen, Cobb.«

»Das tun Küchenschaben auch«, teilte ich ihm mit.

Grant lächelte weiter. »Das kann ich nicht beurteilen«, sagte er. »Das fällt wohl eher in den Erfahrungsbereich, den Sie und Ihr Freund vorzuweisen haben. Was ich aber beurteilen kann, Cobb, ist die Tatsache, dass Sie den widerlichen kleinen Streber nie und nimmer aus der Sache herausholen werden, weil er schuldig ist, und das wissen Sie sehr gut. Er konnte es nicht verwinden, dass Debra mit solchem Gesindel nichts mehr zu tun haben wollte, und da hat er sie umgebracht, weil ein Ganove wie er nichts anderes kennt. Sie und er passen ausgezeichnet zusammen.«

»Vergessen Sie nicht, was Sie da gerade gesagt haben«, sagte ich. Ich lächelte jetzt ebenfalls. »Behalten Sie es gut im Gedächtnis. Denn eines Tages, vielleicht nicht in naher Zukunft, aber eines Tages wird *dieser* Ganove Ihnen das heimzahlen. Wir Gassenkinder kennen unsere Tricks – das ganze kultivierte Gehabe ist nur Fassade. Ein Gentleman wie Sie merkt so etwas doch instinktiv, und ich bin sicher, das haben Sie auch. Seien Sie deshalb versichert, Mr. Sewall, dass ich Sie irgendwann wieder an diese Worte erinnern werde. Wenn ich sie Ihnen in den Rachen stopfe.«

Ich rieb mir die Hände, als hätte ich etwas Schmieriges angefasst. Ich betrachtete meine Finger noch immer, als ich sagte: »Das wäre dann alles, Grant. Sie können gehen.«

Seine Reaktion erlebte ich nur in Form von Soundeffekten. Ein Gassenjunge erfrechte sich, ihn wegzuschicken! Das konnte er mir nicht durchgehen lassen. Ich hörte ihn tief, tief Luft holen, um genügend Atem für eine echte Herausforderung zu haben, und hörte ihn aufspringen, um mir unversehens eins in die Fresse zu geben, sobald ich meinerseits aufstand. Mir lief das Wasser im Mund zusammen. Wie ich ihm bereits gesagt hatte: Wir Gassenkinder kennen unsere Tricks.

Aber ich durfte sie nicht anwenden. Brenda war wieder da, und sie hatte den letzten verbalen Schlagabtausch mit angehört. Ich war so gebannt gewesen, dass ich sie nicht einmal bemerkt hatte. Bevor Grant oder ich noch etwas sagen konnten, ergriff Brenda das Wort.

»Ja, Grant«, sagte sie. »Du kannst gehen. Matt fährt mich nach Hause.«

Grant zog die Nase hoch. »Das habe ich alles nur dir zu verdanken.«

»Gern geschehen«, erwiderte sie. »Ich bleibe lieber bei dem Ganoven, besten Dank. Seine Manieren sind besser.«

Grant drehte sich auf dem Absatz um, dass der Lehm flog, und stolzierte davon. Brenda fragte mich, ob ich etwas Nützliches herausgefunden hatte.

»Nützlich? Das kann ich jetzt noch nicht sagen. Ich habe jedenfalls eines herausgefunden: Dan hatte Recht. Wenn deine Schwester diesen Waschlappen geheiratet hätte, dann wäre sie ihr ganzes Leben lang unglücklich gewesen.«

Brenda sah mich traurig an. »Bring mich nach Hause, Matt.«

Unterwegs prüfte ich Grants Version der Verlobungsparty. »Also hat endlich jemand das Geheimnis um den großen Krach gelüftet«, sagte sie. »Ich wusste es nicht. Ich dachte immer, es sei eine von Debbies Launen gewesen. Ich wusste nicht, dass Grant … Er tat mir *leid.*« Sie hockte ganz bekümmert da. »Ach, Debbie, *verzeih* mir!« war alles, was sie den Rest der Fahrt von sich gab.

Auch als wir ankamen, sprach sie kaum ein Wort mit mir. Ich lieferte Brenda an der Haustür ab und reichte ihr ihre Krücken. Als ich hochschaute, entdeckte ich A. Lawrence Whitten, der hasserfüllt zu mir herabstarrte. Er stieg die Treppe herunter wie ein uralter Mann und schlug mir mit der flachen Hand ins Gesicht.

»Eigentlich müsste ich Sie umbringen«, sagte er.

Ich sagte gar nichts. Ich war nicht in Stimmung, mich mit dem alten Idioten zu versöhnen, aber ich war auch noch nicht so weit, dass ich zurückgeschlagen hätte. Alles zwischen diesen beiden Polen wäre reine Zeitverschwendung gewesen. Ich hielt lediglich seinem Starren ein paar Sekunden lang stand, um ihm zu zeigen, dass ich keine Angst vor ihm hatte, stieg dann ins Auto und fuhr weg.

Und bis zum folgenden Nachmittag versuchte niemand, mich umzubringen.

## Kapitel 18

> »Nun, was wollen wir damit sagen?«
> »Genau! Was wollma damit sagen?«
> *– Soupy Sales und Frank Nastasi, »The Soupy Sales Show« (über Agentur)*

In der Nacht auf Sonntag schlief ich äußerst schlecht, und als ich endlich eingeschlafen war, hatte ich wieder verrückte Träume, unter anderem den, in dem Spot mit mir spricht und mich auffordert, Acht zu geben. Diesmal wurde er regelrecht ausfallend. Ich war gerade dabei, ihm zu sagen, er solle mich in Ruhe lassen, da wachte ich auf.

Zumindest glaubte ich, aufzuwachen. Ich öffnete die Augen und sah Spots leuchtend braune Augen in rund acht Komma zwei Zentimeter Entfernung von meinem Gesicht vor mir. Es ist eine interessante Erfahrung, aus einem Alptraum aufzuwachen und das Objekt eben dieses Traums direkt vor sich zu entdecken. Ich begrüßte den Sonntagmorgen mit einer Äußerung, die etwa wie »Arrgh!« klang, gefolgt von einem Stöhnen, als ich auf die Uhr sah und feststellte, wie spät es war.

Der lebendige Spot war erheblich einfacher im Umgang als sein nächtliches Double, deshalb fragte ich ihn, was zum Teufel er mir im Traum sagen wollte. Der Samojede wollte jedoch lediglich Gassi gehen. Ich gehorchte, denn das gehört zu unserem Abkommen. Ich machte sogar einen schönen, ausgedehnten Spaziergang mit ihm. Wir marschierten gut zweieinhalb Kilometer zum nächsten Einkaufszentrum, wo ich mir die Sewanka *Sunday Sun* und die New York *Times* kaufte. Letztere berichtete ausgiebig über den Fall Whitten, obwohl sie normalerweise nicht viel über Verbrechen bringt, schon gar nicht über solche außerhalb von New York City. Was sie an Dan interessierte, war die Art, wie Mr. Whittens Blätter die Story brachten. Die Titelseite der *Sun* belegte das, was in der *Times* stand, glasklar. Les Tilmans Artikel war ziemlich ausgewogen, wofür ich ihm dankbar war, aber ansonsten war die Berichterstattung lächerlich. Dass sie Dan nicht als Monster bezeichneten, war so ungefähr alles. Angesichts der Fotos, die sie von ihm abdruckten, wären sie wahrscheinlich selbst damit durchgekommen.

Nach einer Weile legte ich die Zeitungen beiseite und versuchte es mit dem Fernsehen. Drei lokale und fünf auswärtige Sender luden mich ein, zu Jesus zu finden. Sonntags morgens hat Jesus im Fernsehen immer alle Hände voll zu tun. Die Lokalsender lieben Fernsehprediger ungemein. Sie begnügen sich mit Sendezeiten, die kein Mensch sonst haben will, zahlen volle Werbegebühren und bescheren dem Sender vor allem eine Einstufung als »religiös«, was bei der Verlängerung der Sendelizenzen beim FCC immer einen hervorragenden Eindruck macht.

Ich erinnere mich an einen Typ, der wie Grant Sewall aussah, nur dreißig Jahre älter, der mich ebenso sanftmütig wie schleppend aufforderte, ich solle »all meine Sorgen Jesus aufbürden«, was ich eine gute Idee fand. Ich dachte darüber nach, doch dann fiel mir ein, dass ich als Kind gelernt hatte, Gott hilft denen, die sich selbst helfen, und beschloss, all meine Sorgen noch ein Weilchen selbst zu tragen. Nichts für ungut.

Ich drehte allmählich durch. In dieser Stimmung bin ich eine Gefahr für mich selbst und andere. Ich musste mit jemandem reden. Wen kannte ich, der zu dieser Zeit (Viertel vor neun) schon aufgestanden, aber nicht in der Kirche war?

Shirley Arnstein natürlich. Sie machte wahrscheinlich gerade im Hotelzimmer ihr Bett, weil sie nicht damit zufrieden war, wie die Zimmermädchen es machten.

Sie nahm beim ersten Klingeln ab. »Hallo, Shirley«, sagte ich.

»Matt! Ich bin so froh, dass Sie anrufen. Ich wollte noch bis zehn Uhr warten und hätte es dann selbst versucht.«

»Ach ja? Gibt es etwas Neues? Hat Harris sich gemeldet?«

»Nur, dass er gut in Rochester angekommen ist. Aber ich werde mit Roger Sparn über die Dinge sprechen, die Harris herausgefunden hat. Ich dachte, Sie können mir Tipps geben, wie ich das handhaben soll.«

Das war interessant. Als sie noch für mich arbeitete, bat sie immer um Anweisungen, nicht um Tipps. Im Allgemeinen fragte ich sie, was sie für das Beste hielt, und ließ sie genau das tun.

Genau das tat ich auch jetzt. Ihre Antwort überraschte mich jedoch. »Ich finde, das Beste wäre, wir sprechen gemeinsam mit ihm, Matt. Wenn es Ihnen nichts ausmacht.«

Ich dachte einen Moment lang darüber nach. Es erschien sinnvoll. Eine Unterredung mit dem früheren Radioschauspieler stand ohnehin auf meiner Agenda. Shirley hatte ihren Fall, ich hatte meinen, aber sie überlagerten sich weitenteils. Wenn wir ihn uns gemeinsam vorknöpften, hätte er keine Zeit, sich Antworten zurechtzulegen.

»Sie sind ein Ass, brillant wie immer«, sagte ich. »Sollen wir zusammen frühstücken und dabei eine Strategie planen?«

Sie fand die Idee gut, also spendierte ich Spot eine Autofahrt, holte Shirley im Sewanka Inn ab und fuhr zu einem Restaurant an der Route 13, das im ganzen Südbalkon für seine hausgemachten Bratkartoffeln berühmt war.

Das Publikum bestand aus übernächtigten Lastwagenfahrern und Studenten. Shirley und ich passten nicht recht dorthin, aber es war ein nettes Lokal, und die Bedienung lächelte, als sie uns zu einem Resopaltisch führte.

Wir kamen nicht dazu, über Strategien zu reden. Shirley stach ihren Löffel in eine riesige Schüssel Haferbrei und sagte: »Wissen Sie, Matt, ich weiß, dass Sie das nicht absichtlich tun, aber Sie haben Harris neulich ganz schön wehgetan.«

Ich saß da mit der Ketchupflasche in der Hand und lachte. »Ich habe was? Ich wusste gar nicht, dass man ihm wehtun kann.«

»Ach, das ist nur die äußere Fassade, das sollten Sie doch wissen.«

»Was habe ich denn gemacht? Sie wollen mich doch auf den Arm nehmen, oder?«

»Sie haben ihm gesagt, wenn er je Freunde haben sollte, könnte er das eines Tages vielleicht nachvollziehen, was Sie empfinden.«

»Ich war sauer.«

»Trotzdem war es grausam, so etwas zu sagen. Harris – wissen Sie, er würde das nie selbst sagen – Harris hält sich für *Ihren* Freund. Von allen Leuten sind Sie am ehesten so etwas wie ein Freund für ihn.«

Jesus, dachte ich. Dabei stehen wir uns nicht einmal nahe. »Und was ist mit Ihnen?«

Sie winkte ab. »Ich bin bloß ein Mädchen, das ihn liebt. Davon gibt es jede Menge.« Sie schaute in ihren Haferbrei, bewegte den Löffel einen Zentimeter und sah wieder auf. »Matt, Harris *bewundert* Sie. Er *beneidet* Sie.«

Ich schüttelte ungläubig den Kopf. Ich hatte immer *ihn* beneidet. Für seine Coolness und seine Kompetenz. Seine distanzierte Art. Seinen Gleichmut und sein Selbstvertrauen.

Ich stellte den Ketchup wieder hin. »Was besitze ich denn schon, um das Harris Brophy mich beneiden könnte?«

»Sie haben *Gefühle*, Matt, die Dinge bedeuten Ihnen etwas. Sie können sich darüber ereifern, ob etwas richtig oder falsch ist. Und vor allem: *Wenn Ihnen etwas wichtig ist, dann sind Sie bereit, es zu versuchen, obwohl Sie dabei scheitern könnten.*

Harris kann das nicht. Sein ganzes Leben dreht sich darum, dass *Nichts* von Bedeutung ist, also ist es auch gleich, was er tut.«

»Er weiß gar nicht, wie gut er es hat«, sagte ich.

»Oder Sie wissen es nicht. Ich bitte Sie ja nur, es ihm nicht mehr unter die Nase zu reiben, okay? Was glauben Sie, warum wir hergekommen sind? Das Network schickt uns nicht alle beide zu einer drittklassigen Anhörung. Harris wollte, dass wir beide hier sind, um Ihnen behilflich zu sein, Ihrem Freund zu helfen. Auf diese Weise kann er sich ein bisschen von Ihrem Engagement ausborgen.«

»Ich dachte, er sieht einfach gern zu, wenn ich mich zum Trottel mache.«

Shirley lächelte. Sie hatte ein hübsches Lächeln. »Das auch«, sagte sie.

Ich grinste zurück, und wir frühstückten zu Ende.

Unsere Diskussion über »Die Verborgenen Ängste des Harris Brophy« war viel ergiebiger als alles, was wir aus Roger Sparn herausquetschen konnten. Es fing schon damit an, dass er gar nicht mit uns reden wollte, offenbar versteckte er sich. Shirley und ich suchten getrennt nach ihm. Ich stellte ihn schließlich in der Herrentoilette in der Lobby. Ich stellte mich neben ihn und nahm ihn in die Mangel. Er räumte alles ein und zog sich dann auf den Standpunkt »Na und?« zurück. Ja, er wusste, dass sein Unternehmen mit Grant Sewall in Verhandlungen gestanden hatte und dass diese gescheitert waren. Er selbst hatte sich häufig mit Mr. Sewall getroffen, in Rochester, New York City und sogar in Sewanka.

»Aber ich wüsste doch gern, Mr. Cobb«, sagte er mit einem viel sagenden Blick seiner Glubschaugen, »welche Auswirkungen das wohl auf die Anhörung bezüglich der Kabelfernsehkonzession in Sewanka haben sollte.«

Gute Frage, dachte ich. Und mit seiner sonoren, kultivierten Stimme gestellt, wirkte sie noch überzeugender. Nur damit niemand behaupten konnte, wir hätten uns widerstandslos ergeben, raffte ich mich zu einer Antwort auf.

»Nun ja, angenommen, Mr. Sewall besitzt nach wie vor eine *Option* auf diese Anteile, sei es unter eigenem Namen oder unter dem einer eigens zu diesem Zweck gegründeten Gesellschaft, auf eigene Rechnung oder als Angestellter von Whitten Communications. Das wäre doch eine klare Interessenkollision, meinen Sie nicht?«

»Wie das?«

»Nun, Whitten Communications hat ausdrücklich kein Angebot abgegeben, weil der Ausschuss die Zahl der Informationsanbieter in dieser Stadt erweitern wollte. Stellen Sie sich die Überraschung vor, wenn sie ComCab die Konzession erteilen und sich ein halbes Jahr später herausstellt, dass ComCab eine hundertprozentige Tochter von Whitten Communications ist.«

Da er schon einmal beim Einräumen war, räumte er dies auch

ein. »Ja, das wäre in der Tat peinlich. Zum Glück ist es allerdings nicht sehr wahrscheinlich. Schönen Tag noch, Mr. Cobb.«

»Ja«, sagte ich, »schönen Tag noch.«

Ich suchte Shirley und erstattete Bericht. Sie war wütend, weil sie um ihren gerechten Anteil an der Arbeit betrogen worden war, zugleich aber ganz aufgeregt über meine Theorie. »Ich wette, genauso ist es. Ich mache mich sofort ans Werk. Danke, Matt!« Sie gab mir ein Küsschen auf die Wange, was für sie ein enorm mutiger Schritt war, und sauste los. Dann sah sie sich noch einmal zu mir um und sagte: »Sie leisten immer noch klasse Arbeit für das Network, nicht wahr? Als ob Sie nie gekündigt hätten.«

Das sollte mich wohl aufheitern, funktionierte aber nicht. Es erinnerte mich lediglich daran, dass ich trotz aller Aktivitäten, die ich entfaltet hatte, noch immer nicht das Geringste in der Hand hatte, um Dan auf freien Fuß zu setzen.

Shirleys Worte fielen mir wieder ein: »*Wenn Ihnen etwas wichtig ist, dann sind Sie bereit, es zu versuchen, obwohl Sie dabei scheitern könnten.*« Es war komisch. Ich hätte nie vermutet, dass meine Fähigkeit zu scheitern ein Pluspunkt sein könnte. Davon war ich nach wie vor nicht überzeugt.

# Kapitel 19

> »Ob die mich umbringen würden?
> Die würden mich umbringen und
> hinterher eine Pizza essen gehen!«
> – *Jack Klugmann, »Männerwirtschaft« (ABC)*

Eine Minute lang stand ich nur herum und seufzte, dann machte ich mich auf den Weg zum Whitten College, spazierte über den Campus und ließ Erinnerungen wach werden. Nach ein paar Stunden ging ich zurück zum Hotel und aß zu Mittag. Danach überlegte ich, wenn ich gar nichts tat, konnte ich auch nicht richtig scheitern, und beschloss deshalb, mich wieder ans Werk zu begeben.

Diesmal wollte ich das Problem vom anderen Ende aus angehen und Grant eine Weile schmoren lassen. Die These war simpel: Wenn Debbie durch einen Karate-Schlag ums Leben gekommen war und Dan es nicht getan hatte, wer dann? Wer sonst kam als Karate-Kämpfer in Frage, vorzugsweise einer, der obendrein bereit wäre, für Geld eine reiche Erbin umzubringen? Wenn wir den fanden, so die Theorie, würde sich alles aufklären.

Die Idee war bestechend. Symmetrisch. Mit Grant hatten wir uns – okay, hatte ich mich – auf einen Verdächtigen eingeschossen und von außen nach innen zum Verbrechen vorgearbeitet. Jetzt würde ich beim Verbrechen anfangen und von dort nach außen vordringen.

Wo also sucht man am besten nach einem Karate-Meister? In einer Karate-Schule natürlich. Das einzige Problem dabei war, dass es in Sewanka keine gab. Ich musste also die nächstgelegene ausfindig machen.

Wie ein braver Pfadfinder konzentrierte ich mich auf das, was gerade zur Hand war. Ich befand mich in einer Stadt mit einer großartigen höheren Bildungsanstalt. Das Großartigste daran war im Moment die Tatsache, dass die Unibibliothek auch sonntags geöffnet hatte. Ich fühlte mich ohnehin auf dem Campus wohl.

Es gab mir das Gefühl, noch jung zu sein. Ich ging also wieder dorthin zurück.

In diesem Teil des Staates herrscht an Grund und Boden keinerlei Mangel, allerdings ist vieles davon senkrecht oder zumindest Hanglage. Das gilt auch für das Gebiet, auf dem das Whitten College steht. Im Laufe der Jahre war der Campus über den Rand des Hochplateaus, auf dem es gegründet wurde, hinausgewachsen und bedeckte nun ringsum die Talsohle und sämtliche angrenzenden Hügel. Das hatte zwei unabänderliche Folgen für den Hochschulbetrieb: Der nächstgelegene Parkplatz liegt mindestens eine Viertelmeile von jedwedem Zielpunkt entfernt, und mindestens die Hälfte davon führt über steile Treppen.

Ehemalige Studenten haben bekanntlich eine Schwäche für ihre alte Alma Mater, und ich musste trotz schmerzender Schienbeine lachen, als ich das obere Ende von einhundertdrei Betonstufen erreichte, die am Rand des sogenannten Herzinfarkthügels hoch führten, an dessen unterem Ende ich den Network-Wagen geparkt hatte. Ich freute mich, dass die jungen Hüpfer jeden Morgen auf dem Weg zu ihren Veranstaltungen diesen qualvollen Aufstieg vor sich hatten. So etwas stärkt den Charakter, dachte ich.

Während ich das Forum vor der Bibliothek überquerte, wurde mir wieder einmal klar, wie jung diese Hüpfer tatsächlich waren. Es war zum Verzweifeln. Wieso ließen sie heute schon Kleinkinder aufs College, verdammt noch mal? Ich war nie im Leben so jung gewesen, nicht einmal in der High School. Ich dachte allmählich, die ganze Fahrt hierher sei ein Fehler gewesen.

Spot dagegen war in seinem Element. Nach dem Aufstieg hatte er ein wenig verschnauft und tänzelte jetzt über das kühle Gras des Forums, um sich die anderen Hunde näher anzusehen und sich von den Studentinnen betüddeln und den weißen Pelz kraulen zu lassen.

Nach einer Weile wurde ihm das zu fade. Er stürzte sich mitten in ein Frisbee-Spiel, trickste einen Irish Setter aus, sprang mit perfektem Timing ab und schnappte sich die Scheibe. Er kam damit zu mir gerannt. Sein Gesichtsausdruck sagte: »Guck mal, was ich gefunden habe!«

Der Setter jagte hinter ihm her, und einen Augenblick lang taten die beiden Hunde so, als wollten sie kämpfen, beschnupperten sich dann jedoch ausgiebig, was ich immer schon als eine sehr eigentümliche Art und Weise empfunden habe, Freundschaft zu schließen. Ich sah auf und entdeckte ein hübsches dunkelhaariges Mädchen in T-Shirt und Shorts, das den Hunden mit einem nachsichtigen Lächeln zuschaute.

Ich hielt den Frisbee hoch und fragte: »Deiner?« Sie nickte und klatschte in die Hände. Ich warf ihr die Scheibe im flachen Bogen aus dem Handgelenk zu und sie pflückte sie aus der Luft – der kleine Sprung, den sie dabei machte, stellte hochinteressante Dinge mit ihrem T-Shirt an.

Dann winkte sie mir zu und rief: »Danke, Sir.«

Sir. Ich wäre am liebsten zu ihr gelaufen und hätte ihr meinen Führerschein gezeigt. Verflucht, dabei war ich noch keine dreißig. Ich mag es nicht einmal, wenn mich kleine Kinder mit »Sir« titulieren.

Ich wusste, dass ich nicht lange brauchen würde, und wies Spot deshalb an, vor der Bibliothek auf mich zu warten. Die Frank Humphrey Fish Memorial Library stand noch, was keineswegs selbstverständlich war. Zehn Jahre zuvor hatte es unter anderem deswegen einen großen Skandal gegeben, als mitten in den Bauarbeiten ein namentlich unbekannter Held der Baukunst entdeckte, dass die ursprüngliche Statik gar nicht für das Gewicht der gut fünf Millionen Bände ausgelegt waren, die das Gebäude beherbergen sollte. Um es abzusichern, musste man Fußböden und Wände mit Stahltrossen verstärken.

Abgesehen davon war es sehr ansprechend. Mit meiner Ehemaligen-Karte erhielt ich Zutritt, und ein kurzer Blick auf den Lageplan bestätigte mir, wo die Telefonbücher standen. Ich ging zum entsprechenden Tresen und ließ mir die Gelben Seiten für die Vorwahlbereiche 607 (wo ich mich befand), 716 (Buffalo) und 315 geben, falls sie (wer auch immer »sie« waren) bis nach

Syracuse marschiert waren, um ihren hypothetischen Karate-Killer anzuheuern. Rein hypothetisch sprach natürlich auch nichts dagegen, dass sie jemanden aus New York oder meinetwegen Yokohama hatten einfliegen lassen, aber ich beschloss, zunächst mit der wahrscheinlicheren Alternative mein Glück zu versuchen.

Die nächstgelegene Karate-Schule war in Elmira, weitere gab es in Binghamton, mehrere in Buffalo und zwei in Syracuse. Ich hatte vor, sie am nächsten Tag nacheinander anzurufen.

Ich gab dem Bibliothekar die Telefonbücher zurück und wandte mich zum Gehen. In diesem Moment wurde mir bewusst, dass mir jemand folgte. Ein bei aller Farblosigkeit recht brutal wirkender Mann mittleren Alters, der mir zunächst aufgefallen war, als er hinter mir die Treppe hinaufkeuchte. Wir hatten sogar ein paar Worte gewechselt. Ich erinnerte mich, dass er gesagt hatte: »Diese Stufen sind der reinste Mord.« Nun wartete derselbe Mann vor dem Raum mit den Telefonbüchern, die Nase in eine Zeitschrift gesteckt. Unmittelbar, nachdem ich an ihm vorbeigegangen war, stand er auf.

Er konnte natürlich ein Bulle sein. Das wäre sogar irgendwie ermutigend gewesen, denn es hätte bedeutet, dass Chief Cooper sich seiner Sache gegen Dan nicht hundertprozentig sicher war und seine Leute weiterhin nach Beweisen suchen ließ. Wenn das der Fall war, entdeckten sie vielleicht sogar etwas Brauchbares.

Wenn der Kerl aber *kein* Bulle war, dann war das noch viel ermutigender, denn das bedeutete, dass sich jemand Sorgen machte. Ich hatte irgendetwas in Gang gesetzt. Ich hätte liebend gern einen Schwatz mit dem Mann gehalten.

Bis ich durch die Drehtüren hinaus auf den Campus gelangt war, war mein Plan fertig. Ich würde ihn nicht misstrauisch machen, sondern einfach zu meinem Wagen zurückkehren. Am Fuß der Treppe führt der Fußweg im Zickzack um die Ecke des Geologiegebäudes herum. Ich brauchte lediglich hinter der ersten Kehre in einen Eingang abzutauchen und ihm dann von hinten auf die Schulter zu tippen.

Ich rief Spot und überquerte flotten Schrittes das Forum. Flott deshalb, weil ich dachte, wenn man so etwas vorhat, dann muss man den Verfolger dazu bringen, sich schnell zu bewegen, damit er von vornherein nicht viel Zeit zum Überlegen hat.

Allerdings hat man selbst dabei auch nicht viel Zeit zum Überlegen. Ich war so emsig damit beschäftigt, im Geist eine Liste von Fragen zu erstellen, dass ich die allerwichtigste davon glatt übersah: Warum folgte mir dieser Kerl überhaupt?

Diese Frage fiel mir erst ein, als ich die Antwort darauf bereits kannte, nachdem mein Verfolger nämlich den Abstand zwischen uns aufgeholt hatte, auf mich zugerannt war und mir oben an der Treppe von hinten einen derben Stoß versetzt hatte.

Es handelte sich um ein ausgesprochen effizientes Manöver, denn um den Sturz irgendwie abzufangen, anstatt auf Spot zu landen (der schon ein paar Stufen unter mir war) und ihn zu einem weißpelzigen Pfannkuchen zu zerquetschen, musste ich mich ungeschickt abrollen. Während ich kopfüber auf den Beton zusteuerte, dachte ich noch, dass ich zwar vorgehabt hatte, rasch nach unten zu gelangen, dass aber diese plötzliche Eile nun wirklich nicht nötig gewesen wäre. Dann beantwortete ich mir meine Frage: Er war mir gefolgt, weil er mich *umbringen* wollte. Ich fand gerade noch Zeit, mich selbst zu verwünschen, weil ich ihm das so leicht gemacht hatte, dann schlug ich auf.

Mein linkes Knie erwischte Spot mit ziemlicher Wucht an der Flanke (er hatte sich zu mir umgedreht um zu sehen, warum ich so brüllte), was er mit einem Jaulen quittierte, das stark nach »was soll der Scheiß?« klang.

Dabei hatte er noch Glück. Instinktiv streckte ich die Hände aus, um den Sturz abzufangen, und hätte mir dabei um ein Haar beide Handgelenke gebrochen. Es reichte, um mir die Handflächen abzuschürfen, aber ich besaß noch so viel Geistesgegenwart, dass ich in den Ellbogen nachgab und so die Wucht des Aufpralls etwas milderte. Die Folge war allerdings, dass ich mit der Stirn gegen die Kante einer Stufe knallte, doch das war immer noch besser als das gebrochene Genick oder der Schädelbruch, den mir mein Freund eigentlich zugedacht hatte. Diese Stufen sind der reinste Mord, dachte ich grimmig.

Es gelang mir, die Wucht des Sturzes mit einer Art Seitenrolle aufzufangen, bei der Ellbogen, Knie und Schulterbereich das meiste abbekamen. Bei jedem Bodenkontakt fühlte ich, wie ein weiteres Stückchen Haut abgeschürft wurde.

Spot rannte laut kläffend neben mir her, wahrscheinlich hielt er die ganze Aktion für umwerfend komisch. Umwerfend, in der Tat. Angesichts der Schmerzen und der Tatsache, dass sich die Hügellandschaft vor meinen Augen drehte, konnte ich allmählich nachvollziehen, wie sich ein Glassteinchen in einem Kaleidoskop fühlen muss.

Ich musste über sechzig der hundertsoundsoviel Stufen heruntergekegelt sein, bevor ich zum Stillstand kam und wie betrunken am Geländer lehnte. Mir drehte sich weiterhin alles.

Spot kam zu mir, beschnupperte einen Moment lang mein Gesicht, um zu überprüfen, ob das angeschlagene Wrack in den zerrissenen Kleidern tatsächlich derselbe Typ war, mit dem er vorhin oben an der Treppe gestanden hatte, und begann dann, die Abschürfungen in meinem Gesicht abzulecken. Seine Zunge brannte nicht nur wie Feuer, sondern setzte in mir Überlegungen in Gang, welche grauenhaften Folgen die subkutane Verabreichung von Hundespucke wohl auf den Heilungsverlauf haben mochte.

Allmählich hörte die Welt auf, sich zu drehen, und ich schubste Spot beiseite, was er gutmütig hinnahm. Offenbar freute er sich, dass ich mich überhaupt noch bewegte. Ich setzte mich auf, zuckte zusammen, schrie vor Schmerzen auf und zwang mich dann, zu dem obersten Punkt der Treppe hochzusehen, von dem aus ich heruntergefallen war. Überall dort, wo meine Hände die Treppe berührte hatten, war der Beton mit kleinen Blutflecken gesprenkelt. Ich kniff die Augen gegen die Nachmittagssonne zu und versuchte zu erkennen, ob mein Freund noch da war, um das Ergebnis seiner Aktion zu begutachten, konnte ihn aber nicht entdecken. Entweder war er sich seiner Sache sehr sicher oder er hatte schon während meines Sturzes begriffen, dass ich wohl lebend unten ankommen würde, und hatte sich aus dem Staub gemacht, damit ich ihn nicht identifizieren konnte.

Ich war mir noch nicht sicher, ob ich am Leben bleiben würde. Ich stählte mich innerlich, bevor ich meine Handflächen untersuchte, und wünschte augenblicklich, ich hätte es nicht getan. Blut, Schmutz und aufgerissene Haut, in die diverse Steinchen eingebettet waren. Ein besonders schönes Exemplar saß in meiner linken Handfläche, und ich konnte den Gedanken nicht aushalten, ihn dort zu lassen. Mit Gewalt krümmte ich die Finger meiner rechten Hand so weit, dass ich den Stein herausklauben konnte. Die Anstrengung trieb mir den Schweiß auf die Stirn und raubte mir den Atem.

Schon während ich dort saß, spürte ich, wie sich meine misshandelten Muskeln verhärteten. Totenstarre bei lebendigem Leib. Ich hoffte, jemand würde kommen und mir den Rest der Stufen hinunterhelfen, aber vergebens. Es war Sonntag. Nur wenige Studenten würden heute hier vorbeikommen.

Fluchend und stöhnend kam ich wieder auf die Beine und kletterte die Treppe hinab. Das dauerte alles vielleicht zwanzig Minuten, und es waren die schlimmsten zwanzig Minuten meines Lebens.

Zu ebener Erde war es nicht mehr ganz so schrecklich, und ich humpelte mühsam auf den Network-Wagen zu. Ich wollte nur noch nach Hause. Irgendwohin, wo ich mich nicht zu bewegen brauchte. Wo ich sicher war.

Das Ganze hatte nur einen Haken. Ich bekam die Autotür nicht auf, weil ich die Finger nicht genügend krümmen konnte, um den Griff zu fassen. Die Schlüssel aus meiner Tasche zu holen war das nächste Problem. Die einzige Möglichkeit bestand darin, die Tasche umzustülpen und den *gesamten* Inhalt samt Kleingeld auszuschütten.

Anschließend stand ich da und versuchte, den Kram in dem kleinen unbeschädigten Teil meiner Hand zu balancieren, bis mir schließlich klar wurde, dass selbst wenn ich in den verfluchten

Wagen hineinkam, ich längst nicht in der Lage sein würde, das Lenkrad zu ergreifen, so dass ich ihn auch *fahren* konnte.

Ich humpelte noch ein wenig weiter und suchte ein Telefon. Nach einer quälenden Strecke, die mir wie sechs Lichtjahre vorkam, aber wahrscheinlich nur sechzig Meter umfasste, fand ich eines. Bei dem Kleingeld, das ich noch immer in der Hand hielt, waren ein paar Zehn-Cent-Stücke, aber ich beschloss, einen Vierteldollar zu opfern, einfach, weil ich ihn besser greifen konnte.

Ich weiß nicht, was ich gemacht hätte, wenn das Telefon eine Wählscheibe gehabt hätte. Es war so schon schwer genug, die Knöpfe zu drücken. Ich war vor Schmerzen ganz durcheinander und vergaß, wie viele Ziffern ich bereits gewählt hatte.

Schließlich jedoch waren es so viele, dass bei irgendjemandem das Telefon zu klingeln begann. Ich zählte mit und betete, dass ich die richtige Nummer gewählt hatte und sie zu Hause war. Vier. Fünf. Ich weigerte mich, in Panik auszubrechen. Die Telefongesellschaften sagen immer, man soll es zehn Mal klingeln lassen, eine ganze Minute lang. Sieben. Acht. Neu …«

»Hallo?« Ich gestattete mir ein erleichtertes Seufzen, als ich Eves Stimme hörte.

»Gott sei Dank«, sagte ich. Es klang wie ein Krächzen. »Eve, hier ist Matt. Ich brauche dich. Jetzt sofort.«

Sie gluckste tief in der Kehle. »Meine Güte, Matt, das kommt aber ein bisschen *plötzlich*.«

»So doch nicht, verdammt noch mal! Ich bin völlig zerschlagen und blutüberströmt, und ich kann mich nicht bewegen. Komm und hol mich ab, bevor er zurückkommt und mich endgültig umbringt.«

»Bevor er *was*?«

»Mich umbringt, Eve. Beeil dich, ja?«

»Ich hoffe, das ist kein Witz, Matt. Ich stand unter der Dusche.«

»Kein Witz, Eve. Es ist mir ernst.«

»Na schön. Wo bist du?«

Na toll. Ich wollte schon einhängen, als ich ihr »na schön« hörte. Ich legte den Hörer wieder ans Ohr und sagte ihr, wo ich war. Anschließend versuchte ich, auf den Beinen zu bleiben, bis sie eintraf. So etwas stärkt bekanntlich den Charakter.

# Kapitel 20

»Von allen Ereignissen der Eeevolution dürfte DAS einem Wunder am nächsten kommen!«
*– David Bellamy, »The Botanic Man« (Thames TV und CBS Cable)*

Rund zwei Stunden später lernte ich den Bezirksstaatsanwalt kennen, Mr. R. John Wernick, in Zeitungsberichten und Wahlveranstaltungen als Jack bekannt. Seit Jimmy Carter Präsident wurde, schmückten sich Politiker gern mit Spitznamen. Ich gehe davon aus, dass eines Tages zu den Präsidentschaftswahlen jemand namens Ace gegen jemanden namens Fatso antreten wird.

Auf Jack Wernick hätte keine dieser Koseformen gepasst. Er verkörperte das platonische Idealbild eines Politikers. Er war groß, gut, aber nicht zu gut aussehend, er war jung, besaß aber gerade so viele Falten, dass er weise wirkte, und er war gut angezogen, ohne dass man den Eindruck hatte, er verschwende sein Geld für Kleidung. Er besaß ein großartiges Lächeln und eine großartige Stimme. Les Tilman hatte gesagt, er sei der beste Strafrechtler in diesem Teil des Bundesstaates. Jeder sagte, er sei ehrgeizig. Nach etwa neun Sekunden in seiner Gegenwart kam man zu dem Schluss, dass sie allesamt Recht hatten.

Seinen Ehrgeiz verübelte ich ihm nicht. Einem Mann wie Bezirksstaatsanwalt Wernick seinen Ehrgeiz vorzuwerfen war so, als werfe man einem Tiger seinen Hunger vor. Was ich ihm allerdings verübelte, war, dass er so verdammt selbstgefällig tat, dass ich ihn am liebsten eine Treppe hinuntergestoßen hätte. Er wollte auf Dan Morris' Kosten an die Macht kommen, und ob das jemand wusste, war ihm völlig egal.

»Nun, Mr. Cobb«, sagte er gerade, »natürlich haben wir nur Ihr Wort, dass Sie angegriffen wurden. Wirklich schade, dass Ihr Hund als Zeuge nicht in Frage kommt.«

Spot knurrte ihn an, was ich voll und ganz nachempfinden konnte. Wir befanden uns in Wernicks Haus, einem mit Büchern vollgestopften Arbeitszimmer, das einen ausgezeichneten Hintergrund für ein Wahlkampfplakat abgab. Chief Cooper hatte Eve, Spot und mich dort hingefahren, nachdem wir mit den Neuigkeiten bei ihm im Präsidium aufgetaucht waren. Der Chief war beeindruckt, zumindest hielt er den Vorfall für so wichtig, dass er den Staatsanwalt einschaltete.

Zuvor war ich in der Ambulanz des Krankenhauses von Sewanka gewesen. Die Verbände an meinen Hände sahen wie Boxhandschuhe aus. Mein Rücken war grün und blau, ich hatte dicke Mullbinden am linken Ellbogen und an beiden Knien. Auf meiner Stirn klebte in verwegenem Winkel ein Pflaster.

Sie hatten mir starke Schmerztabletten mitgegeben, aber ich hatte sie noch nicht genommen. Sie machten mich müde, und ich wollte einen klaren Kopf behalten, bis ich mit den Vertretern von Recht und Ordnung gesprochen hatte.

Was mir nicht das Allergeringste einbrachte.

Ich hielt meine verbundenen Hände hoch. »Und wie bin ich an die gekommen?«, wollte ich wissen. »Habe ich mir beim Kuchenbacken die Finger verbrannt?«

»Bitte«, sagte er und hob seinerseits die Hand. »Sie dürfen mich nicht falsch verstehen, Mr. Cobb.« Seinem Gesichtsausdruck nach war genau das sein Kreuz in diesem Leben: Ständig wurde er missverstanden. »Ich bezweifle ja gar nicht, dass Sie diese Treppe heruntergefallen sind. Glauben Sie mir, ich bedaure Ihre Verletzungen ungemein …«

»Aber ein Lügner bin ich trotzdem, stimmt's?« Ich versuchte, mich zurückzulehnen, merkte aber, dass das ein Fehler war, als siebzehn Millionen Nervenenden lauthals protestierten. Also hockte ich mich wieder auf die Stuhlkante.

»Nun, nun, Mr. Cobb«, sagte er betrübt. Schon wieder hatte ich ihn völlig missverstanden. »Sie haben sicher eine sehr unangenehme Erfahrung gemacht …«

»Schon mehrere. Aber diese besonders.«

Er ignorierte mich. »… und diese Erfahrung trat ein, nachdem Sie sich für einen hoffnungslosen Fall aufgerieben hatten. Es verwundert nicht, dass Sie in diesen Unfall gern etwas hineinlesen möchten, das Ihrem Freund helfen würde.«

Mit einem schmerzhaften Ruck stand ich auf. Wenn ich es langsam versucht hätte, wäre mein Körper noch weniger begeistert gewesen. Auf diese Weise hielt ich ihn in Schach. Ich stöhnte. Ob aus Schmerz oder Frust, wusste ich nicht.

»Hören Sie zu, Mr. Wernick …«

»Nein, Mr. Cobb, *Sie* hören jetzt zu.« Das großartige Lächeln war verschwunden. Offenbar hatte er die Hoffnung auf meine Wählerstimme aufgegeben. Er lehnte sich in seinem Sessel vor und legte die Hände auf den Schreibtisch. »Falschaussagen und Irreführung der Polizei unterliegen strengen Strafen. Ich gebe Ihnen eine Chance, die einzige, die Sie haben. Fragen Sie am besten einmal Ms. Bowen. Sie wird Ihnen sagen, dass das, was ich sage, zutrifft. Und sie wird Ihnen auch sagen, dass meine Anklage gegen Morris absolut wasserdicht ist.«

Erstmals ergriff Eve das Wort. »Mr. Wernick, die Strafen für einen Bezirksstaatsanwalt, der seine Pflicht vernachlässigt, sind ebenfalls streng, aber das brauche ich Ihnen bestimmt nicht zu sagen.« Ihr langes rotes Haar umtanzte ihr Gesicht wie wütende Flammen.

»Mr. Cobb hat offiziell Strafanzeige erstattet«, fuhr sie fort. »Solange er sie nicht von sich aus zurückzieht, sind Sie, Chief, verpflichtet zu ermitteln, und *Sie*, Mr. Wernick« – das Wort »Wernick« klang aus Eves Mund wie eine neue Insektenart – »sind verpflichtet, je nach dem Ausgang dieser Ermittlungen Anklage zu erheben und die Sache strafrechtlich zu verfolgen. Muss ich die entsprechenden Gesetze zitieren?«

Ich liebe einen sauberen, ehrlichen Kampf. Ich liebe es, wenn Feindseligkeiten offen ausgetragen werden. Das ist viel gesünder als alles andere. Deshalb war ich hocherfreut, blanke Wut auf Jack Wernicks Gesicht zu sehen. Die Schlachtordnung stand damit fest, und ich hatte einen weiteren Grund, Dan vom Kanthaken zu holen. Ich schuldete dem Bezirksstaatsanwalt eine Torte ins Gesicht.

Das schien die allgemeine Meinung zu sein. Vor der Tür trat Chief Cooper zu uns. Zu seinen üblichen Falten gesellte sich ein Stirnrunzeln.

»Tut mir leid, Leute. Ich wollte bloß, dass Sie mit Wernick sprechen, damit Sie wissen, womit Sie es zu tun haben. Er macht einen Kreuzzug aus dem Fall, und er duldet keinen Widerspruch.«

»Widerspricht ihm denn jemand?«, fragte ich. Ich war jetzt froh, dass ich die Schmerztabletten nicht genommen hatte.

»Was meinen Sie damit?«, wollte der Chief wissen.

»Wenn dieser Fall so vollkommen eindeutig ist«, griff Eve meinen Gedankengang auf, »und die Schuld meines Mandanten so offensichtlich ist – was ja wohl die offizielle Meinung zu sein scheint, nicht wahr? – Also, wenn das der Fall ist, warum sollte dann jemand Wernick überhaupt widersprechen? Wer käme auf die Idee? Aufgrund welcher Beweismittel?«

Cooper grinste uns an. »Ich glaube, ich sage lieber nichts mehr. Ihr beide seid clever, stimmt's? Aber eines sollten Sie wissen. Es gibt keinen *ernsthaften* Widerstand gegen Wernicks Haltung, aber er wird sich *jeglichen* Widerstand verbitten.«

»Was ist mit Ihnen?«, fragte ich.

»Wie Ms. Bowen sagt, ich bin Beamter. Ich kenne meine Pflicht. Kommen Sie morgen vorbei und sehen sich ein paar Verbrecheralben an? Vielleicht erkennen Sie den Typ, der Sie geschubst hat, ja wieder.«

»Natürlich.« Wir vereinbarten Montagmorgen zehn Uhr. Der Chief schrieb es sich auf, stieg wieder in seinen Landrover und fuhr davon.

Wir taten das Gleiche. Eve lächelte beim Fahren. Ich fragte sie, was zum Teufel sie so fröhlich stimmte.

»Wie in alten Zeiten, stimmt's?«

»Wie meinen?«

»Unser Gespräch mit dem Chief. Du fandest den Kernsatz …«

»Richtig. Und dann kamst du mit den schweren Geschützen. Aua.« Ich rutschte unbehaglich auf meinem Sitz herum. »Wie viel Schmerzen muss man erleiden, bevor man sterben darf?«

»Stell dich nicht so an«, sagte Eve. Ich erklärte, ich sei im Gegenteil sehr tapfer, denn wenn ich meinen wahren Gefühlen nachgäbe, wäre von mir nur ein wimmerndes Häufchen Elend übrig.

»Tja, dann nimm deine Medikamente, dann geht es dir besser. Wir fahren zuerst zu mir.«

»Was meinst du mit ›zuerst‹?«

Sie lächelte wieder. »Pro«, sagte sie. »Nachdem er sich in einen hilflosen Krüppel verwandelt hat, wird Matt Cobb zumindest heute Nacht eine persönliche Dienerin benötigen, die ihn füttert, seinen Hund Gassi führt und ihm die Verbände wechselt. Du kannst das Contra übernehmen.«

»Nein, vielen Dank. Das mit dem Contra, meine ich. Du bist ein Engel, Eve. Ich habe mich schon gefragt, wie ich wohl Spots Dosenfutter aufkriegen soll. Beantworte mir trotzdem eine Frage.«

»Ja?«

»Kommt das mit auf deine Honorarrechnung?«

»Ohhh, Matt, das wirst du mir noch büßen!«

»Ich ergebe mich.«

»Zu spät. Das war geschmacklos.«

»Geschmacklosigkeit gehört zu meinem Charme. Warte wenigstens, bis es mir besser geht, bevor du Rache nimmst, ja?«

Sie sagte, sie wolle sich das überlegen, und parkte vor ihrem Haus. Spot und ich blieben im Wagen sitzen, während sie ein paar Sachen zusammenpackte.

Eve machte sich ans Kochen, während ich unter die Dusche stieg. In gewisser Weise war das Duschen schlimmer als der Sturz, einfach, weil es meine eigene Entscheidung war. Das Wasser brannte wie Säure auf meiner Haut, und die Seife war zu 99,44 Prozent reine Quälerei. Ansonsten war es ein schönes Gefühl, den Schweiß und Schmutz abzuspülen, der sich im Laufe des Tages angesammelt hatte. Im Krankenhaus hatte man lediglich die verletzten Stellen gereinigt.

Ich stieg aus der Dusche und tupfte mich mit dem Handtuch

ab, so wie man ein Baby abtrocknet. Anschließend stieg ich in eine Unterhose und eine abgeschnittene Jeans.

Eve sah mich aus dem Bad kommen, ging hinein und stellte das Wasser ab, wies mich dann auf einen Küchenhocker und machte sich daran, mich wieder einzupinseln und neu zu verbinden.

»Du machst das toll«, sagte ich. »Du hättest genauso gut Ärztin werden können.«

»Bloß erste Hilfe«, erwiderte sie. »Habe ich alles bei den Pfadfinderinnen gelernt.

»Allzeit bereit«, sagte ich, und sie lachte.

Ich zog ein altes, weites Sweatshirt an und setzte mich zu Tisch. Eve hatte Hühnersuppe gekocht, was eine gute Idee war, weil ich mit dem Löffel einigermaßen zurecht kam. Außerdem schmeckte das Zeug gut, und das sagte ich ihr auch.

Sie errötete apart und bedankte sich.

Ich sah sie genauer an und versuchte herauszufinden, was eigentlich los war. Schließlich hatte mir diese ebenso knallharte und kompetente wie kämpferische Juristin, die einen Mann verteidigte, obwohl sie ihn für schuldig hielt, nur weil das ihr Job war, vor gar nicht langer Zeit erklärt, sie hasse mich.

Und nun umsorgte sie mich wie ein Hausmütterchen. Als die Tabletten endlich wirkten und ich ins Bett ging, deckte sie mich sogar zu.

Ich bekam etwa sechs Stunden tiefen, traumlosen Schlaf und fühlte mich entschieden menschlicher, als ich am späten Sonntagabend aufwachte. Ich gesellte mich zu Eve und Spot, die im Wohnzimmer bei leiser Radiomusik saßen. Sie hatte den lokalen Softrock-Sender eingestellt, den ich früher in Sewanka immer gehört hatte.

»Hallo, Matt«, sagte Eve. »Ich habe mich mit Spot angefreundet. Was für ein netter Hund. Und so intelligent.« Sie machte noch immer auf häuslich. In ihrem Schoß lag eine angefangene Stickerei, ein Einhorn in einem Blumenbeet.

Ich gähnte und setzte mich vorsichtig in Dans besten Sessel.

»Jedenfalls intelligent genug, um zauberhaft zu den Leuten zu sein, die ihn füttern.« Sie sagte, ich sei ein Scheusal, und ich räumte es ein. »Warst du mit ihm spazieren?«

»Ja, wir haben einen schönen Spaziergang gemacht.« Sie stickte ein paar Stiche und summte die Musik mit. Nach einer Weile sagte sie: »Matt?«

Ich hatte die Augen geschlossen. Sie klappten wieder auf, ohne dass ich mich erschrocken hätte. »Was gibt's, Eve?«

»Was war deiner Meinung nach der Grund für den Überfall heute?«

»Das wüsste ich auch gern. Soweit ich beurteilen kann, haben die Dan längst eingeseift und abrasiert. Warum sollten die das Risiko eingehen, dass mir jemand glaubt und an Dans Schuld zweifelt? Es sei denn, natürlich, dass wir Wernick richtig einschätzen. Was eigentlich bei genauerer Überlegung gar nicht so schwierig sein sollte.«

»Nein, da hast du Recht. Ein weiterer Aspekt könnte natürlich sein, dass sie nicht damit gerechnet haben, dass du den Sturz überlebst.«

Darüber musste ich trotz allem lachen. »Ich habe ja zunächst selbst nicht damit gerechnet, den Sturz zu überleben. Wenn ich nicht beim Basketball gelernt hätte, wie man auf harten Flächen richtig hinfällt, dann läge ich jetzt vermutlich im Kühlschrank.«

Eve hielt mitten in der Bewegung inne, starrte auf ihre Stickerei und biss sich auf die Lippe. Dann legte sie die Hände in den Schoß und sah mich traurig an. »Matt«, sagte sie, »ich möchte dir eine Frage stellen. Ich möchte nicht, dass du wütend wirst, und du brauchst auch nicht zu antworten. Selbst wenn du es tust, verspreche ich, nie wieder davon anzufangen. Ich werde es nie wieder erwähnen.«

Ich lächelte sie an. »Na schön, Frau Rechtsanwältin. Schieß los.«

Sie holte tief Luft. »Also gut. Hast du dir schon einmal überlegt, was es für dich selbst bedeuten würde, falls du herausfändest, dass Dan wirklich schuldig ist?«

Ich hatte versprochen, nicht wütend zu werden, also tat ich es nicht. Ich sagte nur: »Ah.«

»Du kämpfst mit enormem emotionalem Einsatz für seine Unschuld«, fuhr sie fort. »Fast so, als ob du deine *eigene* Unschuld beweisen wolltest.«

Ich schloss die Augen wieder. Je länger ich über eine Antwort nachdachte, desto mehr tat mir mein zerschlagener Körper weh. Schließlich sagte ich: »Du hast Recht, Eve. Wenn sich herausstellt, dass Dan Debbie umgebracht hat, bin ich erledigt.«

Sie schüttelte unwillig den Kopf. »Das darfst du nicht! Genau darauf will ich ja hinaus. Du darfst nicht zulassen, dass deine Selbstachtung vom Tun und Lassen eines anderen abhängt. Ich säße längst in der Klapsmühle, wenn ich das zuließe!«

»Wir haben uns darüber bereits gestritten«, sagte ich. »Schau mal, der Kerl ist der beste Freund, den ich je hatte, und ich bin kein Jurist. Wenn ich hier bin, dann einzig und allein deshalb, weil ich ihm glaube. Er hat mir in die Augen gesehen und mir gesagt, er hat sie nicht getötet. Für mich ist die Sache damit erledigt. Sie *muss* es sein, verstehst du das nicht? Andernfalls wäre ich ein schöner Freund!

Und das ist genau der Punkt. Nicht ob er Debbie getötet hat. Du liebe Güte, falls Dan es getan hätte, dann wäre es ein klassisches Verbrechen aus Leidenschaft – jeder kann den Kopf verlieren und zuschlagen.«

»Du nicht«, sagte sie. »Dazu bist du zu stark.«

Jetzt schüttelte ich traurig den Kopf. »Verlass dich nicht darauf, Eve. Ich weiß, wozu ich fähig bin. Eines Tages wird irgendjemand im richtigen Moment das Falsche sagen, und dann bringe ich ihn um. Davor habe ich Angst, seit ich zwölf war.«

Sie erklärte, das sei bestimmt nicht mein Ernst, und ich beließ es dabei. Ich kehrte zum Ausgangsthema zurück. »Falls Dan es wirklich getan hat, was ich noch immer nicht glaube, bedeutet das jedenfalls, dass er unsere Freundschaft missbraucht hat, um eine Lüge zu untermauern. Und wenn ich *ihm* nicht trauen kann, kann ich niemandem trauen. Ich glaube, das beantwortet deine Frage.«

Sie lächelte. »Eigentlich nicht. Die Frage lautete: ›Was würdest du tun, wenn es so wäre?‹«

»Das weiß ich nicht. Ich möchte eigentlich auch gar nicht darüber nachdenken.«

Eve sagte nichts. Sie nahm ihre Stickerei wieder auf. Spot wälzte sich behaglich auf Dans Tatami-Matte. Ich schloss wieder die Augen und hörte der Musik zu.

Der Diskjockey spielte Bob Dylans »Just Like Tom Thumb's Blues« – auf Hörerwunsch. Ich fragte mich, welcher Masochist sich ausgerechnet dieses Stück gewünscht hatte. Es ist allemal ein Meisterwerk, aber es gehört zu den deprimierendsten künstlerischen Erzeugnissen der Weltgeschichte.

Ich hörte zu und ging in dem Song unter. Als Dylan die letzte Strophe erreichte, in der er beschließt, nach New York City zurückzukehren, weil er »genug hat«, begann ich zu zittern.

Nicht ein wenig zu bibbern, sondern regelrecht zu zittern, als hinge ich an einem dieser Trainingsgeräte. Als stünde ich unter Strom. So etwas war mir im ganzen Leben noch nicht passiert, und ich brach in Panik aus, was alles noch schlimmer machte.

Spot sah, was los war, und begann zu winseln. Bei dem Geräusch schaute Eve auf und sah mich bestürzt an.

»Matt! Was ist denn los?«

»Ich – ich – ich –« Ich versuchte, »ich weiß es nicht« zu sagen, aber ich brachte es nicht über die Lippen. Eve sagte: »Leg dich lieber hin«, trug mich quasi ins Schlafzimmer und legte mich aufs Bett.

»Ist dir kalt? Willst du eine Decke?«

Ich schüttelte den Kopf, und sie legte sich neben mich, nahm mich fest in den Arm und redete leise mit mir. »Ist doch gut, Matt, mach dir keine Sorgen. Ich bin ja hier, es ist alles in Ordnung, alles okay …«

Nach einer Weile wirkte es. Das Zittern hörte auf, ich lag auf dem Rücken und rang nach Luft. »Jesus!«, sagte ich. »Das war's dann wohl mit meinem Macho-Image.«

Eve lachte. »Idiot.« Sie drohte mir mit dem Finger. »Du

machst dir seit Tagen wer weiß was für Sorgen um deinen Freund, du hast deinen Job gekündigt, jemand hat versucht, dich umzubringen, du bist am ganzen Körper grün und blau und hast ein starkes Medikament eingenommen. Ich denke, dein Macho-Image wird ein bisschen Zittern überleben.«

»Bist du sicher, du sagst das nicht nur, damit ich mich besser fühle?«

»Absolut. Damit du dich besser fühlst, tue ich das.« Sie beugte sich über mich und küsste mich.

Es war weich und warm und angenehm, und als sie aufhörte, legte ich eine dick verbundene Hand in ihren Nacken und zog sie mit dem Handgelenk wieder zu mir herunter.

»Meine Güte«, sagte sie. »Das ist ja wie früher hinter dem Wasserfall.«

»Du erinnerst dich daran«, lächelte ich.

»Mmmmmm. Ich habe das seinerzeit unter ›unerledigte Fälle‹ abgelegt. Du hast mich sitzen lassen, bevor wir die Sache zu Ende bringen konnten.« Ganz sanft berührte sie meine Wange. Ich musste mir große Mühe geben, nicht wieder zu zittern.

»Ja«, sagte ich, »ich wünschte, ich wäre jetzt nicht am ganzen Körper grün und blau.«

Sie küsste mich wieder. »Blödsinn«, sagte sie. »So habe ich dich immer schon haben wollen – hilflos.« Sie biss mir in die Nase.

»Aber ich bin total eingewickelt …«

»Mull macht mich an.« Ihre Hände waren besänftigend und erregend zugleich, ihre Lippen zauberhaft.

Trotzdem war ich noch nicht überzeugt. »Wie zum Teufel soll ich mit dir schlafen, wenn ich meine Hände nicht benutzen kann. Ich kann mich nicht einmal mit den Ellbogen aufstützen.«

Sie war inzwischen nackt. Auf ihrer rosigen Haut wirkte ihr rotes Haar wunderschön wie Flammen auf kühlem Fleisch. Und dann die Sommersprossen. Millionen Sommersprossen. Sie war dabei, mich ebenfalls auszuziehen, ganz vorsichtig, um mir nicht wehzutun.

»Nun?«, fragte ich herausfordernd.

»Halt die Klappe und mach dir keine Gedanken«, sagte sie. »Wir werden schon einen Weg finden.«

Und das taten wir, bei Gott. Eine Menge Wege. Viel, viel später schliefen wir eng umschlungen ein. Ich fühlte mich warm und geborgen. Und geliebt.

# Kapitel 21

»Schnapp mir den Kiesel aus der Hand«
*– Keye Luke, »Kung Fu« (ABC)*

Am Montagmorgen ernannte Eve sich selbst zu meinem offiziellen Chauffeur. Meine Einwände wischte sie einfach vom Tisch.

»Was wird aus deinen übrigen Mandanten?«, fragte ich.

»Matt, ich bin sehr gut in der Lage, meine Praxis zu führen, ehrlich. Nicht jeder ist wie du bereit, sich bei der ersten besten Gelegenheit als Opfer darzubieten. Glaub mir, wenn ich die Zeit nicht hätte, würde ich sie mir nicht nehmen. Im Übrigen muss schließlich jemand auf dich aufpassen.«

»Ach so«, sagte ich. »Tja, wenn du die Dinge so siehst, dann ist unsere erste Haltestelle das Polizeipräsidium.«

Chief Cooper erwartete uns mit einem fast meterhohen Stapel Fahndungsalben. Eve warf einen kurzen Blick auf den Haufen und beschloss, doch noch ins Büro zu fahren. Ich sollte sie anrufen, sobald ich damit fertig war.

Der Chief sah ihr nach. »Hübsche Frau«, sagte er.

»Mir gefällt sie.«

»Das sieht man. Wie wirkt sich das auf die Verteidigung Ihres Freundes aus?«

»Wie meinen Sie das?«

»Haben Sie Eve Bowen von seiner Unschuld überzeugen können?«

»Ich weiß nicht. Ich habe *mich* von seiner Unschuld überzeugt. Die einzigen übrigen Leute, die ich überzeugen muss, sind die Geschworenen.«

»Ja, zwölf Leute, die viel lieber anderswo wären.« Er begann, in den Fotoalben zu wühlen. »Wissen Sie, Cobb, ich weiß nicht, wie Sie das machen, aber Sie haben mich ebenfalls zum Nachdenken gebracht.« Er zog eines der dicken Alben aus dem Stapel und knallte es vor mir auf den Tisch.

»Hier, schauen Sie sich das hier zuerst an.«

»Ach, Sie haben einen Kandidaten?«

Er sah mich grimmig an. Die ganze Geschichte widersprach seinen Grundsätzen, oder vielleicht lediglich seinem Gefühl für Recht und Unrecht. Und für einen Polizisten (oder zumindest für Merce Cooper) war es nicht rechtens, jemandem dabei zu helfen, eine saubere, bombenfeste Verhaftung zu torpedieren.

»Sehen Sie sich einfach die Fotos an«, sagte er, »und sagen Sie mir, ob der Typ, der Sie die Treppe hinuntergestoßen hat, dabei ist.«

Ich sah das Album durch. Das fiel mir zunächst keineswegs leicht, weil meine Hände noch immer zu weh taten, aber ich wollte eher sterben als einen der Polizisten bitten, sich neben mich zu setzen und die Seiten umzublättern, also kämpfte ich mich durch, bis ich auf den Trick mit dem angefeuchteten Daumen kam. Wenn ich meinen Daumen an einer Seite anleckte und fest drückte, konnte ich das Papier in Richtung Buchrücken bewegen, bis ich die linke Hand unter das gewölbte Blatt schieben und umblättern konnte. Danach ging es wie geschmiert. Wir Krüppel sind sehr einfallsreich, wenn es um solche Sachen geht.

Nachdem ich diese Technik heraushatte, sah ich mir die Gesichter aufmerksamer an. Schon bald erkannte ich, dass es nur die Art der Fotos war, die direkt von vorn und im Profil erfolgten Aufnahmen mit den Nummern darunter, die diese Männer wie Verbrecher aussehen ließ. Eigentlich waren es einfach Gesichter, manche gut aussehend, manche hässlich, andere irgendwo dazwischen, die mit unterschiedlicher Anteilnahme in die Kamera schauten. Es hätte ebenso gut eine Liste sämtlicher Toyota-Autohändler im Bundesstaat New York sein können, ein Fotoalbum von einem Ehemaligentreffen oder irgendeine andere scheinbar zufällige Ansammlung männlicher Wesen.

Was ich eigentlich sagen will, ist, dass man einen Verbrecher offenbar erst daran erkennt, dass er einen die Treppe hinunterstößt.

Während ich dort saß und ungeschickt die Seiten umblätterte, fragte ich mich allmählich, was ich eigentlich tun würde, falls dieser Kerl erneut auftauchte. Mit einem Faustschlag konnte ich mühelos ein K. o. erzielen – mein eigenes nämlich, denn schon wenn ich die Hand zur Faust ballte, würde der Schmerz mich wahrscheinlich umhauen. Ich konnte mir eine Pistole besorgen, doch solange ich den Abzug nicht mit dem Daumen betätigen konnte, würde mir eine Knarre auch nicht gerade viel nützen.

Und was war, wenn irgendein Karate-Kämpfer hinter mir her war? Immerhin war die typische Karateverletzung an Debbies Kehle ja nicht von ungefähr gekommen. Jemand hatte sie dort hinpraktiziert, jemand, dessen Existenz ich, wie ich mir eingestand, bisher überhaupt noch nicht beweisen konnte. Aber zumindest bestand die Möglichkeit, dass ein angeheuerter Karate-Killer irgendwo frei herumlief. Und es möglicherweise als Nächstes auf mich abgesehen hatte.

Der Gedanke erschreckte mich. Selbst wenn ich in Topform gewesen wäre, hätte er mich gewaltig erschreckt. In meiner derzeitigen Verfassung (»... So habe ich dich immer schon haben wollen«, hatte Eve gesagt: »hilflos.«) Ich tat das Einzige, was ich in dieser Situation tun konnte – ich weigerte mich, darüber nachzudenken.

Ebenso geduldig wie methodisch (nun ja, jedenfalls musste es für einen Außenstehenden so aussehen) arbeitete ich mich durch das Verbrecheralbum. Ich habe selten etwas Langweiligeres getan, und nach und nach sah einer wie der andere aus. Eine ähnliche Erfahrung musste Professor Lombroso zu seiner Theorie vom »kriminellen Typus« veranlasst haben.

Dann entdeckte ich ihn. Der dritte von rechts, zweite Reihe von unten auf der linken Seite. Ich blinzelte mehrmals und sah noch einmal genau hin. Das war eindeutig mein Sportsfreund, kein Zweifel.

»Sind Sie sicher?«, drängte Chief Cooper, als ich ihn herüberrief.

»Vollkommen.«

»Scheiße«, sagte er. Ich bat ihn um nähere Erläuterung.

»Das ist der Kerl, den ich im Visier hatte«, erklärte er. »Sind Sie sich absolut sicher? Okay. Sein Name ist Fred Stampe; er arbeitet in Rochester. Er ist etwa in Ihrem Alter, vielleicht zwei bis drei Jahre älter.«

Ich sah mir noch einmal das Bild an. »Hören Sie auf, der muss fünfzig sein. Schauen Sie sich doch das Gesicht an.«

»Ich weiß, ich weiß. Als ich bei der Bundespolizei war, haben wir uns das jedes Mal anhören müssen, wenn wir ihn eingebuchtet haben. Er war als Student ein großer Revoluzzer, müssen Sie wissen. Probierte jede Droge von Alkohol bis Xylocain aus und arbeitete sich schon durch die Buchstaben Y und Z, als er anfing, als Schläger zu arbeiten. Vor vier, fünf Jahren hat er sich dann beim Genuss von Kokain-Freebase die Visage verbrannt, so wie dieser Komiker, wissen Sie …«

Ich sagte ihm, ich wüsste Bescheid.

»Genau so. Einer der ersten Fälle, die mir je untergekommen sind. Seinem Aussehen tat das auch nicht besonders gut. Aufgrund des Drogenkonsums und der Narben sieht er zwanzig Jahre älter aus, als er ist.«

»Jesus« sagte ich. »Woher wissen Sie, dass er es war?«

»Ich weiß noch immer nicht sicher, ob es *überhaupt* jemand war, Cobb. Offiziell jedenfalls. Der Staatsanwalt erfährt nichts davon, bevor ich es nicht will. Ist das klar?«

»Sicher. Aber warum haben Sie an diesen Typ gedacht?«

»Weil es zu ihm passt, jemanden die Treppe hinunterzustoßen. Auch wegen der Beschreibung, die Sie mir gegeben haben, aber vor allem, weil es genau sein Stil ist. Der Mann hat ein paar Noppen zuviel.«

»Er hat was?«

»Einen Webfehler.«

»Ich dachte, Sie hätten keinen Sinn für Humor.«

Er lächelte mich an. »Das ist nur eine Masche, damit der Zeuge Zutrauen fasst.«

»Ach so. Nun ja, es funktioniert jedenfalls. Ich fasse jede Menge Zutrauen. Bitte fahren Sie fort.«

»Vielen Dank. Nachdem Stampe sich verbrannt hatte, ist er jedenfalls total ausgerastet. Hat mit den Drogen Schluss gemacht und einen Anti-Drogen-Laden eröffnet. So eine Art Selbsthilfezentrum für Süchtige, verstehen Sie? Und er erzielt sogar ordentliche Erfolge.«

Ich sagte, das klinge doch alles sehr erfreulich.

»Ja, klar. Das Problem ist bloß, dass der Typ Auftragsmorde begeht, um den verdammten Laden zu finanzieren. Dass er überhaupt noch auf freiem Fuß ist, liegt allein daran, dass wir ihm bisher noch nie etwas anhängen konnten.«

»Sie sagten vorhin etwas über seinen Stil.«

»Allerdings. Seit er sich nicht mehr mit Chemikalien vollstopft, ist er total auf dem Ökotrip. Verwendet weder Messer noch Schusswaffen, Seile, Gifte, gar nichts. Er nimmt immer nur das, was in dem Moment gerade zur Hand ist.«

»Beispielsweise eine Treppe«, schlug ich vor.

»Genau. Sie sind ihm in einer Bibliothek über den Weg gelaufen. Ein anderes Mal hat er unmittelbar vor einer Bibliothek in Utica einen Job erledigt. Dem Knaben hat er mit einem Prachtband über einheimische Vögel den Schädel eingeschlagen. Das Opfer hatte das Buch gerade ausgeliehen. Wie gesagt, er nimmt das, was gerade zur Hand ist.«

»Nett.«

»So kann man das auch sehen. Unter anderem deshalb wird er auch nie eingebuchtet, denn es gibt nie eine Waffe, die zu ihm zurückverfolgt werden kann, und sofern wir tatsächlich einmal einen Zeugen auftreiben können, dann macht er ein großes Gezeter, wir hätten es auf ihn abgesehen und wir würden ohnehin ständig auf ehemaligen Drogensüchtigen herumhacken, vor allem auf denen, die anderen helfen wollen. Das zweite Auffällige an ihm ist, dass er es immer darauf anlegt, seine späteren Opfer kennen zu lernen, ein paar Worte mit ihnen zu wechseln. Auch damit kommt er irgendwie immer davon.«

»Mich hat er auf der Treppe angesprochen«, sagte ich. »Die Frage ist nur, kommt er mit dem Mord an Debbie Whitten davon?«

»Den hat er nicht begangen«, sagte der Chief kategorisch. »Das war absolut nicht sein Stil. Er beherrscht auch kein Karate, und er hat noch nie jemanden, weder Mann noch Frau, im Innern eines Gebäudes umgebracht. Das ist auch so ein Fimmel von ihm.«

»Wenn er mit Debbies Tod nichts zu tun hat, warum zum Teufel hat er mich dann umbringen wollen?«

»Ich weiß es nicht, Cobb. Ich lasse den Kerl einbuchten, wenn ich kann. Und Sie müssen eben solange vorsichtig sein.«

Ich rief Eve an und las die Zeitung, während ich auf sie wartete. Es stand wieder das Gleiche darin. Diesmal hatten sie einen Psychiater gefragt, warum Dan nicht einmal wegen geistiger Umnachtung um eine Strafe herumkommen konnte.

Ich sprach Eve darauf an, während wir in Richtung Route 17 unterwegs waren.

»Ich weiß«, sagte sie. »Ich habe es heute Morgen gelesen. Ich finde, Mr. Whitten benimmt sich wirklich kindisch. Er will Dan augenblicklich verurteilt sehen, aber jedes Mal, wenn er so etwas druckt, gibt er mir einen weiteren Grund, den Gerichtsort für dieses Verfahren zu rügen. *Und* damit durchzukommen. Jeder Richter muss einräumen, dass Dan hier in der Stadt nie und nimmer eine faire Verhandlung zu erwarten hat.«

»Selbst diejenigen, die ihr Amt dem Alten verdanken? Die ihm verpflichtet sind?«

Eve konzentrierte sich darauf, am Autobahnkreuz auf den Zubringer nach Osten abzubiegen, bevor sie antwortete. »Selbst die. Wenn sie das Verfahren hier durchziehen, wird ein Schuldspruch in der Berufungsinstanz mit ziemlicher Sicherheit aufgehoben, vor allem, wenn sie mir von vornherein eine Verlegung des Gerichtsorts verweigern. Kein Richter sieht es gern, wenn seine Urteile gekippt werden, vor allem nicht in einem solchen Fall.«

Ich war mir nicht so sicher. Es war gut zu glauben, dass Dan irgendwo anders eine faire Verhandlung zu erwarten hatte, aber das Ganze würde Monate, vielleicht Jahre dauern, ohne dass ein

Freispruch dabei garantiert wäre. Die Kosten dafür konnten Dan und ich selbst gemeinsam nicht aufbringen.

Dann dachte ich über Mr. Whitten nach. »Ich glaube, er möchte das Gefühl haben, es liege alles in seiner Hand«, sagte ich.

»Was meinst du?« Eve hatte sich auf den Verkehr konzentriert.

»Der Alte. Es war seine Tochter, die ermordet wurde. Er will Dans Kopf auf einem Silbertablett, aber er ist zu vornehm, um ihn selbst zu enthaupten. Also tut er das symbolisch. Er will Dan im Bewusstsein all derer vernichten, die ihn je gemocht oder respektiert haben. Und möglichst auch all derer, die im Leben noch nichts von ihm gehört haben.«

Eve nickte und sagte, das leuchte ihr ein. »Aber ich wollte dir dazu noch etwas sagen. Also, die erste Verhandlung ist für Donnerstag angesetzt. Aber als Allererstes werde ich eine Verlegung des Gerichtsortes beantragen. Wenn ich damit durchkomme, dann verzögert sich das Verfahren um mindestens drei Wochen, bis sie einen anderen Ort gefunden haben. Ich werde Plattsburgh oder Massena vorschlagen, so nah an der kanadischen Grenze und so weit vom Einflussbereich der Whitten-Medien entfernt, wie es geht.

Wenn sie dem Antrag aber *nicht* stattgeben, mache ich die Wahl der Geschworenen zur zähesten, pingeligsten, strittigsten Angelegenheit in der Rechtsgeschichte des Staates New York. Sobald mir die Nase eines Geschworenen nicht passt, werde ich ihn ablehnen, und dann kann Wernick sehen, wie er ihn behält. Ich werde wie ein Geier jede Ablehnung ohne Gründe verfolgen und sofort mitteilen, wenn ein Geschworener die Propaganda der Whitten-Medien auch nur von weitem mitbekommen hat. Jeden einzelnen Fall. Das wird *mindestens* drei Wochen dauern.«

Ich hätte sie am liebsten geküsst. »Das ist super«, sagte ich. »Wenn ich könnte, würde ich Beifall klatschen.«

»Ich begnüge mich mit der guten Absicht. Auf jeden Fall wollte ich gern, dass du weißt, Matt, dass du nicht unter Zeitdruck stehst.«

»Das tue ich leider doch.«

Sie schüttelte den Kopf. Ihr rotes Haar wippte apart. »Aber Matt, ich habe dir doch gerade erklärt …«

»Darum geht es nicht. In der Politik gibt es ein altes Sprichwort, das hier auch gilt: ›Man muss nur genügend Dreck werfen, dann bleibt immer etwas hängen.‹ Genau darum geht es doch auch bei dem Wechsel des Gerichtsorts, nicht wahr? Man sagt den Leuten oft genug, dass jemand schuldig ist, sie lesen es in der Zeitung, hören es im Fernsehen und im Radio, dann glauben sie es irgendwann, ganz gleich, was für Beweismittel vor Gericht vorgelegt werden. Ich will nicht, dass mein Freund den Rest seines Lebens als derjenige gilt, der das Mädchen umgebracht hat, aber nie dafür verurteilt wurde. Jeder Tag, den ich ihn nicht entlaste, macht das wahrscheinlicher.«

Eve schaute starr auf die Straße. »Weißt du, Matt, du bist nicht der liebe Gott. Deshalb versuche auch gar nicht erst, es zu sein.«

Ich fühlte Wut in mir aufsteigen. Ich wandte mich zu ihr um und wollte sie schon fragen, ob sie etwa glaubte, ich würde alles einfach so laufen lassen, überlegte dann jedoch, dass sie vermutlich sogar Recht hatte.

Zeit, die Stimmung aufzulockern. »Warum nicht? Meine Mutter hat immer gesagt, ich soll Ehrgeiz entwickeln.« Der Witz war nicht überragend, aber es klappte.

Als wir mit Lachen fertig waren, sagte ich: »Eve, dir ist doch klar, dass du mir gestern Abend das Leben gerettet hast, oder?«

»Erzähl keinen Unsinn. Ich war scharf auf dich.«

»Ich brauchte dich. Es war mir nicht einmal klar. Danke, dass du es wusstest.«

»Gern geschehen«, sagte sie und lächelte ein wenig. »Sag mir noch einmal, warum wir nach Elmira fahren.«

»Wir fahren nach Elmira, weil dieser Karate-Kram mich zum Wahnsinn treibt. Ich will mit dem Typ reden, der die Karate-Schule leitet, in der Dan trainiert.«

»In Elmira?«

»Das ist von Sewanka aus die nächstgelegene. Im Übrigen

soll es sehr nett dort sein. Dem Typ, dem sie gehört, gefällt es dort offenbar.«

»Nun ja, für mich zumindest wird das eine neue Erfahrung. Ich war noch nie in einem Hojo.«

Ich musste lachen. »Was ist daran so komisch?«, fragte Eve ungehalten.

»Es heißt *Dojo*. Eine Karate-Schule ist ein *Dojo*. Ein ›HoJo‹ ist ein Howard-Johnson-Motel.«

»*Ein* falscher Buchstabe. Ein gewaltiger Unterschied!«

»Es ist ein gewaltiger Unterschied. Denk nur an ›Musen‹ und ›Busen‹!«

Sie räumte es ein. Den Rest der Fahrt hörten wir Radio und redeten über Banalitäten. Ich hatte den Verdacht, sie machte das extra, damit ich nicht ins Grübeln geriet, was ich ausgesprochen nett von ihr fand. Leider funktionierte es nicht. Wenn ich grübeln will, dann hält mich niemand davon ab.

Es gibt einen alten Witz: »Meine Heimatstadt ist so klein, dass die Mafia schwedisch ist.« Nun, im Bundesstaat New York gibt es eine Menge Ortschaften, die kleiner sind als Elmira, aber die dortige Karate-Schule leitete dennoch ein Mann namens Stan Lundqvist. Kampfsportler, das hatte ich von Dan gelernt, sind erstaunlich vorurteilsfrei, was die Person der Lehrer angeht. Stan war ein ehemaliger Nationalchampion, und sein Gürtel war so tiefschwarz, dass ihn jedermann anerkannte.

Abgesehen von seiner Aufmachung war er ein Schwede, wie er im Buche steht: ein großer, markiger Blonder mit blauen Augen, kantigem Kinn und dröhnendem Lachen. Als er merkte, dass ich ihm nicht die Hand geben konnte, verbeugte er sich, und das wirkte so selbstverständlich, dass ich dasselbe tat. Er schüttelte Eve die Hand und sagte ihr, sie sei wunderschön, so, wie andere Leute Bemerkungen über das Wetter machen, als sei das selbstredend.

Lundqvist sah meine Verbände und dachte sich sein Teil. »Wenn Sie sich für einen Kurs anmelden wollen, Mister, dann tun Sie das nicht aus der Wut heraus oder weil Sie sich an jemandem rächen wollen. Gehen Sie nach Hause, warten Sie, bis es Ihnen besser geht, und beschließen Sie dann ruhigen Herzens, dass Sie Karate erlernen wollen.« Er sprach es auf die japanische Art aus, Ka-ra-té, so dass alle drei Silben gleichermaßen betont waren.

Ich überlegte, wenn ich wartete, bis mein Herz ruhig war, würde ich zu alt für Sport sein, geschweige denn eine neue Sportart. »Nein«, sagte ich, »darum geht es nicht.« Ich stellte Eve und mich vor und erklärte ihm, dass ich mich ein wenig mit ihm unterhalten wollte. Er erklärte, das sei ihm recht, wenn es uns nichts ausmachte, mitzukommen, damit er seine Schüler überwachen konnte.

Wir marschierten in den Hauptsaal. Auf der von Wand zu Wand ausgelegten Matte hüpften sechzehn Hausfrauen um sechzehn andere Hausfrauen herum. Auf Lundqvists Kommando hin drehten sie den Spieß um. Mir fiel auf, dass jede Übung damit endete, dass eine von beiden auf dem Boden lag und die andere einen tödlichen Schlag gegen die Kehle andeutete.

Ohne uns anzusehen, begann Lundqvist, über Dan zu sprechen. »Ich habe ihn immer vor seinem Jähzorn gewarnt, müssen Sie wissen. Er wird sehr schnell wütend.«

»Das weiß ich«, sagte ich. »Ich habe mit ihm zusammen gewohnt. Er sagte mir, die Kampfsportarten helfen ihm, seine Wutanfälle im Zaum zu halten.«

Lundqvist nickte. »Das ist ein wichtiger Aspekt dieser Disziplin. Dan war sehr ambitioniert, stilistisch war er sogar besser als ich, um ehrlich zu sein. Und ich dachte, er hätte seine Wut unter Kontrolle. Aber da habe ich mich wohl geirrt.«

»Ich glaube nicht, dass er das Mädchen getötet hat.«

Lundqvist wandte sich erstmals zu uns um. Seine Augen waren sehr blau, sehr kalt. »Das spielt keine große Rolle, es sei denn, es stimmt nicht, wenn die Zeitungen schreiben, die Polizei hätte seine Anwesenheit am Tatort dadurch bewiesen, dass er ein Stück Treppengeländer zerschlagen hat.«

»Nein, das Detail stimmt.«

»Na dann. Er hat im Jähzorn etwas zerschlagen. Wenn es so weit mit ihm gekommen ist, dann wundert es mich nur, dass er dem Mädchen nur einen einzigen Hieb verpasst hat.«

»*Falls* er es getan hat«, sagte Eve. Ich sah sie überrascht an. Das war eigentlich mein Text.

»*Falls* er es getan hat«, wiederholte Lundqvist. »Ich weiß nicht, was ich denken soll. Es sieht ja nicht so aus, als hätte es jemand anders getan, oder?«

»Im Moment nicht«, sagte ich.

»Allerdings kenne ich Dans Stil so gut, dass ich mich wundere, dass er *shuto* angewendet haben soll.«

»Was ist das?«, fragte Eve.

»Ein Handkantenschlag«, sagte ich. Ich hatte vier Jahre lang mit einem Karate-Meister zusammen gehaust, lange genug, um ein *paar* Sachen aufzuschnappen. »Die Art, durch die Debbie starb.«

»Das ist vollkommen richtig«, sagte Lundqvist. »Ich war erstaunt, dass er diesen Schlag angewendet hat anstatt *gyaku-zuki*, also einen direkten Schlag mit der gestreckten Faust, so etwa.« Übergangslos ging der Karate-Meister in die Hocke, streckte den linken Arm aus, zog ihn dann zurück und schnellte gleichzeitig die rechte Hand vor. Das ganze dauerte vielleicht eine Achtelsekunde, und von der Wucht des Schlages konnte ich quasi die Luft zischen hören.

Ich hoffte nur, niemals am falschen Ende eines solchen Hiebes zu stehen. Ich fragte Lundqvist, ob er jemals davon gehört hatte, dass ein Kampfsportler für Geld Leute zusammenschlug.

»Sie meinen, wie die Ninja?«

»Wahrscheinlich. Ja. Die Ninja erledigten doch für die Samurai Sachen, für die diese sich zu fein waren, stimmt's?«

»Stimmt. Aber warum fragen Sie? Haben *Sie* so etwas gehört?«

Ich verneinte.

»Ich konnte es mir auch nicht denken. Jedenfalls nicht in diesem Land. Lassen Sie sich nicht von den Kinofilmen blenden.

Die Sportart ist viel zu kompliziert für Leute, die mit dem Zusammenschlagen anderer leichtes Geld verdienen wollen.«

Das leuchtete mir ein. Warum sollte man fünf Jahre lang eine Sportart erlernen, nur um unschuldige Leute in Angst und Schrecken zu versetzen, wenn man den gleichen Effekt mit einer Pistole in fünf Minuten erreichen konnte? Falls man es darauf anlegte, unschuldige Leute in Angst und Schrecken zu versetzen, versteht sich.

Ich nahm diese Auskunft mit gemischten Gefühlen auf. Einerseits zerstreute sie meine Befürchtungen im Hinblick auf einen potentiellen Karate-Killer. Andererseits war damit eine der wenigen Theorien perdu, die Dans Unschuld hätten beweisen können.

Lundqvist fragte, ob er noch irgendetwas für uns tun könne. Eve wollte wissen, ob jemand, der keinerlei Erfahrung mit Kampfsportarten hatte, in der Lage sein könnte, rein zufällig richtig zuzuschlagen. Lundqvists Antwort war ein kategorisches Nein. Das sagte alles, also bedankten wir uns und gingen.

Eve fuhr uns nach Sewanka zurück und setzte mich vor Dans Wohnung ab. »Kannst du aufschließen?«, fragte sie. Ich erinnerte sie daran, dass ich morgens abgeschlossen hatte.

»Außerdem«, sagte ich, »habe ich ja Spot, der kann mir notfalls helfen.«

Spot sah mich verächtlich an. Eve sagte: »Okay, Matt, ich fahre ins Büro. Ich bin gegen sechs wieder da.« Ich sagte, das sei prima, aber es war viel besser als prima.

»Hast du in Elmira irgendetwas herausbekommen?«

»Nein. Du etwa?«

»Ich habe gelernt, was *shuto* und *gyaku-zuki* heißt.«

»Siehst du, irgendetwas kommt immer dabei herum.«

»Natürlich.« Sie umarmte mich und gab mir einen Kuss. »Pass auf dich auf, Matt«, flüsterte sie. »Jemand fängt allmählich an, dich sehr, sehr gern zu haben.«

Dann gab sie mir noch einen Kuss, stieg ins Auto und fuhr davon.

## Kapitel 22

»… hier ist er also, Amerikas Top-Verkäufer,
der große Fernseh-Händler …«
*– Jay Stewart, »Let's Make a Deal« (ABC)*

Ich öffnete die Tür mit relativ wenig Anstrengung und einem erträglichen Maß an Schmerzen. Sobald das Schloss aufsprang, drückte Spot mit dem Kopf die Tür auf, sauste in die Küche und setzte sich hin, hängte die Zunge heraus und starrte den Schrank an.

»Schon gut, schon gut, ich habe verstanden«, sagte ich. Zu seinem Glück hatte Eve ihm anstelle seiner üblichen Dosen eine *Packung* Trockenfutter gekauft, die ich in beide Hände nehmen und das Zeug in seinen Napf schütten konnte. Andernfalls wäre er glatt verhungert.

Dafür, dass er hochedler Abstammung ist, lassen Spots Tischmanieren sehr zu wünschen übrig. Er atmet das Fressen ein, als sei dies die erste Mahlzeit, die er je hatte, oder die letzte, die er in diesem Leben erwarten konnte. Dabei grunzt er die ganze Zeit wie ein Ferkel.

Ich habe ihn trotzdem lieb. Dennoch fördert es meist meinen eigenen Appetit, wenn ich ihm *nicht* beim Fressen zusehe. Diesmal tat ich es jedoch, weil mich irgendetwas an ihm irritierte. Es irritierte mich die ganze Zeit schon, seit ich den Traum gehabt hatte. Da war irgendetwas, an das ich denken sollte, etwas direkt vor meiner Nase …

Einen Sekundenbruchteil lang dachte ich, ich hätte es, und vielleicht war es auch so, doch leider konnte ich mich anschließend nicht mehr erinnern, was es war. Solche Sachen treiben mich in den Wahnsinn, denn je länger ich darüber nachdenke, desto mehr entziehen sie sich mir. Aus dem Kopf schlagen kann ich sie mir aber auch nicht.

Spot, dem gemeinen Schuft, war das egal. Er räumte seinen Napf leer und sah dann mit großen Kuhaugen zu mir auf, um frechweg einen Nachschlag zu erbetteln.

In solchen Momenten muss man streng zu ihm sein. »Nein«, sagte ich. »Das Zeug enthält viel zu viel Rohasche. Das tut dir nicht gut.«

Spot war der Rohaschegehalt völlig schnuppe, aber er begriff, dass es nichts mehr gab. Er zuckte die Achseln, als wollte er sagen »man kann's ja mal versuchen«, und lief ins Wohnzimmer, um auf der Tatami-Matte zu spielen.

Und ich stand da wie ein Idiot und versuchte, mich zu erinnern, woran ich mich erinnern wollte. Ich schüttelte den Kopf. Rick und Jane Sloan hatten Tausende Dollars ausgegeben, um dem Köter Angriffstechniken und Gehorsam beibringen zu lassen. Warum hatten sie nicht auch noch die paar Dollar investiert, um ihn sprechen zu lehren?

Vor solchen und noch dämlicheren Gedanken rettete mich das Telefon. Es ist nicht schwer, einen Hörer mit beiden Händen abzuheben, aber es erfordert eine gewisse Konzentration, und das brachte mich mühelos wieder zur Vernunft.

»Cobb?« Ich gab es zu. Nachdem wir das geklärt hatten, fuhr die Stimme herrisch fort: »Wo haben Sie den ganzen Tag gesteckt?«

»Eichhörnchen im Whitten-Park vergiften. Sind Sie das, Grant?«

»Ja. Ich will, dass Sie …«

Ich lasse mich prinzipiell nicht von meinen Feinden herumkommandieren. Es sei denn, sie richten eine Knarre auf mich oder so.

»Ich will, dass *Sie* ein wenig höflicher sind«, erklärte ich ihm. »Erklären Sie mir erst einmal, wieso es Sie überhaupt etwas angeht, wo ich war.«

»Das spielt keine Rolle. Ich rufe von Mr. Whittens Büro aus an. Er möchte mit Ihnen sprechen.«

»Worüber?«

Grant seufzte abgrundtief. Die Geduld in Person. »Das weiß ich nicht, Cobb. Ich möchte annehmen, dass es um den Mord geht. Kommen Sie nun her?«

»Jetzt sofort?«

»Richtig.«

Diese Nachricht setzte einen ganz neuen Strom idiotischer Gedanken frei. Was wollte der Alte von mir? Es gab natürlich nur einen Weg, es herauszufinden.

»Na schön«, sagte ich. »Da Sie mich so nett darum bitten, werde ich in Bälde dort sein. Auf Wiedersehen.«

Ich rief mir ein Taxi und fuhr in den südlichen Teil der Stadt, wo die Verwaltungszentrale von Whitten Communications neben einem riesigen Einkaufszentrum stand. Genauer gesagt, es war Teil des Einkaufszentrums. Als A. Lawrence Whitten Mitte der 60er Jahre beschloss, Fernsehen, Radio und Zeitungen unter einem Dach unterzubringen, hatte er die clevere Idee, dass ein Stück seines Grundbesitzes den ganzen Rest finanzieren konnte. Einkaufszentrum und Verwaltungsgebäude wurden zur gleichen Zeit gebaut.

Sie sahen auch gleich aus. Beide Bauten waren gewaltige Rechtecke aus rosa Beton, in dem eingemischter Glimmer für Glanz sorgte. Im Moment glitzerte die Nachmittagssonne darauf, so dass der Komplex wie ein Tempel der Wahrheit wirkte.

Ich trat ein und erklärte der Empfangsdame, wer ich war und dass Mr. Whitten mich erwartete. Sie drückte ein paar Knöpfe und bestätigte das. Anschließend reichte sie mir ein Clipboard und einen Stift und bat mich zu unterschreiben.

Ich griff den Stift mit dem Daumen und produzierte eine Unterschrift, die auch Spot hätte ausführen können. Die Empfangsdame schien jedoch damit zufrieden zu sein, und schon bald führte mich ein langhaariger Praktikant vom College durch das Gebäude.

Das Büro des alten Herrn überraschte mich etwas. Das Network hatte mich zu der Ansicht verleitet, in der Medienbranche bekäme ab einem gewissen Status – oberhalb *meines* Status, muss ich dazusagen – jeder als Büro seinen Lieblingssaal aus dem Versailler Schloss zugewiesen.

Mr. Whitten besaß ein sogenanntes Aquarium, besser gesagt eines von mehreren – so ein gläsernes Büro, wie es die meisten modernen Nachrichtenredaktionen heute haben. Diese spezielle Redaktion hatte sieben davon, die Mitarbeiter waren sozusagen ständig im Blickfeld ihrer Vorgesetzten. Entweder hatte Mr. Whitten gern *alle* seine Leute einschließlich der Manager unter Kontrolle, oder er war ein großer Fan von »Lou Grant«.

Selbstverständlich hatte Mr. Whitten das größte Aquarium mit den saubersten Scheiben inne. Übrigens stand an der Tür lediglich »Mr. Whitten«. Wer nicht wusste, wer das war, hatte im Gebäude nichts zu suchen.

Der Jüngling öffnete mir die Tür (was nett von ihm war) und huschte davon, als sei er angesichts all dieser Grandiosität ganz eingeschüchtert. Ich trat ein und begrüßte meine grandiosen Gastgeber.

Grant sah mich an und sagte: »Cobb.« Ich teilte ihm mit, sein Name sei Sewall, und Mr. Whitten, sein Name sei Mr. Whitten. Nachdem wir mit diesem kleinen Pickritual die Hackordnung im Stall geregelt hatten, forderte man mich auf, mich zu setzen.

Der Alte sah aus, als hätte ihm jemand eine Zitrone am Gaumen festgenäht. Ständig fuhrwerkte er mit der Zunge im Mund herum, als versuche er, sie wieder loszubekommen. Schließlich sagte er: »Cobb, was zum Teufel glauben Sie eigentlich, was Sie tun?«

»Ich höre jemandem zu, der, wie mir gesagt wurde, mit mir sprechen will. Ich warte«, fügte ich hinzu, »darauf, dass er etwas von sich gibt.«

»Seien Sie nicht kindisch, Cobb«, sagte Grant. Solange ich ihn kannte, sah er zum ersten Mal nicht aus, als sei er aus Hartkunststoff geformt. Er wies neckische rote Ringe um die Augen auf und blinzelte angestrengt in das harte Neonlicht.

»Warum nicht?«, sagte ich. »Ich werde zwar ständig älter, aber es passiert immer noch nichts. Was wollen Sie?«

Die Stimme des alten Mannes klang gepresst, und ich ahnte, wie er es geschafft hatte, das Familienvermögen in einer Zeit zu verdreifachen, als überall im Land eine Zeitung nach der anderen dichtmachen musste.

»Nein, verdammt noch mal, Cobb, hier geht es darum, was *Sie* wollen. Was haben Sie noch in Sparta zu schaffen?«

»Ich mag die hiesigen Zeitungen«, sagte ich. Das war hochinteressant. »Außerdem werde ich als Zeuge in einem Verfahren aussagen. Falls es dazu kommt.«

»Was wollen Sie damit sagen?«, fuhr er mich an.

»Ich will damit sagen, dass ich seine Unschuld beweisen werde, nicht mehr und nicht weniger.« Grant wirkte abgestoßen, und Mr. Whitten verfärbte sich puterrot. Beide wollten etwas darauf erwidern, aber ich kam ihnen zuvor.

»Aber lassen wir das mal einen Augenblick beiseite. Wollen Sie wirklich behaupten, Sie hätten vor, mich aus der Stadt zu vertreiben? Wie wollen Sie das anstellen, es sei denn, Sie wollen mir den Mob auf den Hals hetzen? Sie kennen sich doch mit bedrucktem Papier aus. Haben Sie noch nie von einem Dokument gehört, das Verfassung der Vereinigten Staaten heißt?«

Das brachte Mr. Whitten in Rage. Patriotismus stand allein *ihm* zu. Wie konnte ich es wagen, die Verfassung als Argument gegen ihn zu verwenden?

Er knurrte mich an: »Passen Sie mal auf, Sie mieser kleiner Gassenjunge –«

Damit machte er mir eine riesige Freude. Noch niemals hatte ich jemanden außer mir selbst das Wort »Gassenjunge« spontan in den Mund nehmen gehört.

»– passen Sie gut auf. Ich kann dafür sorgen, dass Sie –«

»Mr. Whitten!«, fiel ihm Grant scharf ins Wort, bevor sein Arbeitgeber etwas äußern konnte, was später gegen ihn verwendet werden konnte. Mr. Whitten hielt den Mund und sammelte sich ein paar Sekunden lang.

Ich nutzte die Pause zum Nachdenken. »Ich kann dafür sorgen, dass Sie …«, hatte der Alte gesagt. Dass ich was? Kopfüber eine Betontreppe hinunterkegelte?

Nun war mir bereits der Öko-Mörder auf den Fersen (davon war ich überzeugt, mochte Chief Cooper auch anderer Meinung sein), und *irgendjemand* musste ihn schließlich angeheuert haben. Andererseits ist es ziemlich unsinnig, mit Dingen zu drohen, die längst passiert sind. Falls das die Drohung war, die Mr. Whitten beinahe ausgestoßen hätte. Ich meine, vielleicht hatte er ja auch sagen wollen: »Ich kann dafür sorgen, dass Sie niemals eine Ausgabe meiner Zeitung in die Hände bekommen, die Ihnen die Finger *nicht* mit billiger Druckerschwärze besudelt.« Oder etwas ähnlich Harmloses.

Ich verfluchte Grant für die Unterbrechung. Ich wünschte mir allmählich, ich hätte Brenda dabei. Sie hatte ihn im Griff, das hatte die Szene auf dem Friedhof ja wohl bewiesen.

Mr. Whitten hatte sich wieder abgeregt. Er öffnete erneut den Mund, aber diesmal ließ er nur artig die Vernunft walten.

»Hören Sie zu, Cobb. Ihr Engagement für Ihren Freund ist verständlich, sogar bewundernswert. Aber Sie müssen sich wirklich fragen, ob er es überhaupt *verdient* hat.

»Nur weiter«, sagte ich.

»Das hat er nämlich nicht«, fiel Grant ein. »Sie bringen ziemliche Opfer für ihn. Wie ich höre, haben Sie sogar ihren Job gekündigt.«

»So toll war der Job auch wieder nicht«, sagte ich.

»Und wofür?« Nun war Mr. Whitten wieder im Ballbesitz. »Für einen jungen Mann, der Jahre damit zubringt, seinen Körper in eine tödliche Waffe zu verwandeln, und dann all diese Kraft in einem Wutanfall gegen *meine Tochter* richtet!«

In diesen Worten klang eine Menge Leid mit. Mr. Whitten verbarg das Gesicht in den Händen.

Jetzt war ich dran. »Mr. Whitten, Ihre Trauer ist verständlich, und ob Sie es glauben oder nicht, ich teile sie auch bis zu einem gewissen Grad. Ich will auch, dass der Mörder bestraft wird. Das gilt für *jeden* Mörder. Aber ich glaube einfach nicht, dass Dan es war.«

Er sah auf. In seinen Augen schimmerten Tränen. »*Sie wissen genau, dass er es war!*«

Plötzlich wurde mir schmerzlich bewusst, dass wir in einem Aquarium saßen. Trotz allem war mir die Szene für den alten

Mann peinlich. Ich sah mich um, aber niemand drückte sich die Nase an der Scheibe platt. Das hieß aber noch lange nicht, dass den Reportern die Bedeutung des Ganzen entgangen wäre. Journalist wird nur jemand, der ein zusätzliches Quäntchen Neugier besitzt.

»Es ist zwecklos«, sagte ich. »Wir regen uns allesamt über Fragen auf, die vor Gericht entschieden werden.« Ich stand auf und wollte gehen.

»Warten Sie einen Moment«, sagte Mr. Whitten. »Setzen Sie sich, Cobb.« Ich tat es. Der Alte war empört, ob über sich selbst, mich oder uns beide, konnte ich nicht sagen.

»Sie können seine Unschuld nie und nimmer beweisen«, sagte er.

»Das glaube ich schon.«

»Sie stiften nur Unruhe und Verwirrung, mehr nicht. Sie können seine Unschuld nicht beweisen, weil er nicht unschuldig ist, aber–«

Ich unterbrach ihn erneut. Das Mitgefühl, das ich einen Moment lang für ihn gehabt hatte, verflog rasch. »Niemand braucht zu beweisen, dass er unschuldig ist. Im Gegenteil: Der Staatsanwalt muss beweisen, dass er *schuldig* ist.«

Er nickte grimmig. »Ich weiß. Deshalb könnte es passieren, dass Sie mit Ihrem Herumgerenne und Ihrer Wühlerei ein Schlupfloch schaffen, durch das dieser Mörder entkommt.«

»Und?«

»Ich will, dass Sie damit aufhören. Ich will wissen, womit ich Sie dazu bewegen könnte, aufzuhören.«

Das war es also. Der letzte Rest Mitgefühl verpuffte augenblicklich, an seine Stelle trat eisige Verachtung.

»Ich verstehe. Nun, ich wette, Sie haben da bereits ein paar Ideen in petto, stimmt's?«

Grant schaltete sich ein, ganz Weltmann. »Nun, Matt, angesichts der Tatsache, dass Sie derzeit keine Stelle haben, und vor dem Hintergrund, dass Whitten Communications ständig auf der Suche nach guten Leuten ist …«

Zum ersten Mal im Leben hatte er mich Matt genannt. Es gefiel mir nicht besonders. »Ich könnte also bei Whitten Communications anfangen?«

»Ich denke, das ließe sich arrangieren, Matt«, sagte Grant.

»Wir würden das natürlich nicht zu früh publik machen«, sagte ich.

»Nein, das wäre sicher nicht ... taktvoll.«

Nein, dachte ich, du kannst deinen hochwohlgeborenen Arsch darauf verwetten, dass es das nicht wäre. Wir stünden so schnell vor einer Geschworenenjury, dass dir die Zahnplomben im Mund schmelzen würden.

»Sie könnten ja«, schleimte Grant, »zunächst einmal Urlaub nehmen.« Der Alte nickte und ließ mich keinen Moment aus den Augen.

»Ich wollte immer schon mal nach Australien«, sagte ich sehnsüchtig.

»Es soll dort wunderschön sein.«

»Es ist nur leider ein ziemlich teures Vergnügen.«

»Auch das ließe sich ... hm ... durchaus arrangieren.«

»Ach«, sagte ich. »Wie schön. Sollen wir darüber sprechen, *wie* das im Einzelnen arrangiert werden könnte?«

Grant fiel die Kinnlade herunter. Das war allzu unverblümt, selbst für seinen Geschmack. Erst gibt man zu, korrupt zu sein. Erst viel *später* redet man über Dollars und Cents. Jedenfalls wurde das offenbar in seinen Augen so gehandhabt.

»Jetzt sofort?«, fragte er.

Ich grinste ihn wohlwollend an. »Aber ja. Was du heute kannst besorgen ... Allerdings muss ich noch um einen Moment Geduld bitten.« Ich stand erneut auf. »Grant, würden Sie wohl so nett sein, mir die Tür zu öffnen?« Ich hielt meine Hände hoch.

Grant war viel zu verblüfft, um zu fragen, was ich vorhatte. Wortlos öffnete er mir die Tür.

Ich stellte mich auf die Schwelle und brüllte der versammelten Lokalredaktion zu: »*He, alles mal herhören!*« Köpfe tauchten hinter Computerbildschirmen auf. »Darf ich einen Moment um

Ihre Aufmerksamkeit bitten? Könnten Sie bitte alle kurz zu Mr. Whitten ins Büro kommen? Ihr Chef ist gerade dabei, mir eine dicke Bestechung anzubieten, damit ich verschwinde und meinen besten Freund im Gefängnis verrotten lasse. Dazu hätte ich gern Zeugen!«

Die Leute brachen in Lachen aus, was mir gut gefiel. Noch besser gefiel mir allerdings der entsetzte Aufschrei der beiden im Büro hinter mir.

»*Verschwinden Sie augenblicklich!*« Der Alte kreischte geradezu.

»Na schön, ich verschwinde. Ich werde duschen und meine Kleidung verbrennen. Bei Ihrem Anblick wird mir übel.«

Ich ging hinaus und durchquerte die Redaktion. Mehrere Gesichter lächelten. Les Tilman war offenbar nicht der einzige Journalist vom alten Schrot und Korn in Mr. Whittens Diensten.

Hinter mir ertönte ein lauter Knall. Erschrocken wandte ich mich um, um zu sehen, was los war, gerade rechtzeitig, um eine Scheibe in der Glaswand von Mr. Whittens Büro zersplittern zu sehen. Der Alte hatte durch die Scheibe ein Tintenfass nach mir geworfen. Er hatte nicht schlecht gezielt, aber sein Wurfarm war zu schwach. Das Tintenfass trudelte mir vor die Füße.

Ich hob es ungeschickt mit beiden Händen auf und marschierte zur geborstenen Scheibe zurück. Unter meinen Sohlen knirschten Glassplitter, und es kam mir der Gedanke, dass ich keine Lust hatte, darauf auszurutschen. Doch auch das hielt mich nicht von meinem Vorhaben ab. Ich bin seit jeher davon überzeugt, dass Gott mit den Romantikern ist.

Ich stellte mich vor das scharfkantige Loch in der Schreibe, das Tintenfass in beiden Händen.

»Wissen Sie, Alter«, sagte ich, »Sie haben vorhin von einem Mann gesprochen, der seinen Körper in eine tödliche Waffe verwandelt hat. Im richtigen Kontext kann *jeder* zu einer tödlichen Waffe werden. Sie zum Beispiel können Ihre Zeitungen dazu benutzen, Menschen zu vernichten, Menschen, die noch in keiner Weise *verurteilt* sind. Wie viel Respekt hat so jemand verdient?«

Ich sah ihm einen Moment lang fest in die Augen, um sicher zu gehen, dass er mich verstanden hatte. Dann sagte ich: »Ich glaube, Ihnen ist etwas heruntergefallen.« Ich hob beide Arme und warf das Tintenfass auf den Schreibtisch.

Gott ist tatsächlich mit den Romantikern. Als das Tintenfass auf dem Schreibtisch aufprallte, löste sich der Verschluß, und sowohl Grant als auch A. Lawrence Whitten wurden mit Tinte bespritzt. Sehr symbolträchtig. Und es geschah ihnen völlig recht.

# Kapitel 23

»Und nun einige weitere tolle Ideen, die Sie ausprobieren können.«
*– Ed Herlihy, »Perry Como Presents the Kraft Music Hall« (NBC)*

Draußen wartete Shirley Arnstein auf mich.

»Ist das Zufall? Können Sie mich mitnehmen? Beantworten Sie die zweite Frage zuerst.«

Sie lachte. »Ja, mein Wagen steht auf dem Parkplatz. Nein, es ist kein Zufall. Ich wollte Ihnen etwas sagen und konnte Sie nicht finden. Ich habe einfach der Reihe nach ein paar Leute gefragt, die es wissen könnten, und bin bei Les Tilman gelandet. Der sagte mir, Sie seien hier.«

Effizienz à la Arnstein. Typisch. Les Tilman war zweifellos die ergiebigste Informationsquelle der Stadt, also hatte sich Shirley in den zwei Tagen, seit sie in Sewanka eingetroffen war, automatisch an ihn gehängt.

»Er sagte, Sie hätten eine Besprechung mit dem Oberboss. Gab es etwas Interessantes?«

Ich schüttelte den Kopf. »Erschütternd langweilig«, erklärte ich. »Das ist ein Witz, den ich Ihnen später erkläre, falls Sie interessiert sind. Was haben Sie für Neuigkeiten?«

Shirleys Augen strahlten. »Das erraten Sie nie«, sagte sie. Falls sie überhaupt einen Fehler hat, dann diesen. Sie bewacht ihre Entdeckungen so eifersüchtig wie ein Kind seine Kekse.

»NBC hat den Laden zugemacht«, schlug ich vor, während Shirley vor mir die Straße überquerte.

»NBC nicht, aber ComCab«, sagte sie über die Schulter.

Ich blieb unvermittelt stehen. »*Was?*«, rief ich. Ich bin allseits für meine genialen, tiefsinnigen Fragen bekannt.

»Zugemacht stimmt nicht ganz. Aber sie warten das Ende der Anhörung über die Konzession hier nicht ab.«

»Sind Sie sicher?« Dämliche Frage. Shirley war immer sicher.

»Klar. Ich war auf der Suche nach Sparn – ich habe immer noch nicht selbst mit ihm sprechen können. Im Hotel sagte man mir, er sei abgereist. Ich habe eines der Ausschussmitglieder aufgestöbert, und da hieß es, Sparn hat dem Ausschuss gesagt, er verlasse die Stadt. Er hoffe, das werde ComCabs Chancen nicht schmälern, aber das wird es wohl zwangsläufig, was meinen Sie, Matt?«

Es war unerhört, so spät das Angebot zurückzuziehen. Es kostet einen Haufen Geld, sich für eine Kabelfernsehkonzession zu bewerben, selbst wenn man es auf ehrlichem Wege tut. Aber fast das ganze Geld wird vorab investiert. ComCabs Zahlungen, ob legal oder illegal, waren deshalb längst erfolgt. Warum zogen die sich jetzt zurück? Sie warfen damit das ganze Geld zum Fenster hinaus. Die Firmenvertreter waren dort, um Fragen interessierter Mitglieder der Öffentlichkeit zu beantworten. Es würde ziemlich mies aussehen, wenn der Ausschuss die Konzession jemandem zusprach, der gar nicht anwesend war.

Als wir den Wagen erreichten, sagte ich: »Hat Sparn irgendeinen Grund genannt, warum er abreist?«

»Indirekt. Er sagte den Ausschussmitgliedern, er müsse zurück nach Rochester zu einer Besprechung über eine Präsentation in einer größeren Stadt.

»Ich wette, die lieben Ausschussmitglieder in Sewanka waren begeistert. Glaubt ihm irgendjemand?«

»Offiziell schon. Falls natürlich jemand vom Ausschuss zufällig Geschenke von Sparn erhalten hat, wird er den Braten riechen.«

Ich musste lachen. »Mann, das wird er. Ich frage mich, wie viele von denen ihrem Wohltäter die Stange halten und sich dafür einsetzen werden, dass ComCab trotzdem die Konzession erhält.«

»Harris kommt heute Abend zurück. Wollen Sie morgen früh mit ihm sprechen? Er hat gesagt, dass er vermutlich etwas Wichtiges herausgefunden hat.«

»Wichtig für das Network«, sagte ich.

»Natürlich, Matt. Harris meinte, es interessiert Sie vielleicht trotzdem.«

»Na klar«, sagte ich. »Was soll's. Rufen Sie mich an, wenn Sie so weit sind, oder besser noch, kommen Sie hierher. Je weniger Türknöpfe ich drehen muss, desto schneller heilen meine verdammten Hände.«

Shirley meinte, das sei okay, und setzte mich vor Dans Wohnung ab. Ich drehte einen weiteren Türknopf, ging hinein, warf mich aufs Bett und versuchte zu schlafen.

Das gelang mir auch. Geschlagene fünf Minuten lang.

Das Telefon klingelte. Ich beschimpfte es, hob aber dennoch ab. Ich gehe immer ans Telefon. Es war Chief Cooper.

»Wie ich höre, haben Sie heute der hiesigen Zeitung einen Besuch abgestattet, Cobb«, sagte er.

Ohne nachzudenken, rieb ich mir die Augen, was sich als gute Idee erwies. Ich war noch nie so plötzlich so hellwach wie in dem Moment, als das Pflaster über meine Lider schrubbte.

»Ich war eingeladen«, sagte ich.

»Sie haben da einen ganz schönen Aufstand gemacht, stimmt's?«

»Habe ich nicht. Man hat mich beleidigt und zu bestechen versucht, wobei das Schmiergeld sogar noch beleidigender war als die Beleidigungen. Ich bin nur ein bisschen laut geworden.«

»Sie haben also Mr. Whitten und seinen Assistenten nicht etwa mit Tinte bespritzt?«

»Behaupten die das?«

»Und ob. Mr. Whitten rief mich vor ein paar Minuten höchstpersönlich an.« Das passte. Grant war dazu viel zu vernünftig.

»Na dann muss ich es ja getan haben«, sagte ich. »Eigentlich ist das ein Spiel, das der Alte erfunden hat, es heißt Clownsroulette. Er wirft das Tintenfass nach mir, dann werfe ich es zurück. Wir machen das solange, bis das Ding aufgeht und einer von uns voll Tinte gespritzt wird.«

»Ich habe Ihnen doch gesagt, Cobb, ich hasse Witze.«

*»Ich auch, verdammt noch mal!«* Ich hörte die Worte durch

den Äther rauschen und stellte zu meiner Überraschung fest, dass sie wahr waren. »Ich bin es leid, dass dieser senile alte Esel dauernd versucht, mich zum Affen zu machen, bloß weil er Geld hat und glaubt, mein Freund hätte seine Tochter umgebracht.«

Ich holte tief Luft und beruhigt mich wieder. »Hören Sie, Chief, ich sage Ihnen, was Sie tun sollten. Nehmen Sie die Ermittlungen auf. Verhören Sie jeden, der den Vorfall gesehen hat. Wenn es ihm nicht gelungen ist, die gesamte Belegschaft so einzuschüchtern, dass sie für ihn lügen, werden Sie niemanden verhaften, es sei denn, ich erstatte Strafanzeige. Gegen ihn. Abgemacht?«

»Na schön, Cobb«, sagte er. »Kommen Sie wieder auf den Teppich. Ich will ja nur sichergehen, dass Sie eine saubere Weste behalten.«

»Klar, Sie halten sogar das Fleckenwasser schon bereit.«

»Werden Sie nicht frech.«

Ich erklärte ihm, ich würde mir Mühe geben, und er brummelte noch ein bisschen, legte dann aber auf. Der Chief erinnerte mich allmählich an Lieutenant Cornelius U. Martin, Jr., von der Polizei in New York City, der mich seit meiner Kindheit kennt und jedes Mal, wenn sich unsere Wege kreuzen, als Mittelding zwischen Freund, Gewissen, Glucke und Nemesis fungiert. Ich fragte mich, ob eigentlich alle Polizisten so waren oder ob ich diesen Zug in ihnen weckte.

Ich fragte mich das allerdings nicht lange. Ich ging wieder schlafen.

Beim Aufwachen schaute ich direkt in Eve Bowens dunkelblaue Augen. Was für eine wunderschöne Art, wach zu werden! »Hallo«, sagte ich.

»Hallo, mein Prinzchen«, sagte sie. »Schläfst du immer so viel?«

»Nur, wenn man mich lässt.« Ich wollte mir gerade wieder die Augen reiben, bremste mich aber noch rechtzeitig. »Wie spät ist es?«

»Sechs Uhr. Ich bin ein sehr pünktlicher Mensch. Du bist übrigens wirklich eins.«

»Was bin ich?«

»Ein Prinzchen, wenn du so schläfst. Du siehst wie ein Baby aus. Dir fehlt nur noch ein Teddy, die Arme hältst du schon so.«

»Den habe ich zu Hause vergessen. Deshalb brauche ich ja dich.«

Sie lächelte, sah glücklich aus und küsste mich. »Jederzeit, Matt.«

Ich fühlte mich gut. Das beunruhigte mich. Ich sagte: »Eve, viele Frauen in meinem Leben haben mich hundsmiserabel behandelt.«

Sie zog sich die Bürosachen aus. Nicht eilig, aber auch nicht offen verführerisch. Einfach natürlich und wunderschön.

»Mir haben auch schon ein paar Männer das Leben schwer gemacht«, sagte sie. »Und?«

»Wenn du mir das Herz brechen willst, dann tu es *jetzt*, okay? Bevor ich anfange, allzu süchtig nach dir zu werden.«

Sie tat genau das Richtige. Sie kam zu mir, zerzauste mir das Haar und sagte: »Dummkopf.«

Ich umarmte sie. »Setz dich her und erzähl mir, was bei dir heute alles los war.«

»Routinekram«, sagte sie und zuckte die sommersprossigen Schultern.

»Dann warte mal ab, was bei *mir* heute los war.« Ich erstattete detailliert Bericht.

»Allmählich wird das Ganze verrückt, Matt«, sagte sie, als ich fertig war.

»*Allmählich?*«

»Ich weiß nicht, was das alles zu bedeuten hat.«

»Ich auch nicht. Wie viele Sommersprossen hast du?«

Sie lachte. »Was soll *das* nun wieder bedeuten?«

»Ernsthafte wissenschaftliche Untersuchung. Wie viele?«

»Keine Ahnung. Tausende.«

»Ich finde es schon noch heraus. Ich werde jede einzelne küssen, von der ersten bis zur letzten. Zieh die restlichen Klamotten aus.«

»Aber, Matt–«

»Na los, Weib! Ich mag ja ein hilfloser Krüppel sein, aber mein Gehirn dürstet noch immer nach Wissen.«

Noch immer lachend, gehorchte sie. Es waren eine Menge Sommersprossen. Nach einer Weile hörte sie auf zu lachen. Wir aßen erst viel, viel später zu Abend.

# Kapitel 24

»Sie brauchen ihn nicht darum zu bitten –
er weiß, was Sie sich wünschen.«
*– Catherine Deneuve, Werbespot für Chanel Nr. 5*

Dans Post kam früh am nächsten Morgen. Das meiste war der übliche Kram – ein paar Rechnungen, Reklame, nichts Persönliches. Ein Brief stammte vom Ehemaligenverband des Whitten College. Darin lud man Dan ein, aufgrund des Gruppenrabatts zu Superpreisen einen tollen Urlaub zu machen. Computer haben manchmal einen echten Sinn für Ironie. Hätte ein Mensch den Umschlag an Dan adressiert, wäre ihm klar gewesen, dass Dan in diesem Jahr vermutlich eher einen tollen Urlaub im malerischen Attica verbringen würde.

Etwas später tauchte Brenda Whitten auf. Ich sah mir gerade »Qualen der Liebe« an, die langlebigste Seifenoper des Networks, und dachte, dass es jetzt endlich passiert war – dass mein Leben nun endgültig genauso verwirrend und bescheuert war wie das Drehbuch dieser Serie.

Eine Autohupe ertönte, und Brenda rief vom Parkplatz draußen meinen Namen. Ich drehte den Ton leiser und schaute nach, was sie wollte.

Sie wollte herein. Sie stand am Fuß der Treppe, in einer Hand ihre Krücken, die andere auf dem Handlauf.

»Hallo«, sagte ich.

»Hallo. Hilfst du mir nun die Treppe hinauf oder muss ich diese blöden Dinger benutzen?« Sie hob die Krücken hoch.

Ich ging zu ihr hinunter und half ihr die Stufen hinauf. Spot war begeistert, sie wiederzusehen. Er sprang an ihr hoch und hätte uns beinahe beide umgeworfen.

Sie setzte sich. Spot hockte sich neben ihren Sessel und schloss genießerisch die Augen. Ich sagte: »Na, Maikäferchen, was bringt dich heute hierher? Abgesehen von einem Auto natürlich.« So, wie sie mich anlächelte, hatte sie diesen Witz gerade selbst loswerden wollen. »Dabei fällt mir ein – ich wusste gar nicht, dass du Auto fährst.«

»Aber sicher«, sagte sie. »Schon ewig. Ich setze mich ein bisschen schräg hin und bediene die Pedale einfach mit meinem heilen Bein. Die Fahrprüfung habe ich gleich beim ersten Anlauf bestanden. Stolz auf mich?«

»Außerordentlich«, sagte ich. »Allerdings hättest du dir Zeit nehmen können, dich anzuziehen.« Sie trug abgeschnittene Jeans, Turnschuhe und ein T-Shirt.

»So etwas trage ich immer«, protestierte sie. »Genau das hatte ich auch neulich an, als du bei uns ankamst, als Dan mit mir Schlagübungen machte.«

»Da hattest du immerhin einen BH an.«

»Sei nicht so altmodisch«, sagte sie. »Und tu nicht so scheinheilig.« Sie hielt ein hauchzartes Etwas hoch, das Eve im Sessel zurückgelassen hatte. »Es sei denn, deine Vorlieben in Sachen Unterwäsche sind etwas eigenartig.«

»Das ist etwas ganz anderes. Auf ihre Tugend hatte ich es schon im College abgesehen, während du immer wie eine Schwester für mich gewesen bist.«

Brenda wurde ernst, das Geplänkel war vorüber. »Mach dir um meine Tugend keine Gedanken, ja, Matt? Die Einzige, die sich darüber Gedanken machen muss, bin ich.«

»Na schön«, sagte ich. »Nichts für ungut. Möchtest du etwas trinken?«

»Orangensaft?«

»Ist jede Menge von da. Ich glaube, ich möchte auch welchen.«

Ich ging in die Küche und schüttete Saft ein. Ungeschickt, aber ohne allzu viel zu kleckern. Ich gab Brenda ihr Glas, sie trank einen Schluck und leckte sich dann mit ihrer rosa Zunge die Lippen. Sie machte daraus eine sehr provokante Geste. In meinem Hinterkopf begannen Alarmglocken zu schrillen. Was zum Teufel hatte dieses verrückte Huhn vor?

Brenda sagte: »Ist sie hübsch?«

»Wer ist hübsch?«

Sie lächelte mich an. Es ist nervig, von einem Teenager herablassend behandelt zu werden. »Die Frau, die solche Sachen in deinem Wohnzimmer herumliegen lässt.« Sie hielt das besagte Etwas hoch.

»Das ist Dans Wohnzimmer«, sagte ich.

»Stimmt«, sagte sie und trank noch einen Schluck Saft. »Aber das Ding stammt von keiner, die mit Dan hier war. Die einzige Frau, die er je hier hatte, war Debbie. Und Debbie konnte nur reine Baumwolle tragen. Sie hatte so eine komische Hautkrankheit. Wusstest du davon?«

»Ich habe kürzlich davon erfahren.« Ich glaube, so drückte ich mich aus. Ich war nicht bei der Sache. Ich hatte das grauenhafte Gefühl, gerade sei etwas Wichtiges geschehen und ich hatte es nicht mitbekommen. Ich sah Spot an. Ich sah Brenda an. Ich sah den Bildschirm an, auf dem Figuren schweigend herumgingen und vollkommen sinnlose Dinge taten.

Ich riss mich zusammen. Brenda hatte mit mir gesprochen. »Entschuldige«, sagte ich, »was hast du gerade gesagt?«

»Ich habe nachgefragt, ob sie hübsch ist.«

»Oh ja, das ist sie.«

»Hübscher wie ich?«

»Hübscher *als* ich«, sagte ich. Brenda versuchte augenscheinlich, in diesem Moment besonders hübsch auszusehen. Sie setzte ganz massiv ihre Körpersprache ein. Ihre Halsbeugung war eine offene Einladung, die Form ihres Mundes praktisch ein Befehl. Ich beschloss, dass die Antwort objektiv gesehen Nein lauten musste. Eve war nicht hübscher als sie. Aber das machte keinen Unterschied.

»Komm schon, Brenda«, sagte ich. »Du bist nicht hier, um ›wer ist die Schönste im ganzen Land‹ mit mir zu spielen, oder?«

Sie seufzte. »Nein. Wahrscheinlich nicht. Ich habe von deinem Streit gestern mit meinem Vater gehört.« Sie kicherte leise. »Du hast ihm seine Lieblingskrawatte ruiniert.«

»Und?«

»Und ich glaube, ich wollte mich entschuldigen.«

»Nicht der Rede wert. Das ist nett von dir, aber nicht nötig. Du bist nicht dafür verantwortlich, was dein Vater tut.«

»In einer ordentlichen Familie sollen sich die Leute immer füreinander verantwortlich fühlen. So sagt man jedenfalls.«

Sie sah einen Moment lang in ihren Schoß und dann wieder zu mir hoch. Ihr Blick war klar und herausfordernd. »Ich hasse ihn, weißt du. Ich hasse sie alle. Vater, Grant, die ganzen Reporter, die Dienstboten, die Leute auf der Straße. Und Debbie auch, weil sie es provoziert hat, dass sie ermo-ho-hordet wurde.« Brenda brach in Tränen aus. »Und Dan, weil er sie nicht längst sitzen gelassen hat, und dich hasse ich, weil du alles wieder aufwühlst. Und mich selbst hasse ich erst recht, mehr als jeden anderen.«

Alles, was sie sonst noch sagen wollte, ging in Schluchzen unter. Ich reichte ihr ein Kleenex und versuchte, sie zu beruhigen. Ich sagte ihr, dass sich jeder ab und zu so fühlt, meist mit viel weniger Anlass.

Sie hörte nicht auf zu weinen. Ich wusste nicht, ob ich daran schuld war.

»Es tut mir leid, dass du dir die Hände wehgetan hast, Matt«, sagte sie schließlich.

»Mir auch«, sagte ich. »Sie tun saumäßig weh, außerdem muss ich mir dauernd etwas einfallen lassen, um irgendwie zurechtzukommen.«

»Ich weiß«, sagte sie ganz leise.

Die Scharniere an ihrem Kunstbein glänzten mich an wie ein böses Grinsen. Prima, Cobb, dachte ich, da hast du ja mal wieder voll ins Fettnäpfchen getreten. Ich setzte zu einer Entschuldigung an, aber Brenda unterbrach mich.

»Ist schon gut, Matt. Eigentlich ganz schön. Im Moment sind wir eben beide Krüppel.«

»Ich sagte doch, es tut mir leid.«

»Ich bin nicht sauer, ich meine es ernst. Es bringt uns einander näher.«

»Hör auf damit, ja?«

Sie stand mühsam auf und kam auf mich zu. »Lass dich nicht von dem Bein verunsichern. Ist ganz praktisch, dass man es ablegen kann, dann ist es nicht im Weg. Manche Jungs macht es sogar regelrecht an –«

»Hör auf.« Ich wusste nicht, was ich sonst sagen sollte. Ich war traurig und hatte Mitleid mit diesem einsamen kleinen reichen Mädchen.

»Du brüstest dich doch immer damit, dass du da bist, wenn ein Freund dich braucht, oder? Ich dachte, *ich* sei dein Freund. Ich brauche dich jetzt.«

»Nicht so«, sagte ich. »Du bestrafst dich selbst. Und du stellst mich auf die Probe. Aber das klappt nicht. Du denkst, du würdest herausfinden, dass ich mich abgestoßen fühle, weil du ein Krüppel bist – du hast den Begriff gerade selbst gebraucht. Wenn ich dich gern habe, dann müsste ich auch bereit sein, dich da drüben auf der Matte zu vögeln. Aber woher willst du wissen, dass du mir nicht einfach nur leid tust? Oder einem von den anderen Jungs, die so etwas anmacht?«

Brenda schaute zu Boden.

»Wie oft hast du dieses kleine Experiment schon gemacht?«, fragte ich.

Sie murmelte etwas.

»Wie bitte?«, herrschte ich sie an.

»Ich sagte: Was interessiert dich das schon?«

Ich ergriff ihre Schultern. »Verflucht noch mal, Brenda, hab doch ein wenig Selbstachtung! Du hast alles, was ein Mensch sich wünschen kann, *bis auf ein dämliches Bein!* Wenn du dir selbst nur ansatzweise eine Chance gibst, kannst du eine verdammt tolle Frau werden!«

Das setzte die Tränenflut erst recht in Gang. Sie fiel mir in die Arme, klammerte sich an mich wie ein kleines Kind und heulte mir gut fünf Minuten lang die Schulter nass. Dann sah sie mir unter Tränen ins Gesicht, sagte »Ach, Matt!«, schnappte sich ihre Krücken und verschwand.

# Kapitel 25

»Nachrichten – zu jeder vollen Stunde der aktuelle Überblick.«
*– ABC Radio*

»Ich habe keinerlei Beweise«, sagte Harris Brophy rund anderthalb Stunden später. »Aber ich bin verdorben. Ich *brauche* keine Beweise.«

Harris kniete auf Dans Tatami-Matte und schob Fotokopien hin und her. Die Unterlagen bezogen sich auf alles Mögliche: Kredite, Eigenwechsel, Pachten, Dienstleistungsverträge, sogar eine Geburtsurkunde war dabei. Eine erstaunliche Sammlung für ein paar Tage Arbeit. Harris hatte Recht: Nichts davon war ein Beweismittel, aber alles zusammen ergab ein eindrucksvolles Bild.

»Ist das nicht sagenhaft?,« sagte Harris. Er glühte vor Begeisterung. Wenn Harris Beweise für Korruption aufspüren kann, strahlt er wie ein Kind unter dem Weihnachtsbaum.

»Es ist interessant, das stimmt«, sagte ich. »Es wäre schon ein merkwürdiger Zufall, dass sie das ganze Geld rein zufällig von Mafia-Strohmännern geborgt haben.«

Harris grinste zu mir hoch. »Seien Sie nicht voreilig, Matt. Ich habe nicht gesagt, dass das alles Mafiosi sind. Ich habe gesagt, meine Informanten in den Vorzimmern von drei verschiedenen Bundesanwälten *meinen*, es sind Mafiosi.«

Ich schnaubte. »Das ist fast dasselbe. Ich bin genauso verdorben. Was fangen Sie jetzt damit an?«

Harris zuckte die Achseln, stand auf und setzte sich in einen Sessel. Er kratzte sich am Kopf. »Ich denke, ich werde die Sache der Behörde für Kommunikationswesen übergeben müssen, und dann sollen die sich den Kopf darüber zerbrechen. Aber gefallen tut mir das nicht. Es wäre viel lustiger, wenn ich der Sache selbst nachgehen könnte. Aber wir wollen ja nicht, dass das Network in Schwierigkeiten gerät. Ich muss jetzt nur noch entscheiden, welche Behörde ich einschalten soll. Canandaigua liegt am nächsten, aber mit den Leuten in New York haben wir die meisten Erfahrungen.«

»Gehen Sie nach New York«, sagte ich.

»Was ist los, Matt? Den Gesichtsausdruck kenne ich. Sie haben doch etwas in petto.«

Das hatte ich selbst nicht gewusst, bis er es erwähnte. »Ja«, sagte ich. »Ich will, dass Sie –« Mir fiel ein, dass ich gar kein Recht hatte, irgendetwas von ihm zu wollen. »Sie könnten vielleicht Marty Adelman eine Frage stellen. Und ihm möglicherweise ein Foto zeigen.« Ich erzählte Harris im Detail, was ich vorhatte, und dabei wurde sein Grinsen immer breiter.

»Das geht auf«, sagte er. Er nickte langsam und rechnete im Kopf nach. »Es geht auf, und zwar ohne Rest. Es geht natürlich nur darum, die Dinge für das Network zu einem sauberen Abschluss zu bringen.«

»Keineswegs«, erwiderte ich. »Wenn Sie ComCab das Handwerk legen, verlieren die alle bereits bestehenden Konzessionen in den übrigen Städten. Die wird jemand anders übernehmen müssen – das bedeutet für das Network in jeder dieser Städte eine neue Chance.«

Harris nagte an seiner Lippe. »Stimmt. Ich verneige mich vor der Weisheit des Meisters.«

»Ach, halten Sie die Klappe«, sagte ich zu ihm. »Sehen Sie zu, dass Sie rasch zurück nach New York kommen und mit Marty sprechen, okay?«

»Na klar, Matt. Aber Ihnen ist doch wohl eines klar: Selbst wenn Sie Recht behalten sollten, hilft das Ihrem Freund nicht im Geringsten, seinen Kopf aus der Schlinge zu ziehen. Wenn es nicht sogar ein Rückschlag wäre.«

»Ich weiß. Und je eher ich es weiß, desto besser.« Ich rief Les Tilman bei der Zeitung an und vereinbarte mit ihm, dass Harris das Foto abholen würde, das ich haben wollte. Les lachte und sagte, ich solle lieber selbst kommen, denn es passierten so interessante Dinge, wenn ich da sei, aber ich fand das gar nicht komisch.

Ich hatte kaum aufgelegt, da klingelte das Telefon wieder. Es war Eve.

»Matt«, sagte sie, »ich habe gerade einen Anruf von jemandem erhalten, der behauptet, er wüsste etwas über den Fall. Etwas, das Dans Unschuld beweisen könnte. Er will mit uns reden.«

»Wo? Was hat er sonst noch gesagt?«

»Er wollte am Telefon nicht sprechen. Er sagt aber, er steht den Whittens nahe und kann wirklich helfen. Wir sollen uns mit ihm in fünfundvierzig Minuten am Moränenhügel draußen an der Landstraße treffen. Weißt du, welche Stelle ich meine?«

»Klar. Hör mal, Harris Brophy ist hier. Ich lasse mich von ihm an deinem Büro absetzen, dann sparen wir Zeit.«

Sie sagte, sie werde auf mich warten. Nachdem ich den Hörer umständlich mit beiden Händen aufgelegt hatte, sagte Harris: »Anhaltspunkte?«

»Wer weiß? Wahrscheinlich ein Spinner, der eine Anwältin und ihren Zuträger ein bisschen in den April schicken will.« Ich rief Spot, der die Ohren spitzte, grinste und sofort bei Fuß kam. Er hatte wahrscheinlich gedacht, ich würde ihn zu Hause lassen, und war nun angenehm überrascht.

Allerdings war das nicht völlig uneigennützig von mir. Schließlich war ich eine Treppe hinuntergestoßen worden. Ich bibberte nicht gerade vor Angst, aber ich wollte Spot gern dabei haben, nur für alle Fälle. Denn immerhin bestand eine wenn auch geringe Chance, dass etwas dabei herumkam. Möglicherweise war es eine Falle, aber das war mir egal. Ein toter Punkt ist die schlimmste Falle überhaupt, und es war höchste Zeit, dass ich ihn überwand.

Harris bot an, mitzukommen. Er hasst es, bei irgendetwas außen vor zu bleiben, aber ich lehnte dankend ab. Die Fahrt nach New York habe Vorrang für ihn.

»Schon möglich«, sagte er. »Ich hole das Foto, sage meiner Süßen auf Wiedersehen und mache mich auf den Weg nach New York. Ich denke, ich lasse Shirley noch ein paar Tage hier, damit sie ein Auge auf Sie hat.«

Ich sagte ihm, falls er glaube, ich nehme ihm das übel, irre er sich. »Machen Sie über Shirley keine Witze, Harris«, fuhr ich fort. »Sie ist ein tolles Mädchen und über beide Ohren in Sie verliebt.«

»Ich weiß«, sagte Harris, aber ohne jeden Anflug von Selbstgefälligkeit. Es schien ihm ehrlich unangenehm zu sein. »Ich kann in keiner Weise mit ihr mithalten. Ich weiß nicht, was ich dagegen unternehmen soll. Ich mag sie sehr gern. Ich möchte ihr nicht wehtun, aber –«

»Hören Sie zu, Harris. Ich habe einen verrückten Vorschlag, aber vielleicht klappt es ja.«

»Ich höre«, sagte er.

»Versuchen Sie doch einmal, daran zu *arbeiten*, dass Sie mit ihr mithalten können.«

Er nahm den Blick von der Straße und sah mich eine Sekunde lang an, dann bewegten sich seine Kiefermuskeln, als kaue er an dem Vorschlag herum. »Hm. Darauf bin ich noch nicht gekommen. Ich werde es mir überlegen.«

Mit diesem Hoffnungsschimmer am Horizont kamen wir an Eves Bürogebäude an. Harris sagte, er werde versuchen, am selben Abend noch mit Marty Adelman zu sprechen und mich anschließend anzurufen. Ich bedankte mich und ging ins Haus.

## Kapitel 26

»Machen Sie mich nicht wütend … Es würde
Ihnen nicht gefallen, wenn ich wütend würde.«
*– Bill Bixby, »Hulk« (CBS)*

Ich setzte große Hoffnungen in unsere kleine Landpartie, erwartete jedoch im Grunde wenig. Es ist bekanntlich so, dass die meisten Verbrechen in diesem Land gelöst werden, wenn jemand die Polizei ruft oder – was häufiger vorkommt – wenn die Polizei sich jemanden vorknöpft und dieser Jemand sagt, wer es war. Auch in diesem Fall konnte es genauso einfach sein, aber ich glaubte nicht daran. Es war garantiert ein Spinner, eine weitere von vielen, vielen Nervensägen.

Die Fahrt allerdings war hübsch. Im Laufe der Woche war das Laub an den Bäumen grüner geworden. Spot und Eve amüsierten sich offenbar königlich, aber ich dachte immer noch darüber nach, was es wohl für Folgen haben mochte, wenn die Überlegung, die ich Harris gegenüber geäußert hatte, zutraf. Mir machte nicht einmal das *Atmen* Vergnügen, von der Landschaft ganz zu schweigen.

Wir fuhren auf der alten Landstraße nach Norden, an Hans' Restaurant vorbei und beinahe aus dem Gerichtsbezirk Sewanka hinaus. Ich wurde unruhig. Eve bemerkte es und sagte: »Es ist nicht mehr weit.«

»Gut«, sagte ich. »Was sollen wir tun?«

Sie wies nicht einmal mehr darauf hin, wie oft sie mir das schon gesagt hatte. Eine Klassefrau, dachte ich. Mein Gehirn wählte just diesen Moment, um mich daran zu erinnern, dass das letzte weibliche Wesen, das ich als Klassefrau eingestuft hatte, mich zum Idioten gemacht und beinahe sogar in den Tod getrieben hatte. Ich biss die Zähne zusammen, sagte meinem Gehirn, es solle die Schnauze halten, und lauschte meiner Anwältin.

»… dreizehn Meilen hinter der Kreuzung gibt es einen Rastplatz, wo wir den Wagen abstellen und uns ein Stück in den Wald hinein an einen Picknicktisch setzen sollen. Wir sollen einfach dort sitzen und auf ihn warten, wenn er nicht schon dort ist.«

»Hat er gesagt, wie lange wir auf ihn warten sollen?«

»Nein«, sagte Eve und zuckte die Achseln. »Wir geben ihm eine halbe Stunde, dann fahren wir wieder weg. Was hältst du davon?«

»Gut, gut.« Ich lutschte an meinen Fingerspitzen. Normalerweise lutsche ich in solchen Situationen an den Knöcheln, aber an die kam ich derzeit nicht heran. Mich befiel das unbehagliche, flatterige Gefühl, das ich immer habe, wenn mein Gehirn mir etwas vorzusetzen beginnt, ob ich es will oder nicht. Es fühlt sich an, als hätte ich Kohlensäure im Blut und lauter Luftblasen im Kopf.

»Da ist es«, sagte Eve. Sie bog von der Straße in eine kleine asphaltierte Ausbuchtung des Seitenstreifens ab. Von dort führte ein gepflasterter Weg zu einer Waldlichtung, und als ich aus dem Wagen ausstieg und mich hinstellte, sah ich in der Mitte den Picknicktisch stehen. Es war noch niemand dort. Die Szenerie war richtig idyllisch.

»Die Sache stinkt«, sagte ich. »Warte hier mit Spot, Eve.« Nur weil *ich* bereit war, in eine potentielle Falle zu laufen, wollte ich noch lange nicht Eve mit hineinziehen. Ich hatte gedacht, sie werde tun, was ich sage, und die Sache mir überlassen. Dumm von mir.

»Matt, ich bin kein kleines Kind. Außerdem hat er gesagt, er will mit uns *beiden* sprechen. Wenn er mich allein am Wagen sieht, oder nur dich am Tisch, dann dreht er sich womöglich einfach um und geht weg, und dann erfahren wir nie, was er uns sagen wollte.«

Sie hatte natürlich Recht. Mir fiel noch etwas anderes ein. Wenn sie am Wagen wartete, konnte unser potentieller Fallensteller einfach vorfahren, ihr etwas Schreckliches antun, falls er das vorhatte, und wieder wegfahren. Und ich könnte nicht das Geringste dagegen unternehmen. »Na schön«, sagte ich. »Gehen wir. Aber mit rund vier Metern Abstand zwischen uns.

»Wozu?«, wollte Eve wissen.

»Tu mir einfach den Gefallen, okay?« Ich stellte mir vor, dass so einer zusammen mit dem Hund dem anderen zu Hilfe kommen konnte, falls jemand hinter einem Baum hervorschoss und sich einen von uns schnappte. Eve ging den Waldweg entlang, ich hielt mich rechts davon und ließ Spot frei durch den Wald streifen. Er würde notfalls schnell genug wieder da sein. Er sauste los, hinter einem Schmetterling her.

Ich sollte mir abgewöhnen, mir so etwas vorzustellen.

Der Angriff erfolgte tatsächlich, indem jemand hinter einem Baum hervorschoss, aber niemand schnappte sich irgendjemanden. Ich fühlte etwas Ölig-Feuchtes gegen mein Bein klatschen und hörte gleichzeitig Eve aufschreien und anschließend etwas stammeln.

Als ich mich umwandte, sah ich, wie Eve beide Hände gegen den Mund presste. Ihr schickes Kostüm wies dunkle Flecken auf. Mein alter Kumpel von der Bibliothek, Fred Stampe, hielt sie am Kragen auf Armeslänge von sich. In der anderen Hand hielt er ein Feuerzeug.

Vor seinen Füßen lag eine leere Blechdose. »Feuerzeugbenzin«, sagte er. »Ich hatte eine Literdose im Auto, da habe ich gedacht, die kann doch genauso gut zu etwas nütze sein. Ich wollte sowieso aufhören zu rauchen. Ist nicht gut für die Gesundheit. Clever, was?«

Der Öko-Mörder. Verwendete, was gerade zur Hand war.

»Genial«, sagte ich. Ich sah ihn an und konnte noch immer nicht glauben, dass er genauso alt sein sollte wie ich. Nichts an ihm wirkte jung, mit Ausnahme seiner Augen. Die leuchteten, die Augen eines Mannes, der seine Arbeit liebt und sie gut macht. Fred Stampe war high, higher als jede Droge ihn je gemacht hatte.

»Was wollen Sie?« Meine Stimme klang eiskalt. Für meine Dummheit hätte ich zu sterben verdient, aber was hatte ich Eve angetan?

»Sie«, sagte er. »Was dachten Sie denn? Sie haben mich dumm dastehen lassen, Cobb, das kann ich nicht ausstehen.«

Er zerrte grob an Eves Kragen. »Ihr Beschäler hier ist etwas Besonderes, Mrs. Bowen. Von fünfzig Männern hätte keiner den Sturz überlebt. Aber ich glaube nicht, dass Sie es überleben, dass ich Sie abfackle, wenn er nicht tut, was ich sage. Glauben Sie mir, das tut weh. Ich weiß das.« Ich erinnerte mich an seinen Unfall mit der Kokain-Freebase.

»Ms. Bowen«, korrigierte Eve. Genau der richtige Zeitpunkt für sowas, dachte ich.

Mit einem Handgriff öffnete er das Feuerzeug und drehte das Rädchen. Genau wie vom Hersteller versprochen, zündete es augenblicklich. Er näherte die Flamme langsam ihrem durchtränkten Ärmel.

»Hören Sie auf«, sagte ich. »Was soll ich tun?«

Er nahm das Feuerzeug weg, hielt es auf Armeslänge. »Das klingt schon besser. Gehen Sie zurück zum Wagen. Hey, Ihre Hände bluten!«

Ich sah meine Verbände an. Es stimmte, sie färbten sich allmählich rot. Ich hatte vor Hilflosigkeit die Hände zu Fäusten geballt und dabei die Wunden wieder aufgerissen. Vor lauter Wut und Frustration hatte ich die Schmerzen gar nicht gespürt.

Ich ließ die Arme fallen. Sollten sie doch bluten. Es würde nicht lange dauern. Er würde uns bei lebendigem Leib im Wagen verbrennen oder etwas ähnlich Reizendes. Er würde keine Zeugen zurücklassen.

Das Sonnenlicht drang durch die Blätter und tauchte alles in ein weiches, grünes Licht, das die Geschehnisse irreal, wie unter Wasser erscheinen ließ. Ich versuchte, das Gefühl zu durchbrechen, indem ich mich auf das Rot des durch die Verbände sickernden Blutes konzentrierte. Auf das Gelb der Feuerzeugflamme.

Auf das Weiß von Spots Fell.

Der Samojede hatte die Schmetterlingsjagd aufgegeben und kam zu Eve und mir zurückgetrottet. Auf dem frischen Gras der Lichtung machten seine Pfoten keinen Laut. Ich betete, dass er nicht bellte.

Als er die richtige Entfernung erreicht hatte, hob ich wieder die Hände. Für Spot das Signal, stehen zu bleiben.

Dann drehte ich durch. Ich wurde überwältigt von einer Mischung aus kaltem Wahnsinn, Wut und Vergeltungsdrang.

»Hören Sie«, sagte ich. »Lassen Sie sie gehen und verschwinden Sie, dann bin ich bereit, das alles zu vergessen.«

Er lächelte mich an. Gut. »Wollen Sie mir Vorschriften machen? Wissen Sie Cobb, es tut mir leid, dass ich Mrs. Bowen – Verzeihung, *Ms.* Bowen – da mit hineingezogen habe, aber das war die einzige Möglichkeit, an Sie heranzukommen. Ich muß schließlich meine Arbeit tun.«

Ich sah ihn geradeheraus an. »Mich ficken Sie nicht in den Arsch, Stampe.«

Sein Lächeln flackerte einen Augenblick lang. Er war überrascht, dass ich seinen Namen kannte. Dann sagte er: »Was für eine Ausdrucksweise! Und das im Beisein einer Dame. Sind Sie immer so unhöflich?«

»Das lässt sich feststellen«, sagte ich. »Oder nicht?«

Spot saß still im Gras, den Kopf schief gelegt, die Ohren gespitzt, und versuchte herauszufinden, was zum Teufel eigentlich los war.

»Gut. Ich habe genug Zeit mit Warnungen verschwendet«, sagte Stampe.

Er brachte das Feuerzeug wieder nahe an Eves benzingetränkten Ärmel heran. Ihre Augen rundeten sich. Bisher hatte sie keinen Ton geäußert, aber jetzt sagte sie: »Matt –«

Und ich sagte: »Spot, fass!« Nur zwei Silben, leise gesprochen. Der Tötungsbefehl.

Das Ergebnis war bemerkenswert. Spots freundliches Gesicht verzog sich zu einer hungrigen Wolfsfratze. Er sprang auf die Füße, machte zwei rasche Sprünge und fiel Stampe von hinten an, so dass er platt auf den Boden fiel.

Ich rannte los, schnappte Eve mit blutigen Händen und riss sie weg. Ihre Beine zitterten, und sie ließ sich gegen einen Baumstamm sinken. Das Feuerzeug fiel zu Boden und erlosch.

Spot hatte es auf Stampes Kehle abgesehen und erwischte sie auch, zumindest teilweise. Als ich das sah, begriff ich, was ich angerichtet hatte.

»Spot, aus!« sagte ich, und der Samojede ließ ab. Hervorragende Ausbildung. Stampe blutete aus einer Wunde unten am Hals, aber er lebte. Ich lief zu ihm und begutachtete den Schaden. Spot hatte Stampe an der Kehle gepackt, aber sofort gehorcht, als ich ihn zurückrief, ohne sie durchzubeißen.

Ich legte Stampe den Unterarm quer über den Hals, um ihn festzuhalten, sobald er den Schock überwunden hatte, sah dann das Sonnenlicht durchs Laub scheinen und dankte dem Herrgott.

Ich sah mich um – auch Spot gebührte natürlich Dank. Verdammt, ich hätte mich selbst bei dem Schmetterling bedankt, der ihm eine strategisch so hervorragende Ausgangsstellung beschert hatte, falls ich ihn wiedergefunden hätte.

Aber Spot war noch bei der Arbeit und sorgte dafür, dass mit Eve alles in Ordnung war. Sie versuchte gerade, sich aufrecht hinzusetzen. Die Idee, als lebende Fackel zu enden, hatte der Ex-Pfadfinderin aller Lagerfeuerromantik zum Trotz sichtlich nicht behagt. Spot weigerte sich, sie aufstehen zu lassen, bevor er sie trösten konnte, und begann, ihr das Gesicht abzulecken.

Er fuhr ihr mit seinem warmen rosa Waschlappen über die Wange. Eve kicherte, was immer ein gutes Zeichen ist. Spot machte ein angeekeltes Geräusch und rannte entsetzt und mit heraushängender Zunge davon.

»Was ist denn los?«, fragte Eve. Sie sprach vermutlich mit Spot, aber der war zu sehr damit beschäftigt, Gras zu fressen, um den Geschmack loszuwerden, als dass er hätte antworten können.

»Feuerzeugbenzin«, sagte ich. »Du hast dir vermutlich mit den Händen ins Gesicht gefasst und es dort verteilt. Wenn er es nicht so eilig gehabt hätte, wäre ihm schon von weitem der Geruch aufgefallen, dann hätte er es gar nicht erst versucht. Dein Gesicht dürfte jetzt lange Zeit vor ihm sicher sein.«

»Es passiert ihm doch nichts, oder?«, fragte Eve besorgt. »Schließlich hat er uns das Leben gerettet.«

Ich nickte. »Meines nicht zum ersten Mal.« Ich sah zu Spot hinüber. Er lag im Gras, die Zunge noch immer aus dem Maul hängend. Er wirkte beleidigt und misstrauisch, aber ansonsten ganz normal. Sobald es ging, würde ich ihn zum Tierarzt bringen, nur um sicherzugehen, aber eines war schon jetzt klar. Es war für Spot erheblich besser, ein wenig Feuerzeugbenzin zu schlucken, als wenn er Stampe totgebissen hätte. Selbst eine clevere Juristin wie E. R. Bowen hätte große Mühe, einem Hund beizustehen, der einen Menschen ins Jenseits befördert hat.

Stampe würde ich notfalls selbst ins Jenseits befördern. Er begann, sich zu regen. Ich verlagerte mein Gewicht auf den Arm, der quer über seinem Hals lag, und sagte: »Schluss.« Er gab sofort nach. Ich fragte Eve, ob mit ihr alles in Ordnung sei, und bat sie, zu mir herüberzukommen und ihn zu fesseln.

Sie gehorchte nicht so bereitwillig wie Spot, aber sie fackelte auch nicht lange. Sie stand auf und trat zu uns. Ihrem Gesichtsausdruck nach zu urteilen, hatte ich das Gefühl, sie werde Stampe ein paar gezielte Fußtritte verpassen, aber sie hielt sich zurück.

»Nimm ihm den Gürtel ab und fessle ihm damit die Füße. Danach drehen wir ihn dann um.« Sie fesselte ihn ungeübt, aber entschlossen. Als sie mit seinen Händen fertig war (wozu sie meine Krawatte benutzte), sagte sie: »Armer Spot. Ich hoffe nur, er ist mir nicht böse.«

»Selbst wenn, er wird schon darüber wegkommen«, sagte ich. »Ich warte hier mit Stampe. Du fährst zu Hans' Lokal zurück und rufst die Polizei. Wenn es geht, Chief Cooper.«

»Schaffst du das?« Sie sah unseren Gefangenen an. Stampe hatte kein Wort gesagt, seit Spot ihn angefallen hatte. Vielleicht überschlug er seine Chancen.

Ich führte ihm eine mögliche Weiterentwicklung vor Augen. »Mach dir keine Sorgen. Wenn er auf dumme Ideen kommt, werfe ich ihn Spot zum Fraß vor.«

Spot war aufgestanden und lief offensichtlich unversehrt wieder herum. Als die Neugier schließlich überwog, gesellte er sich wieder zu uns. Als ich ihn anwies, auf Stampe aufzupassen, setzte er sich bereitwillig hin und tat es. Falls Stampe sich bewegte, dann auf eigene Gefahr.

Ich beobachtete, wie Eve davoneilte, um Hilfe zu holen, und bewunderte ihre wunderbar ökonomischen Bewegungen. Bewegungen, sinnierte ich, die ohne Spots Eingreifen für immer zum Stillstand gekommen wären.

»Hören Sie, Cobb, was verlangen Sie dafür, mich laufen zu lassen?«

»Sie müssen den Verstand verloren haben. Was wollen Sie tun, mir einen Scheck ausstellen?«

»Ich besorge das Geld.«

Ich lachte ihn aus. »Ich soll wohl einen Schuldschein annehmen, wie?«

Sein Überredungsversuch hatte nicht gefruchtet, nun probierte er es mit Drohungen. »Wissen Sie, ich werde nicht lange sitzen, wenn überhaupt. Was können Sie mir schon anhängen? Bewaffneten Raubüberfall? Äußerstenfalls versuchten Mord? Da bin ich in sieben Jahren wieder draußen. Spätestens.«

»Und dann?« Ich plauderte mit ihm, weil mein Mund gerade nichts Besseres vorhatte. In meinem Gehirn dagegen blubberte es wie in einem Hexenkessel. Ich hatte Angst, was für ein übles Gebräu dabei herauskommen mochte.

»Ich finde Sie. Ich bringe Sie um. Das ist kein Problem, ich kann es wie einen Unfall aussehen lassen. Oder Selbstmord. Ganz gleich, was. Waffen findet man überall. Eines Nachts werde ich Sie aufspüren –«

Den Rest hörte ich nicht. Ich erstarrte angesichts des Gedankens, der plötzlich aus dem Kessel aufgestiegen war. Er war widerlich, gefährlich. Und so verflucht *treffend*.

Es passte. Alles passte zusammen.

Stampe sagte schließlich: »Was ist los? Haben Sie Ihre Zunge verschluckt?«

Das erinnerte mich erneut an Spot. Er hatte seine wieder im Maul und trug erneut das fröhliche Samojedenlächeln zur Schau.

Ich erinnerte mich an meinen Traum, in dem er mich angeherrscht hatte, warum ich ihm nicht zuhörte. Ich hatte nicht zugehört, weil ich nicht wollte. Spot hatte den Fall gelöst, und anschließend war er lediglich hinter mir hergelaufen und hatte anderen Leuten das Gesicht abgeleckt.

Stampe wollte wissen, wieso ich auf einmal lächelte.

»Sie haben für Sparn gearbeitet, stimmt's?«

»Was für ein Sparn?«

»Ich habe Ihnen schon einmal gesagt, Stampe, *Sie dürfen mich nicht für dumm verkaufen*. Ich will einen Namen, sonst erlebt Ihr Schädel, wie sich ein Fußball mitten im Match fühlt.«

Ich glaube, das meinte ich ernst. Wenn der Gedanke, der mir gerade gekommen war, stimmte, dann hatte ich mich eine ganze Woche lang eifrig zum Narren gemacht. Das wollte ich an jemandem auslassen, aber Spot hatte schon genug gelitten. Meine Leiden lagen noch vor mir.

Stampe begriff offenbar, dass ich nicht scherzte. »Na schön, es war Sparn.« Als ich ihn nach dem Grund fragte, sagte er ihn mir. Es war genau so, wie ich vermutet hatte.

Damit war die Sache im Wesentlichen erledigt. Ein leises Motorengeräusch kündigte die Ankunft von Chief Coopers Landrover an. Er kam mit gezückter Dienstwaffe auf uns zu, die Handschellen schon bereit.

Er lächelte mich an. »Sie stecken voller Überraschungen, Cobb! Ich habe mein Zelt keine Dreiviertelmeile von hier entfernt. Ihre Freundin, die Anwältin, müsste jeden Moment wieder hier sein. Sie haben sie über Funk direkt zu mir durchgestellt.«

Er wandte sich dem Gefangenen zu. Spot knurrte ihn an. Ich hatte vergessen, dass der Befehl, auf Stampe aufzupassen, noch Bestand hatte.

Ich sagte: »Okay, Spot«, und der Hund ließ sofort ab.

Der Chief sagte: »Fred Stampe, wie er leibt und lebt. Ich schulde Ihnen einen Gefallen, Cobb.«

Stampe spuckte aus. Der Chief drehte ihn um, legte ihm Handschellen an, gab mir meine Krawatte zurück und führte ihn zu seinem Wagen. Ich folgte. Der Chief bot mir an, mich mitzunehmen, aber ich wollte lieber auf Eve warten.

»Das mit dem Gefallen meine ich ernst, Cobb.« Ich sagte, ich wisse das zu schätzen. »Na schön«, sagte er. »Kommen Sie mit Ms. Bowen zum Präsidium, sobald Sie sich frisch gemacht haben.«

Ich versprach es, und er fuhr davon.

Ich stand am Straßenrand. Ich schaute zur Lichtung mit ihrem lichtdurchfluteten Laub.

Und überlegte, dass ich dem Herrgott vielleicht etwas voreilig gedankt hatte.

# Kapitel 27

»… Rekapitulieren wir und schauen einmal,
wie der derzeitige Stand ist.«
*– Art Fleming, »Jeopardy!« (NBC)*

»Sie erzählen ziemlich schräge Geschichten, Cobb«, sagte Chief Cooper.

»Ja«, sagte ich. »Stellen Sie sich vor, was ich alles anstellen könnte, wenn ich sie nur zu erfinden brauchte, anstatt sie wirklich zu erleben.«

Wir waren im Büro des Chiefs im Präsidium. Die schönen frischen Verbände an meinen Händen ließen mich beinahe vergessen, wie schaurig es darunter aussah. Ein Tierarzt hatte Spot untersucht und erklärt, das Benzin habe keinerlei Schaden angerichtet. Alles war paletti. Es sei denn, Chief Cooper kaufte mir meine Story nicht ab.

»Haben Sie denn noch nicht mit Stampe gesprochen?«, fragte ich.

»Natürlich. Er sagt das Gleiche. Ich glaube es, Cobb, machen Sie sich darüber keine Gedanken. Es kommt mir nur eigenartig vor. Dass Sparn Stampe anheuert, um Sie umzubringen. Wollen Sie hören, wie viel Ihr Leben wert ist?«

Eve stand neben mir. Sie war nach Hause gefahren und hatte sich umgezogen. Sie trug nun ihre Lieblingskleidung – Jeans und Sweatshirt. Um ihr Haar trug sie ein Kopftuch. Sie sah zum Anbeißen aus. Ich fühlte, wie sie ein Schauder überlief, als der Chief diese Frage stellte.

»Erzählen Sie es mir später«, sagte ich.

»Klar.« Der Chief lächelte. »Aber ich sage Ihnen etwas anderes. Wenn Sie je irgendwen tot sehen wollen, dann bringen Sie ihn selbst um. Wer so egoistisch ist, dass er seinen Lebensunterhalt mit Auftragsmorden bestreitet, entwickelt nicht urplötzlich edle Gefühle und hält Ihren Namen rein, wenn wir ihn erst einmal in der Mangel haben.«

»Stampe hat auch den Mordversuch mit Fahrerflucht in New York begangen, stimmt's?«, fragte Eve.

Chief Cooper nickte. »Genau wie Cobb hier herausgefunden hat, Ms. Bowen.«

»Ich habe es nicht herausgefunden, sondern erraten.«

»Dann also wie Cobb es erraten hat. Roger Sparn und Grant Sewall hatten die Hoffnung nicht aufgegeben, dass Sewall Com-Cab leiten würde. Diesmal haben sie jedoch hinter dem Rücken von Sparns Geschäftspartnern gearbeitet, und das sind ziemlich harte Jungs. Wenn die vorzeitig herausgefunden hätten, dass Sparn sie aufs Kreuz legen wollte, wäre jetzt Sparn auf der Flucht vor Auftragskillern.«

Ich ging zu einem Automaten und warf das Geld für eine Tasse Hühnersuppe ein, die nach Seife schmeckte, während der Chief Eve den Rest erzählte. Ich hätte es vielleicht selbst herausfinden können, wenn ich nachgedacht hätte. Grant kannte mich und wusste, dass ich nicht nur in der Stadt war, um mir anzuhören, wie ein paar Lokalpolitiker Fragen stellen. Und da er mit Sparn zusammenarbeitete, wusste er, dass das Network daran arbeitete, ihnen beiden das Handwerk zu legen.

Sie kamen schnell zur Sache. Grant rief Sparn an, Sparn rief Stampe an, Stampe setzte sich in ein Flugzeug nach New York (maximale Flugzeit einschließlich Fahrt vom und zum Flughafen zwei Stunden) und fuhr Marty über den Haufen. Glücklicherweise – oder unglücklicherweise, je nach Standpunkt – war es ihm nicht gelungen, ihn zu töten.

Dass sie Marty aus dem Weg haben wollten, hatte einen simplen Grund: Marty hatte Sparn und Grant zusammen in New York gesehen. Sie trafen sich regelmäßig dort, fernab von den jeweiligen Firmenzentralen. Marty kannte Grant nicht, aber sie fürchteten, Marty könnte mir eine Beschreibung geben und ich könnte ihnen dann Schwierigkeiten machen.

Aber das tat ich ohnehin, nachdem Harris erst einmal den geplatzten Deal aufgedeckt hatte, über den wiederum Grants Verlobung mit Debbie in die Brüche gegangen war. Ich lief durch die

Gegend und stellte unangenehme Fragen. Am Sonntagmorgen hatte ich Sparn darauf angesprochen. Er rief Stampe an, der inzwischen nach Rochester zurückgekehrt war, einen Katzensprung von Sewanka entfernt. Ich ging sogar zurück ins Hotel, so dass sie mich ohne weiteres ausfindig machen konnten. Eine Stunde später nahm ich dann meine erste Flugstunde ohne Netz und doppelten Boden.

Wenn Sie mich fragen, dann hatten beide nicht lange genug nachgedacht, zumindest Sparn nicht. Nach Stampes Aussage (und Sparns, den sie in Rochester verhaftet hatten) hatte Grant mit keinem der beiden Überfälle etwas zu tun. Sparn sagte natürlich, auch *er* habe mit keinem der beiden Überfälle etwas zu tun, also nahmen wir seine Aussage cum grano salis. Stampe jedoch, der keinerlei Anlass hatte, an irgendjemanden außer sich selbst zu denken, sagte aus, Sparn habe ihn beschworen, Grant Sewall dürfe unter gar keinen Umständen je davon erfahren.

Ich begriff die Logik dahinter. Grant, so schien mir, war durchaus fähig, seinen potentiellen Partner zu erpressen, so dass er nach erfolgtem Deal selbst den größeren Teil der Gewinne abräumen konnte. Sparn hatte das offenbar durchschaut.

Und geriet in Panik. Zum einen übersah er dabei, dass Marty noch am Leben war und irgendwann aufwachen und sich erinnern würde. Genau dort hatte Harris angesetzt. Er war nämlich nach New York zurückgefahren, um Marty Grants Foto zu zeigen. Zum zweiten übersah er, dass ich mich längst nicht mehr auf ihn konzentrierte, weil ich mich mit ganz anderen Problemen herumschlug.

Und an denen hatte sich inzwischen nichts geändert. Ich nippte an meiner Suppe und wünschte mir einen plötzlichen Gedächtnisschwund. Ich hatte wie verrückt geschuftet, um die Antworten zu erfahren, aber jetzt, da ich sie kannte, bereute ich es. Was für ein Chaos.

Der Chief hatte seine Ausführungen beendet. Eve nickte weise.

»Es wird schwierig sein, Grant etwas anzuhaben, so wie die Dinge liegen«, sagte sie.

Der Chief zog seine linke Wange in die Länge, so dass alle Falten verschwanden. Der Effekt war eigenartig. »Ich weiß, verdammt noch mal«, sagte er. »Zum Teufel, wenn er nicht an dem Mordversuch beteiligt war, hat er wahrscheinlich überhaupt nichts Illegales getan. Es ist schließlich nicht strafbar, eine Firma übernehmen zu wollen. Nicht mal, wenn sie krumme Sachen macht. Er könnte ja behaupten, er habe sie wieder auf den Pfad der Tugend bringen wollen.«

Ich trank noch einen Schluck ölige Suppe.

»Die Sache ist nur«, fuhr Cooper fort, »soweit ich sehe, bringt das Ihrem Freund nicht das Geringste ein. Für mich ist er nach wie vor in dem anderen Mordfall der Täter.«

Eve wollte widersprechen. Sie öffnete den Mund, sah ihren alten Debattierpartner an, um sich zu vergewissern, dass wir bereit waren.

Sie sah, wie ich in meine Tasse schaute und beobachtete, wie Nudeln hinter Petersilienschnipseln herjagten. Ich dachte, das sei die beste Metapher für dieses Leben, die mir je untergekommen war. Letzten Endes wird doch alles aufgegessen.

Sie schloss den Mund wieder. Der Chief zuckte die Achseln und sagte: »Tut mir leid. Aber so sieht die Sache von meinem Standpunkt aus.«

»Ja«, sagte ich wieder. »Hören Sie, Chief, ich würde Sie gern um den Gefallen bitten, den Sie mir schulden.«

Er lächelte. »Gut«, sagte er. »Ich hasse es ohnehin, Verpflichtungen mit mir herumzuschleppen. Was kann ich für Sie tun?«

»Ich nehme an, Sie werden Grant wegen der Dinge verhören, die wir heute Nachmittag in Erfahrung gebracht haben …«

»Klar. Ich wollte jetzt gleich zu ihm fahren. Es sei denn, ich entschließe mich, ihn herbringen zu lassen. Warum?«

»Ich möchte, dass Sie bis etwa acht Uhr mit ihm fertig sind. Und dass Sie anschließend mit ihm zum Haus der Whittens fahren.«

»Kein Problem«, sagte der Chief. »Wie spät ist es jetzt, halb sechs? Ich müsste mir eigentlich genügend Fragen ausdenken können, dass ich ihn bis acht Uhr beschäftigen kann. Aber wozu, Cobb?«

»Weil ich auch um acht Uhr dort sein werde. Ich werde einige Dinge sagen, die ich nur einmal sagen möchte. Okay?«

Eve wollte wissen, wovon ich redete. Ich berührte ihre Wange mit meiner verbundenen Hand.

Cooper sagte: »Ich denke, das geht in Ordnung. So lange Sie nichts Illegales im Sinn haben.«

»Das verspreche ich.«

»Na schön. Aber Sie sind bei denen alles andere als willkommen. Sind Sie sicher, dass die Sie überhaupt ins Haus lassen?«

»Ich komme schon rein.«

Das war damit erledigt. Eve und ich verließen das Präsidium.

»Wann fahren wir zu den Whittens?«, fragte sie.

»Du fährst gar nicht hin. Ich bitte Shirley Arnstein, mich hinzubringen.«

»Ich habe Anspruch darauf, dabei zu sein. Ich bin Dans Anwältin.«

»Eben deshalb darfst du nicht dabei sein.«

»Warum? Was um Himmels willen hast du denn vor?«

Ich sah ihr in die Augen und entdeckte dort Vertrauen, Liebe und Besorgnis. Ich mochte es ihr nicht sagen, aber sie verdiente es, Bescheid zu wissen.

»Nun ja, zunächst einmal«, sagte ich, »werde ich mich entschuldigen.«

# Kapitel 28

»So macht Gewissen
Feige aus uns allen.«
*– Derek Jacobi, »Hamlet« (PBS)*

Ich sagte Shirley, ich wolle um Viertel nach acht dort eintreffen. Ich stellte mir vor, dass Chief Coopers Anwesenheit uns den Weg ebnen würde, da der Alte neugierig sein würde. Es machte mir auch nichts aus, wenn er sich über uns aufregte. Mir machte überhaupt nichts mehr etwas aus. Ich wollte die Sache nur noch hinter mich bringen.

Die zwei Stunden, nachdem Eve und ich das Präsidium verlassen hatten, zogen sich in die Länge. Ich sagte ihr, was ich vorhatte, und sie wurde wütend. Sie sagte, es sei ihre Pflicht, mich davon abzuhalten, aber sie meinte es nicht ernst. Oder besser gesagt, sie meinte es schon ernst, aber sie würde nichts unternehmen. Das war nett von ihr, dachte ich. Trotzdem fuhr ich von ihr aus mit dem Taxi zu Dans Wohnung.

Ich regelte alles weitere mit Shirley, nahm einen Anruf von Harris entgegen, bei dem er mir mitteilte, dass Marty Adelman Grant auf dem Foto als einen Mann wiedererkannt hatte, den er mit Roger Sparn hatte sprechen sehen. Im letzten Moment rief ich noch Les Tilman an und sagte ihm, er werde heute Abend bei den Whittens vielleicht etwas Interessantes herausfinden.

Das war alles, bis Shirley kam, und ich fand dabei etwas Interessantes heraus: Wenn man mit Sicherheit weiß, dass einem die schlimmste Nacht seines Lebens bevorsteht, scheint die Zeit überhaupt nicht mehr zu vergehen.

Mein Plan ging auf. Der Wachmann (er war erst nach dem Mord eingestellt worden) ließ uns problemlos passieren und murmelte lediglich etwas, der Polizeichef sei bereits da und erwarte uns.

Les Tilman stieg gerade aus seinem Wagen, als wir vorfuhren. Ich stellte ihn Shirley vor. Beide freuten sich, sich endlich persönlich kennen zu lernen.

»Also, da bin ich«, sagte Les zu mir. »Ich weiß nicht mehr, was ich gesagt habe, so schnell habe ich gesprochen, aber Mr. Whitten hat es gefressen. Jetzt erzählen Sie mir mal, warum ich mich von meiner Frau und meinem Fernseher loseisen musste.«

»Das werden Sie gemeinsam mit allen anderen erfahren.«

Les zuckte die Achseln und betätigte den Türklopfer. Ein Dienstbote ließ uns ins Haus. Shirley versteckte sich ein wenig hinter mir – sie wollte nicht bemerkt und vor die Tür gesetzt werden, fand jedoch, sie habe Anspruch darauf, dabei zu sein, einfach weil sie vor Neugier platzte.

Der Butler oder was immer er war wandte sich ausschließlich an Les. Mein Status war offenbar selbst in Dienstbotenkreisen bekannt. Auch Spot ignorierte er völlig, was ich ziemlich gemein fand, da der Hund schließlich hier geboren war. Wir wurden ins Herrenzimmer geführt. Der Chief nickte uns zu, Brenda sagte »Hi«. Sie saß in einem Sessel, sah elend aus und klammerte sich an ihre Krücken, als hinge ihr Leben davon ab. Grant stand am Sideboard und goss eine bernsteinfarbene Flüssigkeit in zwei Gläser. Eines davon gab er dem Alten.

Ich beobachtete das alles mit einem gewissen Interesse. Der Chief ging offenbar vorsichtig zu Werk, so dass Grant Mr. Whitten gegenüber das Gesicht wahren konnte, zumindest vorläufig.

Der Chief warf mir erwartungsvolle Blicke zu, als rechne er mit Gott weiß was von mir.

A. Lawrence Whitten nahm einen tiefen Zug von seinem Drink. »Ich würde Ihnen ja etwas anbieten, aber Sie sind nicht mein Gast. Cooper hat das hier arrangiert, also bringen wir es hinter uns, ohne uns zu streiten. Ich hoffe, Sie fassen sich kurz.«

Nicht kurz genug für meinen Geschmack. »Ja, Sir«, sagte ich.

Ich spürte Übelkeit aufsteigen und schluckte. Dann räusperte ich mich. Na los, Cobb, schalt ich mich wütend, spuck es aus.

Das war ziemlich genau das, was ich tat. »Ich fahre morgen nach New York zurück«, sagte ich.

»Niemand wird Ihnen eine Träne nachweinen«, sagte Grant.

Ich sah ihn an. Grants Miene war betont ausdruckslos. Ich

fragte mich, wie viel er über meinen Beitrag in seinem bevorstehenden Untergang wissen mochte. Oder dachte er noch immer, er könne sich sauber aus der Affäre ziehen? Ich verwarf den Gedanken. Mit dem, um das es mir heute Abend ging, hatte Grant nichts zu schaffen. Dachte ich.

»Aus Ihrer Sicht habe ich es nicht anders verdient«, sagte ich. »Und aus meiner Sicht vielleicht auch nicht.« Mir war nur allzu schmerzlich bewusst, dass dieses ganze Chaos mein Fehler war. »Wenn ich die letzte Woche noch einmal erleben könnte, dann würde ich es weit weg von meiner alten Alma Mater tun.«

»Kommen Sie zur Sache, Cobb«, sagte Mr. Whitten, und ich hatte unvermittelt ein Déjà-vu, eine Erinnerung an eine andere Besprechung wie diese, einen anderen alten Mann, eine andere traurige Tochter.

Aber ich schüttelte auch das ab. »Ja«, sagte ich. »Zur Sache. Ich bin hier in der Stadt herumgelaufen und allen auf die Nerven gefallen, um neue Beweismittel zu finden, die Dan Morris vom Mord an Debra Whitten entlasten. Als Sonntagnachmittag jemand versuchte, mich zu töten, dachte ich, etwas gefunden zu haben. Aber wie es sich ergeben hat, gehörte das in einen ganz anderen Zusammenhang.«

»Das überrascht mich nicht«, murmelte der Alte. Ich ignorierte ihn und sah nochmals zu Grant hinüber. Er machte immer noch auf cool. Zum Teufel mit ihm.

Weiter im Text. Nun kam der schlimmste Teil. Ich hätte eigentlich alles unter Kontrolle haben müssen, aber die Sinnlosigkeit und die ganze verfluchte *Vergeudung* schnürte mir den Hals zu, so dass mir das Sprechen schwer fiel. Ich musste die Worte an dem Kloß in meiner Kehle vorbeipressen. Ich wette, meine Stimme klang geradezu bezaubernd. Ich hatte es wirklich satt.

»Ich bin zu dem Schluss gekommen, dass es keine neuen Beweismittel gab –«

Hinter mir hörte ich Shirley nach Luft schnappen. Es war das erste Mal, dass ich sie bei etwas Uncoolem, Unprofessionellem ertappte.

»… weil der Hergang in jener Nacht eindeutig zu erkennen war. Nur, dass ich zu stur und zu blind war, um ihn zu sehen.«

»Wollen Sie damit sagen«, fiel Chief Cooper ein, »Sie seien jetzt der Meinung, Ihr Freund habe Miss Whitten getötet?«

Ich wandte mich zu ihm um und sah ihm in die Augen. »Ja«, sagte ich. »Mein Freund hat Miss Whitten getötet. Es war ein Verbrechen aus Leidenschaft, aus einer spontanen Regung heraus. Aber alles, was danach an Täuschung und Lügen geschah, geschah absichtlich. Und ich will Ihnen etwas sagen: Wenn jemand, der Ihr Freund zu sein vorgibt, tatenlos zusieht, wie Sie sich zum Narren machen, dann ist das weiß Gott ernüchternd.«

»Entschuldigen Sie«, mischte sich jemand ein. Es war Les Tilman, der bisher unauffällig in einer Ecke des Raums gestanden hatte. »Ich bin kein Jurist oder so«, fuhr der Reporter fort, »aber ich kenne diese Stadt. Wenn Sie morgen nach New York zurückfahren und Dan Morris im Stich lassen, dann könnten Sie genauso gut selbst den Schlüssel zu seiner Zelle wegwerfen.«

»Na und?«, sagte ich. »Hat er das denn nicht verdient?«

Erstmals sagte Brenda Whitten etwas. Ihre Stimme war kaum mehr als ein Flüstern. »Matt«, sagte sie hilflos. »Nein –«

Ich wandte mich ihr zu. »Warum nicht?« Sie schüttelte den Kopf und brach in Tränen aus. Mir fiel auf, dass ich das Kind in dieser Woche verdammt oft zum Weinen gebracht hatte. Ich kniete mich vor sie hin und nahm ihre schlaffe Hand in meine beiden frisch verbundenen Hände. Spot kam zu uns und leistete moralische Unterstützung. »Na komm, Maikäferchen«, sagte ich leise. »Sag es mir bitte. Warum nicht?«

Ich setzte das einige Sekunden lang fort. Einmal machte Mr. Whitten Anstalten, mich zu stoppen, aber ich wagte nicht, den Blick von Brendas Gesicht zu nehmen. Später erfuhr ich, dass Chief Cooper den Alten zum Schweigen gebracht hatte.

»Bitte, Brenda. Du bist mein Freund, nicht wahr? Dans Freund?«

Ich hörte Les Tilman sagen: »Sein Freund. Herr im Himmel *Sein Freund.*«

»Sag es mir, Brenda. Du wolltest doch nicht, dass Dan ins Gefängnis kommt, oder?«

Sie schüttelte nur weiter den Kopf und sagte: *»Ich kann nicht!«*

»Schon gut, Kleines, schon gut. Du wolltest sie nicht töten, das weiß ich. Aber was ist passiert?«

*»Sie hat mich ausgelacht!«* Sie schrie praktisch. »Sie hat mich immer ausgelacht. Sie war so schön und so gesund – dabei hat sie dauernd so ein Theater um ihre blöde Hautkrankheit gemacht!«

Innerlich verhöhnte ich mich selbst. Die Leiche war noch nicht kalt, da war Spot schon da und leckte Debbie das Gesicht ab. *Lange und ausgiebig*. Obwohl er wenige Tage zuvor einmal kurz geleckt und sich angeekelt abgewendet hatte, weil ihn das Spezial-Make-up abstieß. Ich hatte das völlig vergessen, bis Spot im Wald das Feuerzeugbenzin von Eves Gesicht geleckt hatte.

Wahrscheinlich, weil ich es vergessen *wollte*. Weil ich Brenda gern hatte. Aber es führte kein Weg darum herum. Hunde lügen nicht. Spot leckte Debbies Gesicht ab, weil sie kein Make-up trug. Punkt. Aber Debbie war extrem pingelig mit ihrem Make-up gewesen. Niemand sah sie je ohne, mit Ausnahme ihrer engsten Verwandten und ihres Liebhabers.

Nicht einmal Dan. Er hatte sich am selben Nachmittag noch bei mir darüber beklagt. Wenn Dan also mit Debbie zum Haus zurückgegangen war, mit ihr gestritten und sie getötet hatte, *wann sollte sie dann ihr Make-up entfernt haben?* Die Theorie der Polizei musste falsch sein.

Wer also war mit Debbie zusammen im Haus gewesen? Dan, dann Brenda, dann ich. Und sie war tot, als ich dort ankam. Grant hatte sich zwar auf dem Grundstück aufgehalten, doch gab es keinerlei Anhaltspunkte dafür, dass er im Innern des Hauses gewesen wäre. Und Brenda, die meines Wissens keinen Grund hatte, ihn zu schützen, hatte ausdrücklich gesagt, er sei d*raußen* gewesen.

Außerdem schied Grant aus einem anderen Grund aus, der mich beinahe zum Lachen brachte. Grant *konnte* gar nicht den ungeheuren Schlag ausgeführt haben, diese Kraftanstrengung, die Debbie getötet hatte. Der Zufall wollte es jedoch, dass Brenda es konnte.

»Warum hat sie dich ausgelacht?«, fragte ich die Mörderin ganz sanft.

»Ich – ich habe versucht, sie zur *Vernunft* zu bringen. Ihr zu zeigen, wie dumm sie ist, wenn sie Grant haben will, obwohl Dan sie doch so sehr liebt. Sie hat Dan so schlecht behandelt. Als ich ins Haus kam, sah ich das zerbrochene Geländer – ich wusste, dass sie ihm etwas Schreckliches angetan hatte. Sie sagte, es geht mich nichts an, aber das stimmt nicht. *Es ging mich sehr wohl etwas an!*«

»Wir glauben dir, Maikäferchen«, sagte ich.

Das schien sie zu besänftigen. Sie sah weder ihren Vater noch sonst jemanden an. Nur mich. Ihren Freund. Spot gab ein mitfühlendes Winseln von sich.

»Es ging mich etwas an, weil ich – weil ich etwas über Grant wusste.«

Schon wieder Grant. Ich riskierte, den Blickkontakt mit Brenda zu unterbrechen, um Grant anzusehen. Er wirkte nicht mehr ganz so cool.

Aber er versuchte es. »Dieses Kind«, sagte er, »ist offenbar völlig verzweifelt.«

»Genau wie *du* damals!«, schrie Brenda. Es war schierer Hass, der aus ihr hervorbrach. »In der Nacht nach der Verlobungsfeier. Als du betrunken warst und mir leid tatest und du mir sagtest, wie hübsch ich bin und wie nett, viel netter als … viel netter als Debbie. Und dass das Bein dir überhaupt nichts ausmacht.«

Die Abscheu verschwand aus ihrem Gesicht, als sie mich wieder ansah.

»Ich habe das alles Debbie erzählt, Matt. Ich habe versucht, sie zur Vernunft zu bringen. Ich habe ihr erzählt, dass er mich damals auf den Rücksitz gelegt hat und wir uns geliebt haben – nein! Er hat ihn mir einfach *reingesteckt*! Da war keine Liebe dabei, da ist *nie* Liebe dabei, das habe ich inzwischen begriffen. Jedenfalls nicht für mich. Ich habe geweint, und ich musste ihm schwören, dass ich es niemandem erzähle.«

Ich rechnete nach. Brenda war zu dem Zeitpunkt vierzehn gewesen. Ich vermied es sorgfältig, Grant Sewall anzusehen, denn wenn er in mein Blickfeld geraten wäre, hätte mich nichts davon abhalten können, ihn umzubringen.

»Und als ich das Debbie erzählte, lachte sie. Sie – sie nannte mich eine Lügnerin. Und dann sagte sie, Grant würde sich niemals *so* betrinken, und dann lachte sie noch lauter, und ich bin so wütend geworden, dass ich sie geschlagen habe. Ich habe einfach meine Krücke wie einen Baseballschläger geschwungen und habe sie getroffen, und als sie hinfiel, da habe ich angefangen zu schreien –«

Jemand anders hatte angefangen zu schreien. Ihr Vater. Es war der erstickte Wutschrei eines Pressemannes, der keine Worte mehr fand. Er wollte auf Grant losgehen, und es wäre interessant gewesen, was er mit ihm angestellt hätte, wenn er ihn erreicht hätte, aber Chief Cooper ging natürlich dazwischen, bevor etwas passieren konnte.

Brenda schluchzte. Sie streckte die Arme nach mir aus. Ausgerechnet nach *mir*, um alles in der Welt, so, wie sie es in Dans Wohnung schon getan hatte. Ich nahm sie in die Arme, und sie verbarg ihr Gesicht an meiner Schulter, als wollte sie sich vor der ganzen Welt und allen ihren Bewohnern verstecken.

Ich sah Grant an. Alle sahen Grant an. Chief Cooper hatte einen angewiderten Gesichtsausdruck, als ob er plötzlich Millionen von Maden im Zimmer entdeckt hätte.

Er fand als Erster die Sprache wieder. »Herrgott, Sewall«, sagte er. »Was sind Sie für ein mieser Schuft!«

Grant sagte gar nichts. Er schluckte und richtete seine Krawatte und wischte sich ein wenig Schweiß von der wohlgeformten Stirn.

Brenda klammerte sich an mich und weinte, als könne sie nie mehr aufhören.

## Kapitel 29

»Zurück in die Kiste!«
*– Señor Wences, »The Ed Sullivan Show«*

Ein Arzt kam und gab Brenda ein Beruhigungsmittel. Ein paar Polizisten kamen und verhafteten Grant, vorgeblich wegen einer Anklage im Zusammenhang mit ComCab, in Wirklichkeit aber, weil der Chief urplötzlich beschlossen hatte, ein Arschloch wie Grant müsste dringend im Knast sitzen.

Ich verkrümelte mich. Ich brauchte frische Luft. Les Tilman schlüpfte ebenfalls hinaus. Ich sprach auf der Treppe mit ihm.

»Da haben Sie Ihre Story, Les«, sagte ich.

»Falls Mr. Whitten Ihnen gestattet, sie zu drucken«, fügte Shirley hinzu. Sie hat früher für einen Kongressabgeordneten gearbeitet, deshalb denkt sie an solche Sachen.

»Es wird gedruckt«, sagte Les grimmig. »Das kriege ich durch, und wenn ich eine Druckerei kaufen und alles selber setzen muss. Das wird niemand unter den Teppich kehren, keine Angst. Aber darf ich noch etwas sagen, Cobb?«

»Was?«

»Ich hoffe bei Gott, dass ich nie mit Ihnen Ärger bekomme. Sie können einem verdammt Schiss einjagen.«

Das war genau das, was mir an diesem Tag noch gefehlt hatte. »Fahren Sie zur Hölle, Les«, sagte ich.

»Darf ich Sie zitieren?«

»Ich gebe Ihnen gleich etwas zum Zitieren! Lassen Sie mich gehen.«

Ich setzte mich in den Wagen und bat Shirley, zum Bezirksgefängnis zu fahren. Eve würde sich dort mit uns treffen und dafür sorgen, dass ich Dan sehen durfte.

Etwa auf halber Strecke sagte Shirley: »Matt, da ist etwas, was ich Ihnen sagen muss.«

Ich lehnte mich zurück. »Wenn Sie mir sagen wollen, dass Sie Angst vor mir haben, sparen Sie sich die Worte.«

»Nein, darum geht es nicht. Harris hat Ihre Kündigung nicht weitergereicht.«

»Was?«

»Er meinte, Sie seien voreilig. Als Sie anriefen und kündigten, hat er Sie einfach krankgemeldet. Er hätte Ihnen das erzählt, als wir hier ankamen, aber Sie haben seine Gefühle verletzt.«

Ich hatte gedacht, ich würde nie im Leben mehr lachen können, aber plötzlich brüllte ich los, bis mir die Tränen die Wangen herunterliefen. Ich hatte in dieser Woche nicht nur ein bis zwei Menschenleben ruiniert, sondern wurde obendrein auch noch dafür bezahlt.

Wunderbar. Jetzt hatte mein Leben wieder einen Sinn.

Spot wartete mit Shirley im Wagen, während ich zu Dan ging. Eve war schon dort und sprach mit dem Chief. Sie versuchten, telefonisch von einem Richter die Genehmigung für Dans Freilassung zu erwirken.

Der Chief führte mich zu Dans Zelle. Er sah aus, als sei er nicht entlastet, sondern gerade eben verurteilt worden. Er begrüßte mich teilnahmslos und bot mir einen Sitzplatz an.

Es machte mich wahnsinnig. »Nichts zu danken«, blaffte ich.

»Ach, Matt, ja sicher. Du bist der beste Freund, den ich habe, der beste, den ich mir vorstellen kann. Aber Chief Cooper war gerade hier. Er sagt, Brenda hat Debbie getötet. Und dann war er gleich wieder weg.«

»Er versucht, dich hier rauszuholen.«

Dans große, traurige Augen sahen mich verwirrt an. »Aber wieso ausgerechnet Brenda? Ich kapiere das nicht.«

Ich erklärte es ihm. Es gefiel ihm keinen Deut besser als mir.

»Na gut, wegen des Make-ups musste sie es gewesen sein, aber der Schlag, Matt – wie hätte sie den zu Stande kriegen sollen?«

»Du hast es ihr beigebracht. Ich habe dir dabei sogar zugesehen, als ich hier ankam.«

»Was? Ich habe ihr niemals *shuto* beigebracht.«

»Nein, aber *Baseball*. Der schöne, ökonomische, kraftvolle

linkshändige Schlag. Sie hat ihre Krücke verwendet, ihre Edelstahlkrücke. Die ist leichter als ein Baseballschläger, aber länger. Physikalisches Grundwissen: mehr Länge, mehr Kraft. Viel mehr Kraft, als man allein mit dem Körper erzeugen kann, es sei denn, man ist ein Schwarzgürtel.«

Dan kratzte sich den Bart und sagte »Na klar«.

»Genau«, sagte ich. »Na klar. Im Treppenhaus war ja reichlich Platz zum Ausholen, ein Augenblick der Wut und Zack. Und der weise alte Gerichtsmediziner sagt unverzüglich, das war ein Karate-Schlag. Was hätte es sonst sein können? Was sonst hat eine abgerundete Schlagfläche, deren harter Kern von einer weichen Außenschicht überdeckt ist. Was anderes als eine menschliche Hand? Nun, wie wäre es mit einem Edelstahlrohr, das gebogen und gepolstert ist, damit es bequem unter dem Arm sitzt?«

Dan schüttelte den Kopf. »Das arme Kind«, sagte er.

»Ja. Aber wir haben die ganze Zeit überlegt, was für eine Waffe der Täter benutzt haben könnte. Und die ganze Zeit hatte Brenda gleich *zwei* davon. Perfekte Tarnung. Ich war es so sehr gewöhnt, sie mit den Dingern zu sehen – du meine Güte, die waren ja praktisch *Teil* von ihr. Ich hätte das alles eine Sekunde nach meinem Eintreffen sehen können. Spot leckte Debbies ungeschminktes Gesicht ab, und Brenda stand da auf Krücken, unter Schock und schreiend.«

»Das arme Kind«, sagte er noch einmal.

»Ja, Dan.« Ohne jeden Grund wurde ich wütend auf ihn. »Aber ganz egal wie, sie hat ihre Schwester getötet. Es musste irgendwann herauskommen, und das weißt du sehr gut.«

»Aber diese Woche muss doch für sie die *Hölle* gewesen sein.«

»Und wo warst *du*? In Disneyland?«

»Das ist nicht fair, Matt.«

»Mord ist nie fair.«

»Musstest du sie so in die Mangel nehmen? Vor *allen* Leuten? Hättest du nicht einfach –«

»Hätte ich nicht einfach *was*? Grant die Sache anhängen? Das hätte ich liebend gern getan, wenn ich eine Chance gesehen hätte, damit durchzukommen. Aber sehen wir das Ganze doch realistisch. Wie hätte ich dich entlasten können, ohne sie ins Spiel zu bringen? Unmöglich. Denkst du, mir hat das alles Spaß gemacht? Vielleicht hätte ich alles einfach vergessen und dich für sie büßen lassen sollen. Das war es nämlich, was *sie* vorhatte.

Das Lustige daran ist nur, dass sie selbst nie geglaubt hat, davonzukommen, Dan, oder dir die Sache anzuhängen. Sie dachte an gar nichts. Sie *stand* einfach nur *da*, erschrocken über das, was sie getan hatte, als ich hereinstürmte, die Verletzung an Debbies Kehle sah und messerscharf schloss, dass du sie umgebracht hattest. Brenda wollte es mir sagen, aber ich war so beschäftigt damit, mir Sorgen zu machen und dir einen Verteidiger zu verschaffen, dass sie den Mund hielt und den Dingen ihren Lauf ließ. Auf eine Art«, schloss ich, »bin deshalb gerade ich dafür verantwortlich, dass du hier sitzt!«

»Dann dachtest du also *doch*, ich hätte sie getötet!«

»Ja, verdammt noch mal, das dachte ich!«, explodierte ich. »Es tut mir leid, Dan, aber so ist es. Ich sah die Situation und war um deinetwillen zu Tode erschrocken. Nur bis ich mit dir telefoniert hatte, aber bis dahin, also gut, bis dahin dachte ich, du hättest es getan.«

Dan sah mich grimmig an. »Mach dir deshalb keine Gedanken. Als ich von den Beweismitteln erfuhr, dachte ich allmählich, ich sei es tatsächlich selbst gewesen. Aber verdammt noch mal, Matt, du hast Brenda praktisch bei lebendigem Leib geröstet. Das Kind hat für einen Augenblick den Kopf verloren, und jetzt sitzt es knöcheltief im Dreck.«

»Und in dem einen Augenblick hat sie die Frau getötet, die du liebtest.« Ich winkte ab, bevor Dan wütend werden konnte. »Na gut, vergiss es. Aber denk mal an meine Lage da draußen im Wald, als Spot und Fred Stampe mir freundlicherweise zur Wahrheit verhalfen. Stampe sagte: ›Waffen findet man überall‹, und da hat es bei mir Klick gemacht.

Brenda hatte ihre Schwester getötet, aber *ich* war derjenige, der sie erst auf die Idee brachte, dich in ihrer Panik zu beschuldigen. Sie wäre zusammengebrochen und hätte alles gestanden und sich den Folgen gestellt, die zu dem Zeitpunkt wahrscheinlich gar nicht so schlimm gewesen wären.

Außerdem, Dan, wenn sie nicht so verängstigt gewesen wäre, hätte sie dich nicht im Gefängnis sitzen gelassen. Unbewusst hat sie die ganze Woche dauernd Geständnisse abgelegt. Sie hat ständig meine Aufmerksamkeit auf ihre Krücken gelenkt. Irgendwann, als sie vorgab, du hättest es getan, sagte sie: ›Dan hätte sie umbringen *sollen.*‹ Nicht ›er hatte Recht, dass er sie umgebracht hat‹, sondern ›er hätte sie umbringen sollen‹.

Brenda wählt ihre Worte mit Bedacht, solche Fehler unterlaufen ihr nicht. Unbewusst versuchte sie, mir genau das mitzuteilen, was sie sagte. Du *hättest* sie töten sollen, dann hätte *sie* es nicht zu tun brauchen. Dann säßest du zu Recht im Gefängnis, und sie könnte Mitleid mit dir haben, und alles wäre in Ordnung.

Aber trotzdem wäre sie Debbie los. Die zwei Beine hatte. Die von dir geliebt wurde. Die ihr Grant gegeben und wieder weggenommen hatte. Du hättest sie umbringen sollen, Dan, denn tief in ihrem Innern wollte Brenda sie tot sehen. Was sie aber nicht wollte, waren die Schuldgefühle.

Trotzdem *wollte* sie, dass ich es herausfand. Sie zeigte mir, dass sie Grant irgendwie in der Hand hatte. Obwohl er Samstagnachmittag auf dem Friedhof absolut nicht die Absicht hatte, mit mir zu sprechen, brachte ihn Brenda dazu, indem sie streng zu ihm war. Ich wunderte mich in dem Moment darüber, ließ es aber auf sich beruhen. Aus irgendeinem Grund hatte er Angst vor ihr. Jetzt weiß ich, warum.

Herrgott, Brenda hat mich sogar auf Debbies Hautkrankheit hingewiesen!«

Ich setzte mich auf die Kante von Dans Pritsche. »Weißt du was? Ich wette, wenn dies ein Fall für das Network gewesen wäre, mit lauter fremden Leuten als Beteiligten, hätte ich das alles kapiert, bevor Spot damit aufhörte, Debbie das Gesicht abzulecken. Ich wollte einfach nicht glauben, dass Brenda jemanden getötet haben könnte. Ich habe es mir selbst nicht *gestattet*, jedenfalls nicht ernsthaft. Weißt du noch, wie froh ich war, als ich dachte, ich hätte dich damit entlastet, dass sie den Karate-Schlag nicht ausgeführt haben konnte?«

Ich lachte über mich selbst. Dan sagte: »Aber zu guter Letzt hast du die Wahrheit herausbekommen. Warum konntest du das nicht einfach der Polizei oder sonst jemandem sagen?«

Ich nickte. »Das hätte ich tun können. Aber ich dachte, weil ich für ihre schreckliche Lage zumindest mitverantwortlich bin, sei ich es ihr schuldig, die Sache anders zu Ende zu bringen. Eve versuchte, es mir auszureden.«

»Ihr *schuldig?* Bist du bescheuert, Matt? Du hast sie damit wahrscheinlich *vernichtet.*«

»Mag sein«, sagte ich. »Aber wenn ich damit zu Cooper gegangen wäre, was wäre dann passiert? Er hätte mir vielleicht gar nicht geglaubt, schließlich habe ich keinerlei Beweise. Und selbst wenn, wäre er Brenda wie einem Feind gegenübergetreten. Sie hätte Angst gehabt. Sie hätte einfach weiter gelogen. Du wärst inzwischen höchstwahrscheinlich verurteilt worden, und danach hätte niemand mehr an deine Unschuld geglaubt, ganz gleich, wer was gestanden hätte.

Im Übrigen ist sie ja trotz allem kein übles Mädchen. Ich hatte sie auf den Gedanken gebracht, dir die Schuld in die Schuhe zu schieben, also musste ich ihr auch zeigen, wie beschissen das war, wie gemein. Ich gab vor, mich von dir abzuwenden, und machte ein paar schneidende Bemerkungen darüber, was man von einem Freund eigentlich erwarten sollte.

Das wirkte. Ich musste noch ein bisschen nachhelfen, aber sie hat es von sich aus gestanden. Die Chance dazu war ich ihr einfach schuldig.«

Dan trat auf mich zu, das Gesicht so verzerrt, dass sein Mund wie eine offene Wunde mitten in seinem Bart wirkte. *»Du verfluchter Heuchler!«*, fauchte er mich an. »Du bigottes Arschloch! Willst du mir allen Ernstes erzählen, du hättest das arme Kind bei lebendigem Leib geröstet, um ihre *Seele* zu retten?«

»Ich habe das verdammt noch mal getan, um ihr eine Chance zu geben, in einer rabenschwarzen Zukunft wenigstens in den Spiegel schauen zu können! Und im Übrigen auch«, fügte ich hinzu, »um deinen undankbaren Arsch zu retten.«

Der Chief betrat die Zelle. »Hey, lassen Sie die übrigen Gefangenen schlafen, ja?« Er zuckte die Achseln und sagte: »Mr. Morris, es tut mir furchtbar leid, aber ich sehe keine Möglichkeit, Sie heute Abend noch zu entlassen. Offenbar ist kein einziger Richter telefonisch erreichbar.«

Dan war immer noch stinksauer und sagte, eigentlich sei ihm das egal. »Ich sehe mir die Zelle noch einmal genau an, damit ich sie nicht vergesse. Damit ich mich in Zukunft immer daran erinnere, wo ich beinahe den Rest meines Lebens zugebracht hätte.«

Ich stand auf. »Dan«, begann ich.

Er lächelte mich durch seinen Bart an. »Ich weiß, ich weiß, Partner. Ich bin dir dankbar, ehrlich. Ich brauche ein bisschen Zeit, um das alles zu verdauen, das ist alles.« Das Lächeln verschwand. »Wird Grant irgendwie zur Rechenschaft gezogen?«

»Garantiert, sofern ich ein Wörtchen mitzureden habe«, sagte der Chief. »Auf jeden Fall weiß ich eines: Whitten Communications ist fertig mit ihm. Und ich werde das Arschloch wegen der Schmiergeldsache festnageln, und wenn es mich umbringt. Ich wäre äußerst dankbar, falls Cobb mich dabei von New York aus unterstützen könnte.«

»Ich verspreche es Ihnen«, sagte ich. Und ich sagte Dan Auf Wiedersehen. Er sah, dass ich ihm nicht die Hand geben konnte, und umarmte mich einfach. Mir standen die Tränen in den Augen, aber es war mir völlig egal, ob Cooper das merkte oder nicht.

Ich war schon halb durch die Tür, als Dan sagte: »Matt?«

»Was gibt's, Partner?«

»Das Leben ist manchmal ganz schön beschissen, was meinst du?«

»Ja«, räumte ich ein. »Aber überleg mal, was die Alternative wäre.«

# Kapitel 30

»Nun Auf Wiedersehen, und Gott sei mit Ihnen.«
*– Red Skelton, »The Red Skelton Hour« (CBS)*

Eve war wütend, dass sie Dan nicht noch am selben Abend frei bekam, aber froh, dass ihr Mandant rehabilitiert war. Sie gab mir einen schnellen Kuss und ging dann zu ihm, um über seine morgige Entlassung zu sprechen.

Als sie zurückkam, sagte ich: »Hast du ihm deine Kostenrechnung präsentiert, hm?«

»Ich lasse stets eine Woche verstreichen, bevor ich das tue. Ich muss noch jemanden anrufen, wenn wir nach Hause kommen, das heißt, zu Dans Wohnung.«

»Den Richter?«

»Nein, das ist zwecklos. Dan bat mich, Mr. Whitten anzurufen und ihm zu sagen, nichts für ungut, und wenn Dan etwas für Brenda tun kann, braucht Whitten ihm das nur zu sagen.«

Das provozierte meinen zweiten großen Lachanfall an diesem Abend. Dieser meschuggene Kerl, dieser weichherzige, weichbirnige, völlig unmögliche meschuggene Kerl, dachte ich. Gott schütze ihn.

Denn wenn jemand Brenda etwas schuldete, dann war *ich* das. Nicht ein einziges Mal, während Großinquisitor Cobb ihr ein Geständnis abgepresst hatte, hatte Brenda ihre Schuld mir aufgebürdet. Sie hatte mich nicht gezwungen zuzugeben, dass ausgerechnet ich sie auf die Idee gebracht hatte, mein bester Freund könnte der Mörder sein. Ich dachte die ganze Zeit darüber nach, während wir Spot bei Shirley abholten und mit ihr ausmachten, dass sie mich morgen nach New York mitnehmen würde.

»Du fährst wieder nach Hause«, sagte Eve.

»Ja, aber ich komme wieder.«

»Natürlich«, sagte sie. »Du wirst ja als Star-Zeuge bei Brenda Whittens Verhandlung aussagen müssen.« Inzwischen wusste sie im Detail, was vorgefallen war.

»Sollte es je zur Verhandlung gegen Brenda Whitten kommen, fresse ich einen Besen. Mit Mayonnaise. Der Einfluss ihres Vaters, ihre eigene hübsche Person und die wahrlich und wahrhaftig grauenhafte Geschichte, die sie erzählen kann, müssten eigentlich alle zusammen zur Folge haben, dass sie mit Totschlag davonkommt und lediglich eine Bewährungsstrafe erhält. Wenn sie nicht sogar wegen vorübergehender Schuldunfähigkeit freigesprochen wird. Du bist schließlich die Juristin, was meinst du?«

»Ich meine, du hast Recht«, sagte Eve. »Ob mir das gefällt, weiß ich allerdings nicht.« Ich wusste genau, ob mir das gefiel oder nicht. Selbst wenn sie nicht ins Gefängnis musste, hätte ich um nichts in der Welt mit Brenda Whitten tauschen mögen. Nicht für alle Millionen ihres Vaters.

Ich lächelte Eve an. »Es braucht dir nicht zu gefallen. Du bist Juristin. Aber mit und ohne Verfahren, ich komme so oder so. Pro: Beziehungen mit cleveren, tapferen, sommersprossigen Frauen, die sich um einen Mann kümmern, muss man pflegen, selbst wenn die eine eigene Karriereplanung haben, die sie zwingt, sich meistenteils vierhundert Meilen von besagtem Mann entfernt aufzuhalten. Du kannst das Contra übernehmen.«

»Nie im Leben!«, sagte sie. Sie fuhr an den Straßenrand, zog die Handbremse an, nahm mich in die Arme und küsste mich.

Es war wunderschön und kam genau in dem Moment, als ich es brauchte. Ich versuchte, mich in Eves Arme fallen zu lassen und das kleine Mädchen zu vergessen, das sich noch wenige Stunden zuvor an mich geklammert hatte auf der Suche nach Trost, den ich ihm nicht zu geben vermochte.

Einen Augenblick lang vergaß ich es, aber nur fast – es würde mir nie gelingen. Jedenfalls nicht völlig. Um einen Freund zu retten, hatte ich auf die eine oder andere Weise allen um mich herum wehgetan. Auch Dan. Auch mir selbst. Ich fragte mich, was das alles mit Gerechtigkeit zu tun haben sollte.

Damit konnte ich mich ohne weiteres in den Wahnsinn treiben.

Also würde ich eine weitere Nacht mit dieser phantastischen Frau an meiner Seite verbringen. Morgen würde ich meinen

Freund vom Gefängnis abholen und als freien Mann sehen, bevor ich fortmusste. Ich würde mit ihm zu Hans fahren und ihn zu einem Mittagessen einladen, für das wir dieses Mal beide zahlen würden. Danach würde ich Eve zum Abschied einen Kuss geben und Dan die Hand schütteln, falls ich das schaffte. Wenn ich durfte, würde ich auch dem armen kleinen Mädchen Auf Wiedersehen sagen, das auf seine Schwester wütend geworden war, und ihr – Gott weiß was sagen. Irgendetwas. Dann würde ich mit Spot und Shirley ins Auto steigen und nach New York City zurückfahren. Zurück zum Network. Zurück zu den Problemen von Leuten, die mir ziemlich gleichgültig waren, aber damit konnte ich allemal besser umgehen. Zurück zu den vertrauten Orten, den vertrauten Menschen.

Kurz gesagt: Zurück zu dem, was in meinem Leben als normal gilt.

Mit einem Unterschied: Ein kleiner Teil von mir blieb in Sewanka zurück. In der Obhut einer rothaarigen Juristin. Mit ganz vielen Sommersprossen.

## Nachwort

Nachdem wir aus Lizenzgründen den sechsten Roman von William L. DeAndreas Matt-Cobb-Reihe als ersten publiziert haben (»Schneeblind«, DuMonts Kriminal-Bibliothek Bd. 1083), sind wir bei den weiteren Bänden der Chronologie gefolgt (»Im Netz der Quoten«, Bd. 1091; »Mord live«, Bd. 1098). Folgerichtig – in jedem Sinne – liegt mit »Mord von ganzem Herzen« der dritte Roman der Serie vor, im Original, »Killed with a Passion«, erstmals 1983 erschienen. Der amerikanische Krimi-Experte Jon L. Breen hat in seinem Nachschlagewerk zum Genre DeAndrea treffend gekennzeichnet als »einen der besten neuen Autoren, die sich an der Hauptstraße der Detektivliteratur angesiedelt haben, wie sie lange Zeit von den nun toten Meistern Queen, Christie und Carr beherrscht worden ist.«

»Ellery Queen«, dessen Werke DuMonts Kriminal-Bibliothek erstmals ungekürzt und in neuer Übersetzung vorlegt, war in der Tat der beherrschende Eindruck auf den jugendlichen Leser William – einen der beiden Vettern, die das Duo »Queen« gebildet haben, hat er noch persönlich kennen gelernt. Als er zehn Jahre nach der Lektüre der »Adventures of Ellery Queen« als graduierter Kommunikationswirt arbeitslos war, beschloss er, das Hobby zum Beruf zu machen und seine Leidenschaft für den orthodoxen Detektivroman mit einem aktuellen Helden in einem aktuellen Milieu zu verbinden. Sein bisweilen vielleicht etwas zu heldischer Serienheld Matt Cobb hat einen akademischen Abschluss in englischer Literatur, polizeiliche Erfahrungen aus seiner Dienstzeit bei der Militärpolizei und arbeitet beim – fiktiven – viertgrößten Network der USA, wo er es bis zum Abteilungsleiter – Entschuldigung: Vice-President – der Abteilung für besondere Aufgaben gebracht hat. Der Euphemismus meint alles, was für die Rechtsabteilung zu schräg und die PR-Abteilung zu heikel ist.

Im vorliegenden Roman definiert er seine Aufgabe als vierfache: Erstens soll er den Sender vor Schwierigkeiten und Misshelligkeiten bewahren, zweitens soll er ihn aus dennoch auftretenden Problemen herausholen und dabei – drittens – den Schaden möglichst begrenzen; und das Ganze muss viertens möglichst geheim bleiben.

Dem entspricht auch das neueste Problem. Der Medienkonzern hat sehr viel Geld in ein neues Format, einen Kulturkanal, investiert und, wie es scheint, versenkt; denn bei der öffentlichen Vergabe der Kabellizenzen für die Städte im nördlichen Staate New York reüssiert just immer der Netzbetreiber, der sich weigert, NCA, Network Cable Arts, über seine Kabel zu verbreiten. Wie soll man aber, zusätzlich zu den hinlänglich bekannten Problemen eines Kulturprogramms im kommerziellen Fernsehsystem der USA, ein solches Format am Markt etablieren, wenn es gar nicht erst gesehen werden *kann*? Ehe der für NCA zuständige Marty Adelman aber das Handtuch wirft, schaltet er die »Besonderen Aufgaben« ein. Es kann nicht mit rechten Dingen zugehen, wenn der Netzbetreiber ComCab, der NCA geradezu programmatisch schneidet, allerorten Lizenzen bekommt, auch wenn er den Stadtvätern keineswegs das günstigste Angebot unterbreitet hat und auswärtige Gutachter in schöner Regelmäßigkeit gegen ihn votieren. Hier liegt der schwer wiegende Verdacht auf Korruption nahe, den man einerseits natürlich nicht leichtfertig äußern kann, der aber andererseits, wie aktuelle Wirtschaftsskandale in den USA – oder um deutsche Müllverbrennungsanlagen – zeigen, bei seiner Bestätigung der ganzen Branche schaden kann.

Die nächste Anhörung und Lizenzvergabe steht in Sewanka, NY, an, und Matt Cobb beschließt persönlich daran teilzunehmen, zum einen wegen der Wichtigkeit des Problems und zum anderen, weil er dort einst aufs College gegangen ist und ein Mädchen aus seiner damaligen Clique just zu diesem Zeitpunkt heiraten will. Cobb selbst kommt aus kleinsten Verhältnissen, ist in New York praktisch als Straßenjunge aufgewachsen und hat das Nobelcollege dank eines auf seiner Intelligenz und seinen Talenten als Basketballer beruhenden Stipendiums besuchen können. Modell für die fiktive Collegestadt Sewanka kann durchaus DeAndreas eigener Studienort Syracuse gewesen sein.

Die gemeinsame College-Zeit hat zu dauerhaften Freundschaften quer zu der sozialen Schichtung geführt. Debra alias Debbie, die jetzt einen Mann von der Schönheit und der Ausstrahlung von Barbies Partner Ken heiraten will, ist die Tochter des lokalen Zeitungs- und Medientycoons A. Lawrence Whitten – ein Vorfahr hat das Whitten College einst gestiftet. Ebenso gehörten die schwerreichen Rick und Jane Sloan zur Clique. Sie betreiben zurzeit auf eigene Kosten im Dschungel von Thailand archäologische Forschungen, und Matt Cobb hütet derweil ihre Luxuswohnung am Central Park und ihren Samojeden Spot. Der Name des uniweißen Hundes rührt – ein *running gag*, den Matt nicht mehr hören kann – von dem weißen Fleck her, den der ursprünglich von westsibirischen Samojeden gezüchtete Hirten- und Schlittenhund als solcher darstellt. Neben dem Whitten College ist er ein weiteres Bindeglied zu den reichen Whittens in Sewanka – er stammt aus ihrer berühmten Samojedenzucht. So ist es auch ein wenig Spot zuliebe, dass Matt zu der Hochzeit fährt, die ihm wenig Freude macht. Zum einen mag er den Ken-Bräutigam nicht, und zum anderen soll sein bester Freund und Zimmergenosse in alten Collegetagen, Dan Morris, der Braut in einer langen quälenden Beziehung mit viel Auf und letztlich Ab verbunden, Trauzeuge von Grant Sewall alias Ken sein.

Doch zu der Hochzeit kommt es nicht, denn die Braut wird vorher ermordet, und als Täter kommt unter allen erdenklichen Gesichtspunkten einzig Dan Morris in Frage. Man fühlt sich ein wenig an einen Krimi erinnert, den Dorothy L. Sayers' Detektiv Lord Peter einmal schreiben wollte: Zwei Männer verschwinden vor Zeugen in einer Sackgasse, ein Schuss fällt, einer ist tot, und der andere kommt mit rauchender Pistole wieder heraus – und nach fünfhundert Seiten stellt sich heraus, dass er den anderen auch wirklich umgebracht hat.

Dem in Sewanka fast allmächtigen neuenglischen Aristokraten A. Lawrence Whitten war der – jüdische – Dan Morris als drohender Schwiegersohn immer schon ein Dorn im Auge. Jetzt schnaubt er Rache, und der Bezirksstaatsanwalt, dem politische

Ambitionen nachgesagt werden, spielt natürlich ausschließlich seine Karte. Der lokale Polizeichef ist immerhin bei seinen Ermittlungen zu einer gewissen Fairness bereit; aber einzig und allein Matt Cobb ist es, der aus festem Vertrauen auf seinen Freund gegen alle Evidenz an dessen Unschuld glaubt. Selbst die ehemals auch zur Clique gehörige Anwältin, der Cobb das Mandat für seinen Freund erteilt, ist von dessen Schuld überzeugt. So allein auf sich gestellt, kündigt Cobb kurz entschlossen beim Network, um die Anhörungen Anhörungen sein zu lassen und sich ganz der Entlastung seines Freundes widmen zu können, wenn auch im Grunde immer ergebnisloser und verzweifelter, obwohl er selbst am Sachverhalt nie zweifelt.

Aber ganz allein ist er nicht – an seiner Seite ist, wortwörtlich, Spot der Samojede. In Serien gibt es häufig einzelne Bücher, in denen eine Nebenfigur plötzlich im Mittelpunkt steht und wo dies auch im Titel zum Ausdruck kommt. Bei Simenon gibt es »Madame Maigrets eigener Fall«, bei Ellery Queen »Inspector Queen's Own Case« und bei Lee Martin »Hal's Own Murder Case« (»Tödlicher Ausflug«, DuMonts Kriminal-Bibliothek Bd. 1071). William L. DeAndrea hätte Matt Cobbs drittes Abenteuer durchaus »Spots eigener Fall« nennen können, verhindert der gut geschulte Rassehund doch höchst eigenpfotig ein jähes Ende der Serie und liefert, genauso wichtig, Cobb das entscheidende Indiz.

Denn bei aller Modernität – extrem aktuelles Setting, aktionistische Ermittlung, bei der sogar die originelle Kreation eines berufsmäßigen Öko-Killers auftaucht, Fortführung der amerikanischen hard-boiled-Tradition, sexuelle Offenheit – bleibt DeAndreas Markenzeichen die Ausrichtung am Goldenen Zeitalter von Queen, Carr und Co: Der Autor verpflichtet sich nicht nur, alle Indizien vor dem Leser auszubreiten, sondern hält sie noch zusätzlich sozusagen in die Höhe, und der Leser erwartet genau das vom Autor – er will fair behandelt werden und trotzdem am Ende von der Lösung überrascht sein. Dieses Unterfangen, das fast der Quadratur des Kreises gleichkommt, gelingt nicht nur den Klassikern immer wieder, sondern auch ihren heutigen Nachfolgern, und beide, Väter wie Töchter und Söhne, Schulgründer wie Zöglinge, Klassiker wie Newcomer, pflegt DuMonts Kriminal-Bibliothek.

Volker Neuhaus

# DuMonts Kriminal-Bibliothek

»Immer mal wieder wird der Detektiv totgesagt. Alles Gerüchte. Endlos wäre die Liste von Helden und Heldinnen, die man gegen die Behauptung vom Detektivtod anführen könnte. Stattdessen sei mit deutlich erhobenem Zeigefinger auf einen vorzüglich gepflegten Kleingarten verwiesen, in dem die Detektivliteratur nur so sprießt: **DuMonts Kriminal-Bibliothek**.« *DIE ZEIT*

| | | |
|---|---|---|
| Band 1002 | John Dickson Carr | **Tod im Hexenwinkel** |
| Band 1006 | S. S. van Dine | **Der Mordfall Bischof** |
| Band 1011 | Mary Roberts Rinehart | **Der große Fehler** |
| Band 1016 | Anne Perry | **Der Würger von der Cater Street** |
| Band 1019 | Charlotte MacLeod | **Über Stock und Runenstein** |
| Band 1021 | Phoebe Atwood Taylor | **Wie ein Stich durchs Herz** |
| Band 1022 | Charlotte MacLeod | **Der Rauchsalon** |
| Band 1025 | Anne Perry | **Callander Square** |
| Band 1026 | Josephine Tey | **Die verfolgte Unschuld** |
| Band 1033 | Anne Perry | **Nachts am Paragon Walk** |
| Band 1035 | Charlotte MacLeod | **Madam Wilkins' Palazzo** |
| Band 1040 | Ellery Queen | **Der Sarg des Griechen** |
| Band 1050 | Anne Perry | **Tod in Devil's Acre** |
| Band 1052 | Charlotte MacLeod | **Ein schlichter alter Mann** |
| Band 1063 | Charlotte MacLeod | **Wenn der Wetterhahn kräht** |
| Band 1070 | John Dickson Carr | **Mord aus Tausendundeiner Nacht** |
| Band 1071 | Lee Martin | **Tödlicher Ausflug** |
| Band 1072 | Charlotte MacLeod | **Teeblätter und Taschendiebe** |
| Band 1073 | Phoebe Atwood Taylor | **Schlag nach bei Shakespeare** |
| Band 1074 | Timothy Holme | **Venezianisches Begräbnis** |
| Band 1075 | John Ball | **Das Jadezimmer** |
| Band 1076 | Ellery Queen | **Die Katze tötet lautlos** |
| Band 1077 | Anne Perry | **Viktorianische Morde** (3 Romane) |
| Band 1078 | Charlotte MacLeod | **Miss Rondels Lupinen** |
| Band 1079 | Michael Innes | **Klagelied auf einen Dichter** |
| Band 1080 | Edmund Crispin | **Mord vor der Premiere** |
| Band 1081 | John Ball | **Die Augen des Buddha** |
| Band 1082 | Lee Martin | **Keine Milch für Cameron** |
| Band 1083 | William L. DeAndrea | **Schneeblind** |
| Band 1084 | Charlotte MacLeod | **Rolls Royce und Bienenstich** |
| Band 1085 | Ellery Queen | **... und raus bist du!** |
| Band 1086 | Phoebe Atwood Taylor | **Kalt erwischt** |

| | | |
|---|---|---|
| Band 1087 | Conor Daly | **Mord an Loch acht** |
| Band 1088 | Lee Martin | **Saubere Sachen** |
| Band 1089 | S. S. van Dine | **Der Mordfall Benson** |
| Band 1090 | Charlotte MacLeod | **Aus für den Milchmann** |
| Band 1091 | William L. DeAndrea | **Im Netz der Quoten** |
| Band 1092 | Charlotte MacLeod | **Jodeln und Juwelen** |
| Band 1093 | John Dickson Carr | **Die Tür im Schott** |
| Band 1094 | Ellery Queen | **Am zehnten Tage** |
| Band 1095 | Michael Innes | **Appleby's End** |
| Band 1096 | Conor Daly | **Tod eines Caddie** |
| Band 1097 | Charlotte MacLeod | **Arbalests Atelier** |
| Band 1098 | William L. DeAndrea | **Mord live** |
| Band 1099 | Lee Martin | **Hacker** |
| Band 1100 | **Jubiläumsband** | **Mord als schöne Kunst betrachtet – Noch mehr Morde** |
| Band 1101 | Phoebe Atwood Taylor | **Zu den Akten** |
| Band 1102 | Leslie Thomas | **Dangerous Davies und die einsamen Herzen** |
| Band 1103 | Steve Hamilton | **Ein kalter Tag im Paradies** |
| Band 1104 | Charlotte MacLeod | **Mona Lisas Hutnadeln** |
| Band 1105 | Edmund Crispin | **Heiliger Bimbam** |
| Band 1106 | Steve Hamilton | **Unter dem Wolfsmond** |
| Band 1107 | Conor Daly | **Schwarzes Loch siebzehn** |
| Band 1108 | S. S. van Dine | **Der Mordfall Skarabäus** |
| Band 1109 | Ellery Queen | **Blut im Schuh** |
| Band 1110 | Charlotte MacLeod | **Der Mann im Ballon** |
| Band 1111 | Steve Hamilton | **Der Linkshänder** |
| Band 1112 | Phoebe Atwood Tayor | **Todernst** |
| Band 1113 | Lee Martin | **Der Tag, als Dusty starb** |
| Band 1114 | Michael Innes | **Applebys Arche** |
| Band 1115 | Ellery Queen | **Das Geheimnis der weißen Schuhe** |
| Band 1116 | William L. DeAndrea | **Mord von ganzem Herzen** |
| Band 1117 | S. S. van Dine | **Der Mordfall Terrier** |
| Band 2001 | Lee Martin | **Neun mörderische Monate** (3 Romane) |
| Band 2002 | Charlotte MacLeod | **Mord in stiller Nacht** (Sonder-Doppelband) |
| Band 2003 | Charlotte MacLeod | **Der Balaclava-Protz** (Dünndruckausgabe; 4 Romane) |
| Band 2004 | Charlotte MacLeod | **Der Balaclava-Bumerang** (Dünndruckausgabe; 5 Romane) |
| Band 2005 | Anne Perry | **Mehr viktorianische Morde** (2 Romane) |

Band 1083

*William L. DeAndrea*

**Schneeblind**

Der exzentrische Millionär G.B. Dost handelt mit Firmen wie Kinder mit Sammelbildchen. Als nächsten Coup plant er, das ›Netzwerk‹ zu übernehmen. Matt Cobb ist beim ›Netzwerk‹ für Spezialaufträge zuständig, er fährt mit zu den Verhandlungen nach Rocky Point, der Villa des Millionärs in den Adirondack Mountains. Nachts schneidet ein schwerer Schneesturm die Villa von der Außenwelt ab. Am nächsten Morgen macht Cobb eine grausame Entdeckung. G.B. Dost liegt ermordet unweit des Hauses. Das Mysteriöse: Zu dem Körper führen keine Spuren. Ein unmögliches Verbrechen? Matt Cobb will Licht in die dunkle Affäre bringen.

Band 1091

*William L. DeAndrea*

**Im Netz der Quoten**

Für Leute aus der Fernsehbranche ist das Network der Gipfel des Erfolgs. Und der Gipfel der Rücksichtslosigkeit im Netz der Quoten. Als der Network-Manager Matt Cobb für Spezialeinsätze eingeteilt wird, ahnt er nicht, dass ihn der Job mitten in die Abgründe einer Jagd führen wird, bei der die Gier nach Erfolg keine Grenzen kennt. Erst als ein Mordkommissar ihn mit einer Leiche erwischt, merkt auch Matt Cobb, dass es eng wird. Seine einzige Chance besteht darin, den wahren Mörder zu finden.

**Für seinen ersten Matt-Cobb-Krimi »Im Netz der Quoten« wurde William L. DeAndrea mit dem begehrten Edgar-Allan-Poe-Award ausgezeichnet.**

Band 1098

*William L. DeAndrea*

**Mord live**

Einen Menschen verschwinden zu lassen, ist ein alter Zaubertrick. Wenn alles gut geht, erscheint das Opfer am Ende zurück auf der Bühne. Und das Publikum tost. Bei der Gala zum fünfzigsten Geburtstag des Network ist das anders. Vor laufender Kamera geschieht ein Mord. Vierzig Millionen Zuschauer sind Zeugen. Und es bleibt nicht der einzige rätselhafte Todesfall, den Matt Cobb zu lösen hat.

Band 1113

*Lee Martin*

**Der Tag, als Dusty starb**

Deb Ralston persönlichster und verstörendster Fall. Sie wird zu einem Notfall gerufen: Die 16jährige Dusty hat sich in ihrem Zimmer eingesperrt. Doch als Deb in der Wohnung eintrifft und die Tür aufbricht, ist Dusty nicht mehr da. Sie liegt 14 Stockwerke tiefer, zerschmettert. Auf der Suche nach Antworten stößt die Polizistin auf Dustys Schwester, die jahrelang von ihrem Vater missbraucht worden ist. Und Deb Ralston erinnert sich an die Wurzeln ihrer eigenen Geschichte.

Band 1114

*Michael Innes*

**Applebys Arche**

Michael Innes in gewohnter Perfektion: Inspektor Appleby strandet auf einer tropischen Robinson-Crusoe-Insel. Bei ihm ist eine eigenartige Mischung von Menschen: einige Männer, wenig Frauen, eine davon außergewöhnlich attraktiv. Das kann nicht gut gehen. Spätestens als eine Leiche angespült wird und die Bewohner der Insel den Aufstand üben, ist Applebys Einsatz gefragt.

Band 1115

*Ellery Queen*

**Das Geheimnis der weißen Schuhe**

Gerade als Abigail Doorn in den Operationsraum geschoben wird, fällt auf, dass ihr Gesicht bläulich angelaufen ist. Ein Draht ist sorgfältig um ihren Hals geschlungen. Der Verdacht fällt auf ihren Schützling Dr. Janney. Unmittelbar vor ihrem Tod hat er einen merkwürdigen Anruf bekommen. Warum verrät er nicht, von wem?

Ellery Queens bestkomponierter Krimi: Alle Hinweise liegen offen, wer löst den Fall?

»Klug konstruiert – verdient es, ausgekostet zu werden.« *Times*

Band 1117

*S. S. van Dine*

**Der Mordfall Terrier**

New York in den Goldenen Zwanzigern: Der wohlhabende, aber unbeliebte Hundezüchter Archie Coe wird tot im verschlossenen Schlafzimmer seines Hauses gefunden – erschlagen, erschossen und erstochen. Ein Verdächtiger ist schnell bei der Hand: Coes Bruder. Bis auch dieser ermordet aufgefunden wird.

So beginnt der raffinierteste und verblüffendste Fall, der Meisterdetektiv Philo Vance je untergekommen ist – ein Fall, der ihm zugleich teuflisch und verwirrend vergnüglich erscheint.